U0448436

我爸我妈

雨川 / 主编

商务印书馆
The Commercial Press
2012·北京

图书在版编目(CIP)数据

我爸我妈/雨川主编. —北京：商务印书馆，2012
ISBN 978-7-100-09378-1

Ⅰ.①我… Ⅱ.①雨… Ⅲ.①回忆录—中国—当代 Ⅳ.①I251

中国版本图书馆 CIP 数据核字(2012)第 202066 号

所有权利保留。
未经许可，不得以任何方式使用。

我爸我妈
雨川 主编

商 务 印 书 馆 出 版
(北京王府井大街36号 邮政编码100710)
商 务 印 书 馆 发 行
北京中科印刷有限公司印制
ISBN 978-7-100-09378-1

2012年11月第1版　　开本 787×960　1/16
2012年11月北京第1次印刷　印张 15
定价：34.00元

有话要说（一）

xù dao

　　在那本带有自传性质的、未完成的长篇小说《第一个人》中，法国作家阿尔贝·加缪描摹了一个始终在寻找自己身份的小男孩。他出生于法属殖民地时期的阿尔及利亚，和沉默寡言的母亲、辛苦劳作的祖母住在城中的贫民区，带着一个弟弟，过着半工半读的生活。他从未见过父亲，无从知晓家族与民族的过往。在学校里，他看到、听到居住在富人区的同学们，用截然不同的语言来描述自己的族群。成年后，经过十几个小时的长途飞行，他终于站在了父亲的墓碑前。这是一个寻找自我身份、家族历史的故事。

　　如同加缪笔下的小男孩一样，父母往往是儿女最熟悉又很少了解的对象。尤其是，在父母这个角色之外，作为一个"人"所具有的社会性。在过于熟悉的表象之下，孩子会将父母与众不同的经历、性格、习惯、审美、爱好乃至口头禅都视为理所当然。少年时代，我们幻想着像鸟儿一样飞走，拥有更多的自由。成年以后，曾经的烦恼、忽视、对立，逐渐变为理解、宽容和接纳。如果给你一个机会去重新认识他们,你会用手中素描的笔,描绘出怎样的母亲、父亲?这是一个双向的抛物线,作者和读者、父母和我们,过去和现在……

从小学开始,"我的母亲"或"我的父亲"都是每个学生必须经历的命题作文,为了迎合老师和分数的口味,刻板的模板式的写作,有既定的套路可循。然而现实里,我们的成长无一不镌刻着父母的影子。由他们组成的我们最初的家庭成为我们成长的基石和残酷社会的避风港,他们或多或少地融入我们的过去和未来。他们是我们心底不可触及的部分,是秘密,是伤痕,是底牌,是堡垒,是不容裸露的温柔所在。在约稿过程中,一个作者给我们留下了下面的文字——"这是我人生最后一本书的主题,请把它留给我"。

只有那些愿意敞开心扉、敢于袒露内心世界的人,才能成为《我爸我妈》这本合集的作者。让一个成年人卸下平日里的心理防备与武装并不容易。尤其是在我们这个习惯以含蓄、委婉和传统的方式来表达情感的国度。最终,我们收集了几十名普通作者的文章。从职业领域来看,这个作者群体,包括记者、策展人、乐评人、影评人、小说家、教师和设计师。他们的出生年代,大多介于20世纪70年代末到80年代初。这些曾经的孩子们用勇气、真诚、泪水和幽默,击碎那堵被"教育"规划的"刻板的墙"——书里的"我爸我妈",平实而鲜活,有弱点,有缺陷,有悲喜,有遗憾……我们带着独立个体的眼光去审视看待他们,为的是再带着一副小儿女的心肠依偎着他们。

这是一本至诚之作。当四世同堂的家族结构已成历史,当家庭这个社会最微小的细胞受到冲击,父母与儿女是否只能在天各一方中彼此想念?是否只能在新旧两种价值观的夹缝中挣扎求同?在时代造就的新型家庭形态中,我们必须承认，我们还没来得及找到平衡。在《我爸我妈》的故事中，我们看到时代的车轮碾过。它像一面沿途漫步的镜子，照见每一个有相似经历的人，照出幽默中的无奈，欢笑中的苦痛，黑暗中的亮光，绝望中的奇迹。像那个在沉默的墓碑前寻找答案的男孩一样，愿这本书如同投入湖中的一粒小石子，为找寻新的平衡发出声响。

深夜，我们收到作者的短信："写的那个晚上，哭了……终于，有个机会谢谢我爸、我妈！"

汪琳
2012.10

有话要说（二）
xù dao

2012年开春，晚上的空气里还弥漫着冬天的清冷。

在北京西单大悦城，我第一次和汪琳谈起我的父母以及他们旷日持久的爱情。我冰冷的内心竟然在那一刻因为我的母亲泪眼婆娑……母亲去世二十五年了，在亲人的眼中，我是那个把母亲刻意忘怀的女儿，任凭墓地荒芜、茅草飞扬，我是母亲孤坟前永远不可能出现的那个人。

我和我的母亲，是两个天生"敌对"的女人。我的倔强和沉默，对应着母亲的干练和爽朗。我的记忆里，只残留着母亲不苟言笑的容颜，哮喘带来的如同悲鸣的呼吸。还有，她对我永远不会感到满意的鞭笞……我们就像两条平行线，没有交集，却因为家庭的牵系紧紧捆绑在一起。甚至，在我卖字谋生的漫长时间里，没有一个字是写给她的。

母亲死了，父亲的一半好像也去了。

每年，总是父亲一个人在坟前祭扫。这是他们唯一相对的时间，只有他们两个。我不知道他们会不会谈到我，或只是单单诉说他们的想念。父亲总是用守墓人的毛笔，反复描摹母亲墓碑上的名字，一年一年，一遍一遍……

每年，父亲都会说，今年用了更红的颜色。

按照中国传统的习俗，老人六十六岁生日那天要收到女儿给母亲的几两猪肉作为对生养之恩的感激。六两里脊肉，放在存了二十多年母亲曾用过的盘子里。那天，我泪如泉涌。

曾有父母的旧同事，偶然说起隐藏在母亲严厉背后的"秘密"。母亲体弱，终年卧病，"如果不能伴随女儿长大成人"的假设，令她每天都在担忧和困扰中煎熬。她自幼丧母，完全了解没有母亲羽翼的保护，自己的女儿将比同龄人的成长更为艰辛。此后，洗衣、做饭，事无巨细的家务都渐渐压在我的肩头，母亲坐视，并强求着一切。当十岁的我，穿梭在厨房和病床之间，给她送上一碗热汤的时候，我看到过她强忍的泪眼。

长大成人，的确充满着艰辛。母亲的担忧，像噩梦一样最终降临。二十几年前的那个冬夜，母亲，真的离开了。在她的弥留之际，在我们最后对望的那段时间里，一些不及说的话，却再也没有诉说的机会。这一幕，成了我心中永远的痛，不能碰触。

多年之后，汪琳成了我和母亲这些"秘密"的守候者和聆听者，我第一次向另一个人诉说我的想念和遗憾，诉说父亲对爱情的坚守，诉说我心底渴望被复制被传承的父母的爱情。

此后的几个月，我和汪琳共同策划了这本关于《我爸我妈》小书。我们向身边的朋友们征集稿件，邀请他们从为人子女的角度，记述心中的父母。而这个话

题，往往是他们心底最柔软、最不愿意碰触的地方。汪琳在承担了大部分的约稿工作之余，我经常在深夜收到她的短信，

感慨感动之余，许多作者说，在写作的那天夜里，他们的灵魂受到了洗礼。

经过两个月的稿件征集，《我爸我妈》最终收录了39位普通作者的私人记忆。这39个家庭故事，如同拼图一般，还原了过去三十年的时代记忆。它既是出生于生于20世纪60、70、80年代的儿女们的集体回忆，也记录了父辈们走过的足迹。正因为如此，它超越了陈年往事的私人记录，拥有了不同寻常的时代意义。

这本小书之所以成立，源于我对母亲迟来的理解和对父亲深深的感激，源于周边或熟识或陌生的同龄人们的共识，源于以含蓄著称的传统家庭里不被诉于言语的父母挚爱！

感谢汪琳，我的挚友，没有你这本书还被封锁在记忆的深处；感谢老木，我的美编，连续多次几乎彻夜为本书排版、修改所付出的辛劳；感谢刘雁老师，您的细腻给这本书带来的温度……

感谢所有为这本书撰稿的作者们，由于篇幅所限，封面上不能一一书写上你们的名字，但感谢你们的赤子之心使这本书成为真正的灵魂之作……

感谢这本书的读者，如果其中一些文字打动到你，请回头看一下为我们久久等候的父亲和母亲……

谨以此书献给——"我爸""我妈"！

雨川
2012.10

目录
mù lù

我爸　　文/陈蕊 1

张家大宝　　文/张莉 7

我妈，她什么也不说　　文/熊寥 13

大老袁的表扬稿　　文/袁颖 18

我妈叫"庭美"　　文/袁颖 24

母亲与珀涅罗珀　　文/黄小邪 30

俺娘　　文/韩冰 36

流年　　文/马诺 43

双面辣妈　　文/曹玲 51

"钝胎"老爸　　文/张子钧 59

漫漫归家路　　文/汪琳 64

在你的花园里唱歌　　文/汪琳 69

让我们忘记那三年　　文/Judy 74

爱恨纠结的疼痛　　文/丁华英 80

妈妈的高跟鞋　　文/柏邦妮 85

五分之四　　文/韩松 89

舞蹈　　文/倪庆江 93

何笑兰之歌　　文/张书林 98

和你在一起　　文/张峥 106

饺子　　文/王小峰 111

假如明天我要走了　　文/钦岳 116

我爸　　文/黄木棉 120

我会成为她　　文/黄木棉 126

活着　　文/李玉 131

原来你就是我妈　　文/许佳香 135

奶奶爱轩轩　　文/高戈 142

我们就这样长大了　　文/卢韵如（台湾）...... 148

我和她　　文/秀之树 154

下辈子还可以吗　　文/陈婷 161

最熟悉的陌生人　　文/高源 165

几篇作文　　文/张泉 170

一切都会顺利的　　文/程艳斐 175

我和老爸的N场"战争"　　文/陈亦琳 180

咱俩不是外人　　文/胡蓓 186

破碎的理想　　文/龙莹 189

老父　　文/许英生 194

爸，我投降　　文/刘靖 198

我们家的孙悟空　　文/蒋珂家 203

父亲的光阴　　文/沈雁翎 206

他是我爸　　文/李洋 212

普通父亲　　文/彭韧 218

我妈　　文/李铜源 223

我 爸

学校　力学小学
班级　三年级1班
姓名　陈蕊

　　好多人说我有浓郁的恋父情结，因而导致我迄今都是个苦逼的临近更年期的大龄"女青年"。恋父，从排除某种被既定为心理畸形的概念上而言，我从来都没有否认过。我爸的一辈子，随性生长，随性作为，随性爱憎，随性饮食，随性起居……和我爸相比，我奋斗抗争的前半生远不如他由着心性的日子安然自得，如果说"能吃，会喝，三不争人先，此乃半个完人"足以形容我爸的生活状态，我得庆幸我爸乐天知命的特质只让他完成了前半部分，剩下的半个完人不知道得骄奢淫逸、令人发指到什么样儿，我想都不敢想。

　　内战烽火燎原的时代，我爸已经穿着开裆裤去了一个叫做幼稚园的地方，上下学有人接送，没事让大姑姑带着到爷爷的绸缎铺子里溜达一圈，"空手儿回家就叫丢"，老郭的段子就是我爸"纨绔"生活的真实写照。切糕、驴打滚儿、炸糕和蜜三刀，充斥了爸美好得有点甜腻的童年。许是小时候打的底子太好，"骨

"瘦如柴"四个字即使是在三年困难时期都没跟我爸挨上边儿,可爸说年轻那叫"浮肿",老了那叫"虚胖"。

我爸兄弟姊妹五个,大伯父和大姑姑比爸爸大上十多岁,挨个儿踩着肩膀往下排,爸属于连胯骨都踩不上的那一档。奶奶四十岁头上得的老儿子,当所有孩子依照规矩都得喊"娘"的时候,爸得以特立独行,"妈"来"妈"去地叫了一辈子。

突如其来的运动让偌大的家族一夜之间失去了支撑,爷爷被抓走的那夜,爸压根儿不知道发生了什么,几乎得了"失心疯"的奶奶第二天却念念不忘让人把自己的老儿子按时送到幼稚园,在潜意识里这个不识字的女人觉得换个地方,就能让她最小的孩子彻底远离家里发生的厄运,如果万一……这也是保护家族最小的根儿最好的方式。但爸始终是懵懵懂懂的,上有兄姐母亲,爸的日子吃喝如常,五岁上被长姐拉去念了小学,六岁上就学着电影里的时髦样子到理发馆给自己理了个锃亮的小分头,巨大的政治风浪被伯父和姑姑的肩膀屏蔽在了爸的生活之外,只是忽然没了父亲,爸是不是曾在睡梦里偷偷地哭醒?

爷爷回来时我都已经四岁了,爸对爷爷一反和奶奶的亲近,一声"爹"拉开了和爷爷余生几十年的疏离。我没问过爸小时对爷爷的称呼是不是已随着分离发生了改变,但在一张老照片里,爷爷身着白绸衣裤,长衫搭在一侧,这个意气风发事业有成的健硕的生意人,把还是婴儿的幼子托在手心,孩子和父亲都从心里笑到眼里。

许是家里少了爷爷的暴脾气,我的大伯父又忙于生计,在姐姐们呵护备至之下,爸开始由着性地长成了一个少言寡语的"大姑娘",白皙的皮肤,清俊的面庞,爸肆无忌惮地吸收了这个家族所有优良基因的精华,出挑得"亭亭玉立",是胡同里出了名的"俊姑娘"。"大姑娘"这个称号跟随了爸好多年,到现在都让爸沾沾自喜。爸的少言寡语后面紧跟的绝不是性格沉稳,爸的成绩依然是三分;

爸下乡学农依然装病，把裤腿扎紧，往家背回一裤子老玉米，爸依然会到钓鱼台的河沟子里摸蛤蜊；爸依然不爱念书，依然想方设法逃离大伯父让他念大学的宏伟规划……十六岁，爸认识了号称十八岁的妈，继续由着性子地开始了自己的早恋和初恋！

爸和妈的搭配彻底地印证了自然的平衡法则。我一直质疑爸的审美，并反复确认爸的记忆是不是被梦境混淆了。爸口述的那个"梳着两条长长的黑色大辫子，穿着蓝色工装裤的俊秀姑娘"到底是不是我妈？奶奶和姑姑们都属于秀美、清丽型的女人，没有传统北京大妞那种直直愣愣的粗犷身板，她们纤细而高挑，各具风韵，尤其是大姑姑，活脱儿就是费穆《小城之春》里的周玉纹，恬静带着淡淡的哀怨。但凡事过犹不及，就像贾宝玉在美色成群的大观园偏偏爱上了病恹恹又脾气乖张的林黛玉一样，因为与众不同，又黑又瘦的妈作为一个横空出世的绝代美女跃入了爸的法眼，并且非卿不娶。

爸和妈的爱情一发不可收拾，爸的家庭成分问题成了他抱得美人归的巨大阻力；但爸既不入团更不入党，组织对爸的约束力显得鞭长莫及，矛头遂转向根正苗红的妈。积极分子们的小报告、领导的深入谈话，迫使爸的对敌策略从明转暗，爸开始"地下工作"时从敌特电影里获益匪浅，那个时候爸和妈还在一起工作，妈只需要留意爸的白衬衣就能得到无言的信号，白领子翻在外面就意味着"下班，我等你"。等你干吗啊？轧马路、看一毛五的香港电影，爸把单调的日子安排得有滋有味，两个十几岁的孩子进行着他们轰轰烈烈的爱情，欣喜又带着些许的小刺激。爸一边抵抗来自周边所有的压力，一边帮妈担起了另一个家。当年号称十八岁的妈，在领结婚证的时候才发现当时已经二十了，直到妈去世，爸还一脸茫然地念叨，其实从来就没搞明白妈到底大他多少岁。可这并不影响爸爱妈。自幼丧父丧母，帮着哥哥拉扯年幼弟妹的妈，生性好强，靠着勤奋和苦干，把自己技术标兵的大照片登在《北京日报》头版上的同时，身体也被拖垮了。爸的钱和补贴都给了妈,而妈转手都给了她负担沉重的家庭,爸知道一切,但他一直坚信心情好了身体也会好,这也是变相的医治和调理,他由着自己的性子顺着妈,给都给了,就不管去向。妈对她家族的照顾持续了她的一生,和爸的前半生。

我爸二十八的时候当了他这辈子唯一一次爹,对给我起名这件事,我爸再度发挥了他骨子里的信马由缰。"雁"。"九月霜秋秋已尽。烘林败叶红相映。惟有东篱黄菊盛。遗金粉。人家帘幕重阳近。晓日阴阴晴未定。授衣时节轻寒嫩。新雁一声风又劲。云欲凝。雁来应有吾乡信。"九月新雁让骨子里透着的学养气在我爸去派出所上户口的瞬间发生了逆转。"呦,叫陈雁啊?现在可时兴叫'蕊',都登记好几个了,你想啊,你一颗心你爱人一颗心再加上你们家小孩儿那颗在最上面,正好三颗! 多好啊!"户籍科中年妇女的热情推荐立马就让新晋老爸点头如捣蒜,瞬间就把我"新雁"的学养气"挥发"殆尽了。

我妈在这个问题上更加丧失了基本的立场,在我爸"三颗红心"的解释下放弃了原则,估计一定是被爸把妈的那颗心放在最上面的说法收买的结果。我的噩梦从此开始,小时候被大舌头又结巴的表妹叫成"小腿子"、"小鬼子"、"小水子";写字了,无论如何也不能把三颗心全部囊括在大大的草字头下面,始终歪着个"嘴";念书了,被老师点名"燕"啊"芯"啊的乱叫,不是时兴吗,怎么那么多人不认识?在我终于可以依靠笔名活着的时候,户口本里这个怎么看怎么像一个傻笑的胖子的名字,直接导致了我的终身肥胖。

我妈脾气暴躁,喜怒无常,因为身体原因,肩不能扛手不能提,饭不能做衣不能洗,妈后来像老干部一样表扬在房间里闪转腾挪里外操持的爸:"想当年,你可是连块儿手绢都不会洗!"妈说得得意扬扬,爸乐得一脸"谄媚",我看得心头火起。

但每年两次的重症抢救依然不能也不会耽误妈逛商场、请客吃饭和打毛衣。计划经济的年代，家里三五不时地到烤肉宛吃饭，鸿宾楼的大师傅推着小车到家里把一整只烤鸭片成108片；换季之前，我和爸、奶奶爷爷的应季衣物早已置办停当，每逢年节，各家礼尚往来的烟酒糖茶都依陈年的惯例按部就班……只要是线就能被我妈或钩或绣或织成各种东西，我和爸的毛裤、毛衣需要织了拆、拆了织反复多次；只要是玻璃杯必须被我妈匹配得成双成对，我的毛手毛脚导致杯碟碗盏形单影只，给我换来不下一百次的暴打。不知道爸说了什么，妈的脾气就会自燃，又不知道爸说了什么，妈的自来火又会人工降雨……妈人缘好得出奇，可说话自有一股气势；爸貌似温润和顺，骨子里却倔犟如牛。爸和妈的相处一直都处于匪夷所思的模式，他们能在一起过日子完全不存在任何的合理性。

　　妻管严的日子让爸过得心满意足，妈瘫在床上的日子，爸背着妈跑遍了整个北京城，上午陪妈针灸，中午小两口找个饭馆吃饭，二十出头的爸不好意思和女人一样喝汽水，于是一杯啤酒喝成两颊绯红，妈的腿好了，爸的酒量从一杯啤酒练到了三两白干。年节单位聚餐发放的酒票爸也开始堂而皇之地领上一张。

　　吃喝玩乐好穿戴，爸占了全活。20世纪70年代，爸为妈从事"地下工作"的时候就爱上了白色的大尖领子，计划经济阻挡不住爸的脚步，黑白细格，从门口走一圈就能完成门前三包的瘦腿喇叭裤，号称踢死牛的黑色三接头皮鞋，领子尖得像个交通标志的纯白衬衫，自然卷的爸留着长长的鬓角，爸不在乎别人的看法，继续随性地由着我妈把他捯饬成英伦小朋克。

　　爸爱喝两口，二十斤的十年陈年女儿红爸一个月要来上一坛，有生以来我却从未见过爸醉酒；石楠的烟斗填满用蜂蜜和红酒喷制的古巴烟丝，爸的房间更鲜见狼烟滚滚。凡事随性有度，爸说他心下自有"把持"。

　　人都说女人如衣服，可爸说只有破了的那件才是自己的，妈病了一辈子，爸从来没想过离开妈，也从来没想过病病歪歪的妈会留下他一个人。在爸四十二岁的时候,妈死了。在晚上跟上夜班的爸告别之后,忽然病死在了家里。爸骑车赶到医院的时候,妈已经僵硬了。天空中飘着雪,爸站在医院的停车场,一个人。那夜,我看到了一个被摧毁了整个世界的悲伤欲绝的男人。

二十几年了,清明的时候,爸总是独自去墓地看妈。爸没有信仰,但他信妈,信妈的善良、坚持和爱,爸从一个被母亲兄姐呵护的稚子成为一个有担当的男子汉,妈用她的病和她的命锻造了爸并拼命给爸留下了我。

爸在妈旁边的地方给自己留了位置,他不信来生,但有妈,爸就有了一个能拉住他的锁,爸习惯了那把锁,自觉把钥匙扔了。当年一起追过爸的女人曾问爸:"她是你的第一个,还是最后一个?"多年后,爸手稿里的第一句是:"她是我的第一个也是最后一个!"

我埋怨爸把好基因都用完了,所以我才长成了妈的翻版;他早恋就成功的完美爱情,间接预支了我该得的那部分,导致我迄今未婚。我碎碎地念叨,眼看着爸风卷残云地吃完了我面前的大半只扒鸡,忽然,爸停下来,微微皱着眉头问道:"你确认你买的是扒鸡?"

张家大宝

学校　雷锋小学
班级　四年级1班
姓名　张莉

我是一个"60后",我妈该算是"40前",她可是奔"七"的人了。我心中,她不仅是妈,该算是我的一个"宝贝"。她年轻时曾经是个教师,山村教师。张艺谋导演的电影《一个都不能少》,我看完故事梗概后,没有去观看。因为我妈是在1960年开始教书,在那个时代背景下,教书的生活和教书人的经历要比电影里描述的更加清苦和艰难。她后来饱受疾病困扰,长期服药,出门的机会很少,就靠报纸、电视和我,了解外面的社会和引领她的生活。我曾经很多年,对她说的话和她对自己以及她对我的要求,都非常不以为然,甚至排斥。可近些年,随着她步入老年,也随着我告别青年,妈妈的有些事和有些话,让我的心从松动到感动,也开始重新珍视我们那些习以为常的情感。

自从媒体上不断声情并茂地号召和宣传大家珍惜水资源,特别是近些年"西部母亲水窖"工程和云南连续干旱缺水的持续报道后,每看到那些每天要往返四个小时才能拉到几桶浑水,颠簸到家之后,桶里只剩下一半的可怜场面,我妈就天天感慨地对我进行家庭节水再教育。她的教育是要求我去落实到行动上的。在厨房、卫生间,就冒出五个大大小小的塑料盆和塑料桶。在我妈的要求下,我和我爸开始家庭用水收集。每天洗菜洗碗的水要收集,平日洗脸和洗手的水也要收集,当然洗澡水和洗衣水就更是要好好利用的大块头资源。一到周末,我家的阳台、厨房和卫生间的地面就能出现大小各色的塑料盆一列排开的场景,就像电视剧《贫嘴张大民的幸福生活》中,暴雨过后,屋外雨过天晴,屋内还是小雨淅沥,地面盆盆罐罐依次排开。我家就是缺少空中小雨淅沥。我每次看着,就像孙悟空的"花果山的水帘洞",进入这些地界,都要小心绕行,免得闯祸。而我妈在大街上还走路蹒跚呢,这会儿却能娴熟地穿梭自如。每每看到这些丰硕成果,我妈的表情都是欣慰的,我知道这种欣慰还来自于我放弃与她继续纠结重复用水,她可能认为我又开始像小时候那样"听话了",算是对我的改造初见成效。

她的这种"用水抠门"在日后更是发扬光大。没过多久,我下班回家,经常发现早上清洗的马桶,用了不到半天,就会有污渍和怪味。我小心地观察了几天,终于发现有时我妈用过马桶后,使用收集的水,草草冲冲。我爸更可气,有时就不冲,随手盖上马桶盖。我开始责备他们,不好好冲水,不尊重我的劳动成果。这次,她非常小声地对我说:"到了晚上,收集的水都用得差不多了,我们就省着用这些水,所以就冲得没那么干净了,一会儿洗完脸,水多了,我再多冲。你爸不冲,可不是我教的,你得去管他。"我听着她那用心的解释,再怎样的责备,也没有了分量。前年,给我家立下过二十年汗马功劳的小鸭洗衣机开始罢工,在我妈的脑子里从没有过家电更新的概念,找人来把它修好继续工作是必须的。本想动员她换个新型前开门的洗衣机,既省地方又省人力,可她说了一句话:"这个老洗衣机好,能把漂洗过第一遍衣服的水接出来,再倒回到水箱里洗其他的衣服，新型洗衣机就不能了。"听她对这个老掉牙的洗衣机的优点再发现，我哪还有动力去说服她换新洗衣机？尽管我掏钱，可她要是想不通、不认可，花钱也是给我自己添数落，给她添堵。在她看来，只要费水，再省力省时，再流行时尚，也和她没有半毛钱的关系。用她的话说："我没钱，可有的是时间，时髦是能当水喝还是能当饭吃？"这些我都不能给出让她满意的回答。

再说一件比较"另类"的事。我家是个简单得不能再简单的完整家庭，由我妈、我爸和我组成。我身体健康，年年体检合格，当然是否有足癣，俗称"脚气"，先忽略不计了，因为体检项目里压根儿就没有这一项。在我不到三十岁，该算年轻人时，就加入到了"不婚族"的行列。可这个状况，我妈用了将近十年时间才算逐渐适应，停止她的策反工作。但我知道这在她的心中不能不说是个很大的遗憾。我妈想见到隔代人的梦想算是被我给浇灭了。这个遗憾在宏观上，不仅是自私和不孝了，还没能为人类的兴旺发展作出贡献；微观上则体现在缺失了一段重要的体会"父母恩"的人生经历。我妈认为"养儿才知父母恩"，我这个没养孩儿的人，哪里懂得父母几十年对孩子那"说不清，理还乱"的心思？

在过去八年中，我妈走路逐渐蹒跚，反应开始迟缓。以往在我心中那个高大的、总像个老鸡张开翅膀时刻准备护着小鸡的样子时刻在我脑海里浮现，虽然这个形象里早没了小鸡，可她还保留在张开翅膀的状态。可现在这个状态开始在我面前渐行渐远，渐渐地转换成一个需要我来关心呵护的"老小孩"的模样。这些年，她在我心中，又何尝不是我的一个"孩儿"呢？

三年前我妈和我爸外出乘坐公交车，由于司机起步迅猛，还没来得及站稳的妈妈被这快速地移动拉伤了右腿，为此出行不得不依靠拐杖。我的朋友选了一支漂亮的登山拐杖给她，她喜欢得不得了。可以后只要一上公交车，她都特别小心地一只手拉着我的胳膊，而另一只拿着拐杖的手悄悄地背在身后。直到找到位置低一点的扶手，才会将那背在后面的拿着拐杖的手移到不被人注意的身前。我看着她的目光,不去看任何一个坐着的人。我读懂了她的动作,那是不想给公交车的司售人员为照顾她而增添麻烦,也不想让那些无意为老年人让座的年轻人因看见她的拐杖而平添纠结。当然,有很多年轻人会主动给她让座,可每当年轻人要起身的时候,她都会重复着:"我能站的,您坐吧。"不管对方是少年还是中年,北京人特有的"您"字尊称是不离她的口的,直到年轻人坚决起身让开座位后,她才会感激地坐下。

几个月前,我下班回家看见我妈特老实地躺在床上迷迷糊糊,放弃了她每天坚持看的电视剧《甄嬛传》。我紧张地问她哪里不舒服,她使劲睁睁眼,可只是眼皮动了动,眼睛却怎么也睁不开,含糊地断断续续地告诉我,自己吃错了药,把我给她准备的睡前服用的小药盒里的五片安眠药当成饭后其他药服下了。她说完继续迷糊,我看着她那本已饱受几十年疾病困扰,此时又被这个意外而在痛苦中努力挣扎的样子,心里很不是滋味,反省自己做事怎能如此设想不周全、不细致,没有把药盒的里里外外都写满标签,以后要把"睡前服"几个字加粗加大,标成醒目的红色,那样就可以避免这不必要的受罪了。正当我默默站着,一言不发的时候,听清了她半梦半醒地继续说:"没事的,就是老了。"我俯下身,用我的脸贴近她的脸,一边腻着,一边小声说:"小宝,对不起了,我把标签写大点,里里外外都做好标记,以后你就不会再吃错药了。"

这几年私下里,我对我妈的称呼,变成了"小乖"或者"小宝"。她没有说我这样没大没小,只是经常听到后,会纠正我说:"我是大宝,我不乖。你是小宝,小宝乖。大宝没有小宝乖,大宝总生病,总给小宝添麻烦。"而今天,她没有再纠正我,我知道,她这会儿没了纠正我的力气。

每当她身体特别难受的时候,我都会祈祷,盼望着她能快点好起来,我们好能一起走出家门,享受外面的阳光,而不是在家里,隔着窗户等着阳光来亲近她。

看着她这个样子，为她祈祷过后，我坐在她旁边，想起还是去年我们在天坛公园里散步的情景。那是个草长莺飞的季节，我们会避开游人如织的景点，来到公园比较安静的西部和南部。这里有一片方圆两公里的核桃林，地上部分斑驳公里数的字样还在向人们诉说着，曾作为北京奥运马拉松部分线路场地的骄傲。道路两侧巨大伞盖式树冠的棵棵核桃树，交相辉映，在甬道上空搭起一道天然遮阳棚，核桃树绽放着从不惹人注意的棕色花蕊，时不时掉落在草丛上，有时还会轻抚人们的脸颊，提醒着人们，核桃树的春天也来了。远处阳光下北方特有的草种，蹿起半人高，开出蓝紫色的花，它有个好听的名字——二月兰。这种草，从不需要刻意为它浇水和修剪，冬天更不需要为它覆盖保温层来挡风遮寒，它还有着顽强的自播能力，只要有风儿的帮助，哪怕在贫瘠的荒地，也能骄傲地开着那稀罕的蓝紫色的花，能从阴历二月一直怒放到五月，告诉人们不被重视的低端生命也一样拥有顽强和璀璨。每当这个季节，妈妈都舍不得离开，她总是和这景色待不够。那一天，她忽然对我说："等以后我不在了，你一个人的时候，不要在家懒着不出门，要像陪着我一样，继续来这里锻炼，呼吸新鲜空气，来看这些花草和绿树。园子里人很多，就算没了我，你来这里，有这么多锻炼的人陪着，也不会闷得慌。"听着她这些话，中间没有停顿，没有思考，说得四平八稳，不是心血来潮，已经是在心里想过且重复过很多遍了。我没有吭声，只是努力、再努力地控制着自己。七年来，每个假日和周末，都是我和妈妈一起来这里过的。冬日，踩着咯吱的白雪，来喂布谷鸟和野鸽子，帮助了它们也让妈妈脸上露出些难得的放松。春天，看小草拱出地面，我妈那布满忧郁和阴霾的心也会跟着暖洋洋地开始融化、复苏。夏天，我们躲在核桃树的绿荫里，感受着大树释放出来的清凉，那些压不下去的病躁也会跟着退去些许。秋天，核桃树和柿子树挂满了沉甸甸的果实，看到它们，扫去了我们涌上心头的悲秋情怀。这些自然的生命见证了在一起的我和妈妈，看着我搀扶着她，也看着我是那么地依赖妈妈。真想象不出,如果有一天,这些核桃树,这些二月兰,看到我形单影只的时候,会不会记起那个曾经深爱着我、给我强大精神依靠的我的那个妈妈。

我妈，她什么也不说

学校　二里庄小学
班级　三年级1班
姓名　熊寒

　　小说家格雷厄姆·格林曾说："一个人日后会成为怎么样一种人，端看他父亲书架上放着哪几本书来决定。"在常规的社会意见中，一个人的智识或者行事风格往往受父亲影响较大。"严父"总说一些"良药苦口利于病"的诤言，而"慈母"总是微笑着，从厨房端出一碗热汤。

　　把上面这两段书面文翻译成大白话，那就是在我幼小的心灵中，妈妈再好，也不过是一个优秀的饲养员，当然我就是一只小猪啦，关于她的故事是无法变成作文交给老师的，那些都太日常、太琐碎。而爸爸，那个总把我弄哭的讨厌的人，才是值得书写的对象。所以念初中的时候，我写过一篇《我的好爸爸》，老师让我在班上朗读的时候，我一张嘴，眼泪就流出来了。是因为一想到我爸就害怕，还是觉得把他写这么好简直是欺骗自己，个中缘由，我到现在也想不清楚。总之就是把眼镜都哭糊了，然后暗下决心以后一定要写一篇关于妈妈的文章。

但后来一直没有写。

我妈不是那种个性鲜明的人,她也不爱表达自己的观点。比如点菜的时候,每次她都说吃什么都行,翻完一整本菜谱,连一个菜都不点。相比我爸的积极锻炼和注重养生,她没到中年就开始发福,简直是标准的心宽体胖,这似乎也变成了耽于享乐的证据。这么多年,大家都拿她的肚子开玩笑,她也不气恼,跟着笑起来,这一笑不要紧,就连眼睛都看不见了。有一次和她讨论某某女星好漂亮,她严肃地说:"都是整出来的。""那像你这样,肚子也整不掉啊。"我反驳她。"没关系,把胸整大了肚子就不明显了!"

但她觉得自己是有故事的人,就像她喜欢看的那种个人命运和时代命运交织的小说和电影,只是不会写。我说会打字就行啊,有什么不会写的,试试看呗。她也不搭腔。我总是以一种不谙世故、近于天真的语气问她,为什么不呢?很长一段时间以来,我都相信只要够努力,一个人就可以改变自己的命运,失败和不作为根本是咎由自取。我妈不这么看。现在我也不这么看了。

我妈生于1960年,在家里六个姊妹中排行老二。1960年对于我来说,只意味着三年自然灾害。不过我妈并没有和我讲过太多关于饥饿的记忆,对于这样一个有六个女儿的家庭,物资匮乏是一种常态——什么东西再多,分到每个人手里之后就所剩无几了。我姥爷身体不好,在我妈参加工作之前,医院就下过几次病危通知书,幸好都撑了过去。关于贫穷,妈妈最常讲的细节是开学时连两块钱的学费都交不起,"不过反正那时候大家都很穷"。

我妈不太会记得苦难。我四姨记得她们父母之间的争吵,家里几乎要逼人窒息的紧张气氛,但我妈说她都不记得了。她记得难得吃回带鱼,好香好香;我姥让她取鸡蛋,她揣在兜里忘了,跳皮筋的时候把鸡蛋掉在地上。因为姥爷工作调动,她们总是在搬家,新同学笑话她,她就跟人家打架。刚从青海到湖北的时候,走武汉长江大桥,一路上都在捡花花绿绿的糖纸,真好看。

我有时候会笑她不上进，现在这么闲也不学点啥。大部分时候她都倚老卖老一下，笑笑就过去了。但有的时候也会正经反驳，说不上进能变成今天这样吗。高中毕业去烧电焊，觉得没意思就想方设法改成预算，坐进了办公室。赶上第一轮国企改制，以退休名义"被下岗"，又出去找工作。去年她还报名参加了造价师考试，但是一门都没考过。我向别人转述妈妈考试的故事时，他们都大为惊讶。我也才意识到，自己的批评有多莫名其妙。

妈妈只是什么都不说。

她眼神一直不好，直到有一次她陪我配眼镜，我说你干脆也配一个吧，方便看电视。一验光才发现，她左眼已经弱视，配多少度都不管用了。我上小学的时候，有一次她骑自行车被车撞了，她轻描淡写地和我说，我也就没当回事儿。她胆结石在医院开刀那会儿，我甚至没去医院看看她。她好像从来没抱怨过什么。后来我工作了，觉得上班太远，在城里租房子住，才明白她下岗之后的新工作意味着什么——每天往返交通近四个小时，而公司要求早上八点就要打卡。

我后来想了想，或许她也说的。妈妈喜欢在做饭的时候自言自语，那些含糊的音节还没被人听见，就消失在呛人的油烟之中。我有时会忘了她已经50多岁了，因为她什么都不说。

这几年我爸在外地工作，节假日才回家。我平时在城里住，周末才回家。有一次我在家里上网，听见门外有咣当咣当的响声，才发现是我妈在换煤气罐。她说不用我帮忙，一个人就给搬到厨房了。她好像已经习惯了，不声不响地把问题解决。写到这里，我似乎听到她在我耳边嘀咕，"说有什么用呢？谁能帮你一把吗？还不是都得靠自己！"我有时会埋怨她这种态度，因为一个人独立得过了头，就会让人觉得难以靠近，就连亲朋好友仿佛都可有可无了起来。我终究像她一样神经大条，没过多久就又忘了她的年纪。

最近几年，我们一起去洛阳、内蒙和青岛旅行。在洛阳的时候，我暴走，她跟着。我甚至没想过要稍微放慢一下速度，到最后，要爬上去看寺庙的时候，她选择在下面等我，如此而已。去内蒙是自驾，她开车的时候，我坐在副驾驶上用GPS找路，每过两个小时我们俩对调一下位置，虽然都是菜鸟司机，也算好搭档。去青岛，我提前在青旅订了床位，第一天是四人间，第二天是地下室，因为是过节，第三天还没订上，我妈也没说什么。但我后来意识到，既然带妈妈旅行，下回好歹也住个"如家"吧。

我妈是这样一个长辈：当你想考北大的时候，她说北广就成，离家近，又不用费劲学；很少催你恋爱结婚，虽然有时会过过嘴瘾；劝你不想工作就回家来，吃吃喝喝也挺好，过无目的的美好生活。

我还记得小的时候住在平房，冬天家里用炉子。她喜欢用一个小长柄锅在上面煮莲子汤，或者涂上黄油，滋啦滋啦地烤馒头片。我们俩有时就睡在厨房的单人床上，她总是比我暖和。后来上初中，我一到9点就犯困，但作业还没写完，她就让我先睡觉，睡醒了再写。在我心里，关于她的记忆总和吃、睡联系在一起，或者干力气活。她小的时候像家里的男孩，我大姨在家做家务，看着妹妹们，她就跟着我姥到处跑，买米买面，所以到现在都不会拾掇家里。去年我搬家，她过来帮忙。我干脆就没叫搬家公司，就我们两个人，把所有东西搬上又搬下。新房子在五楼，搬到最后累得半死，她咕哝了一句："你怎么没告诉我没电梯啊！"

我甚至有时会把她当做同龄人。在微博上@她，在豆瓣上推荐文章给她看，比如："关注Ta们，实现你的厨房梦想！"她现在做饭水平每况愈下，我总直言不讳地挑剔这个太咸啦那个太黑啦，她也不气恼，屡败屡战，三杯鸡和糖醋小排不知做了多少遍，"谁让你们都不回家吃饭，我都快不会做啦！"

她发自内心地认同"饲养员"这个称号，从不遗憾我小的时候什么特长班都没念，成天疯跑玩泥巴；她遗憾的是当时她没注意，给我吃了太多冰棍，到现在都手脚冰凉。"孩子没养好，瘦得跟豆芽菜似的，个子也没长起来。"这是她经常挂在嘴边上的话。

  她现在似乎已经到了开始回忆过去的阶段，把一些故事翻来覆去地说。但我觉得或许我听得还不够仔细，我始终没有找到人物特写中需要的闪光时刻，或者决定命运的瞬间。她好像经历过什么，但不以为然，也无意由此升华出什么主题，来概括自己的性格或者人生。她喜欢看电影《活着》，大户人家怎么破落，老百姓在动乱中如何有技巧地生存。她告诫我的也都是这些朴素的人生道理：按时吃饭，早点睡觉；天气好的时候多出去转转，人和植物一样，晒太阳最重要。似乎在她心里，颠扑不破的真理唯有"身体是革命的本钱"，而究竟我应该用这个本钱来干些什么，那并不重要。

  或者，她只是什么也不说。

大老袁的表扬稿

学校　帽儿胡同小学
班级　四年级3班
姓名　袁颖

1946年，内战已经打响，濒临破产的爷爷带着一家老小从上海乘船辗转香港回到了家乡广州，当时我父亲三岁。两年后我爷爷因病去世。我奶奶独力抚养四个未成年的孩子。

虽然生活艰苦，但孩子们都很争气，长得人高马大的，学习成绩也优秀。我伯父和姑妈都考上了大学。我父亲在初中毕业后却做了一个让老师和家人都很意外的选择——报考了省机械中专，这意味着他放弃了考大学的机会。他选择的理由很简单：这个中专除了包食宿、不交学费外，还可以有生活补贴。他是家里老三，上有两个读大学的兄姐，下还有一个弟弟。他觉得自己有义务和能力减轻我奶奶的负担。其实，在那个年代，和我父亲差不多处境和想法的人并不少，竞争也就很激烈。于是，当年这所机械中专的录取分数线比重点高中还高出一大截。当然，这对我父亲来说也是轻而易举。要知道，多年后已经年届40岁的父亲参加成人高考时，还考得全市的榜眼，而全市第一名是一个比他小20岁的小伙子。

我没有问过我爸当年所做的选择对他一生的仕途有否影响，但我知道当时受"影响"最大的一定是我的奶奶。作为母亲，儿子的这个选择并不只是少了一份学杂费的负担，而是看到自己的儿子从男孩一夜成为男子汉。

据我妈说，当年我爸主要倚仗两大优势进入我妈的法眼。先天优势：个头够高大（1.78米），能做诸如扛米运煤砍柴之类的粗活儿；后天优势：能干各种技术活，诸如能自己组装收音机、修单车、装电灯、换水龙头。

于是1971年，在男女职工比例严重失衡的机械厂里，以我妈英明神武的实用主义，以及我爸的技压群雄，郎才女貌结成家庭。

简而言之，我妈自从嫁给我爸后，就再也没有长大。

估计我父亲对我爷爷的记忆可以说几乎是空白的，但这并不影响他自己成为一名好父亲。

言传及身教，他一般使用后者。

如果把全世界关于描写父亲的文艺作品收集梳理再浓缩，那基本就与我父亲对我们姐妹俩的爱相差无几。如果把我爸对我们成长中的各种历史大事件都写下来，估计需要一本二十万字的专项著作加以记载。

话说在我的小学时代，最怕的就是写作文。每次作文都是贿赂我姐得以完成。记得有一次，老师要大家写一篇命题作文《风》，可能是因为我姐考试或别的什么原因不能帮我，我只能坐在书桌前努力"写"。要到睡觉时间了，仍然一个字都写不出来——风是看不见的，我怎么写呢？而我是一个听话的学生，绝对不会不完成作业就上学的。当时又困又痛苦。在我家，考不出好成绩不打紧（我一年级曾经数学口算测验得过零分，不过四年级又成了数学课代表），但如果不吃饭或不睡觉，那就事态严重了。我爸当时责令我马上去睡觉，承诺明天会早点把我叫醒起来写。第二天我爸真提早把我叫醒了,但让我万分意外又惊喜的是他交给我一篇400字的《风》,让我重抄一份带回学校。班主任破天荒地给了我高分且让我在课堂上朗读这篇作文。心虚和虚荣陪伴我读完全文。

从此我知道,作文并不是什么大不了的事情——尽管睡觉更重要,学习也不是生活的全部。不知道这是生于70年代的幸运,还是生做我爸的女儿的幸运。同时我知道,父亲虽然从来不过问我的学习,但在我最危急的时候,父亲的大手比谁都有力。

禁不住再说一件小事。还是在小学。班主任有一天突然给我及另外一个同学发了封家长信,指名道姓要我们的爸作为家长代表出席,关于讨论学校建设的什么事情。(估计我爸和那同学的爸是班里同学的爸里相对有一定职位的,我爸当时已经是机械厂的副厂长。)

我把信给了爸。爸看了信后让我回老师说没有时间去。另外一个同学的爸好像去了。又过了一阵子,老师又发了一份全班同学都有的通知,要交什么建设费。多少元我忘了,反正全班同学都交了,除了我和一个家里穷得叮当响的同学。我在老师的点名下非常羞愧,回家继续问爸妈要,他们坚持不给。后来我就偷偷把自己攒下的零花钱给交了。但殊不知,若干个月后,学校又把钱还给家长。我爸妈知道我交过钱后,非常严厉地斥责了我。

幼小的我通过"学校非法集资"和"父母拒不妥协"这件事情,似乎隐隐约约明白了"老师不一定是对的","权威是可以挑战甚至是蔑视的"的道理。

从我还是一个孩子到我有了自己的孩子,父亲在台灯下劳作的"镜头"犹如电影的定格,在我的脑海中稳定而深刻地保持着——夏天赤裸上身或只穿一件白色背心,冬天披着夹棉马甲或紫色棉服;安静、专注、长时间保持同一个坐姿。他在灯下做什么?用各种仪表和工具在修理家里的电器,用大小不一的针线修补鞋子、箱包、玩具等家什。而最近几年,他在台灯下做得最多的事情就是对碟子里的鱼肉细心地剔鱼刺。我妈几乎每周都要为孙女们做生菜鱼蓉饭。我爸以细心、耐心见长,所以我爸被委以重任。

他有三个外孙女,他把以前对女儿的严厉教育都剔去,只剩疼爱。当然,作为一个理工科外公,他相信数字和数据的力量。根据季节的不同,洗澡水要控制在39至41度;根据储存时间的长短,冲奶的水在51至54度。他还在电脑里用Excel软件建了一个记录表,输入数字就可以自动生成曲线,可以把三个外孙女不同时期的身高、体重、头围横向对比,观察同一发展时期,谁最重,谁最高。

我做了六年北漂,前前后后搬了不下五次家。参照过我所经历的也算有不错的若干房东,但对比起我爸,我深切感到必须给我爸颁发"最好房东奖"。隔三差五我打电话回家,老是听到我妈说:"租客说什么什么坏了,你爸正在帮他修。""租客钥匙锁屋里了,你爸过去帮忙开。""租客说要换个什么什么,你爸正去哪哪儿买来着。"两年前租约已满,我爸依然以四年前的市场价无限期、无合同地让租客租住下去,且可以随唤随到做修理工。要知道,这两年全国大城市的租金都在飞长。租金差价每月足有500元。以我爸妈省吃俭用的生活方式,这500元可以做很多事情了。不知道是否人的年纪大了,情也长,心也宽了。他说和租客相处时间长了,大家就熟络了,沟通也顺畅,这样就是皆大欢喜了。

这段时间换了新租客,房子终于以市场价租出去了,但父亲还在惦念着要给别人再配一个更好的沙发。

在我奶奶嫁给我爷爷之前,我还有一个大奶奶,她在生下我的大姑妈和二姑妈后就去世了。我爷爷在丧妻十年后,才娶了我奶奶。据我的二姑妈回忆说,小时候半夜醒来,经常发现她父亲还在书桌前摆弄无线电。她似乎习惯了在一些奇怪的咕咕的电波声中睡着。而这样的场景同样烙在我模糊的记忆里。我妈说,那时候最反对我爸半夜搞无线电。"当时'文革'还没有结束,我们住的是木板房,万一别人认为我们收听敌台怎么办?"

估计我父亲只能在自己的兄姐和亲戚们的传述中去描摹关于自己父亲的形象。但基因的确很暴力。我父亲和我爷爷一样酷爱无线电，喜爱摄影，喜欢看地图。如果我爷爷生在现在这个年代，不知道他是否也像我爸一样喜欢研究电脑和"发掘"手机性能呢？

如果你要成为一个真正的玩家，前提是你得热爱和专注。我和我姐都很幸运，在我们还很小的时候，我父亲已经用旁轴相机给我们拍摄了很多珍贵的照片。而这些照片都是他亲自冲印的。如果你对一个东西已经摸透玩熟了，那你享受它的内涵和外延则都会举重若轻。当这几年单反机突然成为人们追逐的潮流品的时候，我爸已返璞归真地在开发他手头卡片机的潜在功能。

我爸对人情长，对物的情也长。前段时间我们在数落电脑手机的更新换代时，我爸告诉我，他的收藏里基本囊括了最有代表意义的手机样式，除了大哥大。同样，各种具有代表性的传呼机也已在他的收藏队列里。而最早的民用PC机主机和显示器，他也好好保存着。对我爸来说，这些物品不但有使用价值，同时也可以通过它们看到科技是如何一步步演变和进化的。不过，他从来不会特地去二手市场淘"文物"，他只保存自己或家人使用过的东西。另外，他订阅了几十年的《无线电》杂志，也一本不落收藏着。我有时候想，如果把我家的"旧物"收藏拿出来，绝对可以做一个非常有意义的主题展，名字我都想好了，叫《我们是这样长大的》，然后再做一个《我们生于70年代》，还可以做一个《中国民间家用电器演义》。

我爸的名字里有个"表"字。同辈叫他阿表或表哥，晚辈叫他表叔。所以不论是否亲戚，都被称呼成了亲戚。他助人为乐的事情有一匹布那么长，在此略过这匹布。

我爸当过军人、工人、技术人员、成人大学生、厂长、董事长。在我读中学和大学的时候，我最讨厌我家总是来来去去一拨又一拨的客人，逢年过节送来月饼、挂历、盆栽,他们有无数的事情来烦扰我爸,他们也恨不得连我爸放个屁都要安排一个厂医来看看。而他们的到来会打扰他的工作,为了接待这些人,我爸本来安排晚上做的工作可能要到深夜通宵做。所以我不喜欢我爸为之不眠不休地奉献的国营厂。但是在我大学刚毕业那年,这些人突然人间蒸发一样,不再上我家了。而我父亲不再去上班。我从来没有问过发生了什么事情。但我绝对相信我父亲若是站在自己的人生岔道上,一定是依照他的意愿去做出自己的选择。可能正是他的善良和风骨,虽然急流勇退的他到退休时并没有得到他应该得到的物质待遇,但他可以坦然于天下。而那些曾经骑在墙头的趋利草儿们,不知道他们现在在哪里?是否过得如我父亲那般安乐?

在钱就是一切的当下,我依然顽固地相信,钱不是一切。所以我们都活得安然。

我妈叫"庭美"

学校　幸福二巷小学
班级　三年级4班
姓名　袁颖

　　1946年，抗战结束，内战开始。农历8月的一天，在中国南海上一艘悬挂着美国国旗的轮船上，有一个孕妇带着一个只有五岁的小男孩，她要前往湛江与在当地工作的丈夫会合。当轮船驶近广州湾时，孕妇发现自己要临盆了。顿时，整艘船上的人都沸腾了。一个白白胖胖的女婴在一个白人大夫的协助下顺利诞生。船上的乘客为了祝贺这位母亲和祝福这位海浪中出生的女婴，送给了她们很多糖果、洋酒和奶粉。

　　这位女婴就是我妈。

　　不要认为有画面感和情节性的人生开端，就应该有不凡的人生。我妈非常平凡，没有曲折离奇，而是一帆风顺、和和满满。只是她晕车晕了一辈子，不知道是否跟她在船上出生有关。

　　我妈四五岁时，随我外公外婆来到广州，初中毕业后进入广州某机械厂当电焊学徒，后成为高级焊工。25岁结婚，26岁生我姐，28岁生我，50岁退休，60岁当外婆。我妈属典型广东师奶，顾家、勤快、节俭，能烧一手好菜，能煲各种靓汤。

我妈生活的所有重心就是我老爸、我姐俩、她的三个乖孙女。她所关心的内容也高度集中：吃和穿。吃，首先是饱，饱的标准是两碗饭或以上。穿的标准是以她的体感为标准，她冷了就要求你穿（偷偷说一句：她从来不觉得热）。由于是以一个66岁且体质偏寒的女性的体感为标准，所以我们全家都会比本市平均穿衣指数高出半件或一件衣服。

我妈从记事就开始照顾弟妹和家庭。我妈是长女，我外婆后来给她连续生了妹妹，然后再来两个弟弟。我妈比我最小的舅舅大了不少。参加工作后每月自己只留三分之一的工资，其他全部交给外婆。可能正是这样的成长环境，让我妈一辈子都是节俭狂。

依照族谱，我妈是"庭"字辈。我外公给这个在美国籍船上出生的女儿取名"庭美"。广东有句俗话：不怕生错命，最怕起错名。可能正是这个好名字，让我妈生长在一个美满的大家庭，然后和我爸组建了一个美满的新家庭。

平常，大家都叫她"阿美"，但在我这个从事视觉艺术工作的女儿的眼中，对她的审美真的不敢恭维。我一直想说服我妈在冬天的时候可以尝试穿正规的大衣，而不总是穿鼓鼓笨笨的羽绒服。每当展开这个话题时，她总说她"有很好的大衣"，而且有两件。而这两件衣服是我深恶痛绝的。因为它们的款式实在是太难看了。尤其是穿在我妈身上。我妈本来身高就不高，穿上那款她称为"中等长度"的大衣（其实它们是适合身高1.68米以上的女性当上衣穿），就像一个站着的倒三角，且两个袖子比她胳膊长出一截。只要我妈把这件衣服拿出来穿，我就笑话她是"赵薇"。如果你看过《少林足球》的话，大概都依稀记得其中的一个场景：平常邋里邋遢的阿梅（赵薇饰演）为博得周星驰的注意，特意穿了一件她认为非常端庄隆重的套装——80年代末90年代初曾风靡一时款式——肩脖硬而宽，下面需要一块非常厚的海绵垫把女人本来的香肩垫成一字形。搜索毛阿敏90年代的舞台照片，几乎都是那种宽肩装。

我爸妈的房间有一整面墙都是衣橱，我爸占去了其中的1/6，剩下的都是我妈的领地。里面有很多衣服，90%只是放着，从来都不会拿出来穿的。其中的60%是我和我姐淘汰下来的，我妈舍不得扔，说我们姐儿俩只是一时嫌弃，说不定哪一天会回头要找回哪件衣服。另外不穿的30%是她自己的衣服。据我观察，是结婚40年来攒下的她曾经穿过的、没有穿过几次的、从来没有穿过而希望有一天能穿上的各种各样各个历史时期各种来路的衣服。其中的两件就是"赵薇"。估计可能也是"毛阿敏"年代获得的。这些年在她认为比较重要、正规的场合（比如去喝喜酒）她就拿"赵薇"出来穿。

说到"穿"，让我还想到另外一段"历史"。

在我十三四岁的时候，我有一个宏愿——如果有一天我做了母亲，只要我女儿喜欢的衣服，我都通通买下，不论我多么不喜欢，不论衣服多贵。

现在我当了母亲，我女儿刚会走路，她现在最大的喜好是不穿衣服。不过，我还是很坚定地相信，我一定能实现当年的诺言。只因，当年母亲给我造成的"缺失感"。

从小学到中学，每年过年前都有一次买新衣服的机会。而为了寻找这件既要我满意又要我妈满意还要我妈的钱包满意的衣服，往往我们会走遍广州当年所有卖衣服的集散地。最后的结果是：买来一件与我本来所想的相去甚远的"鸡肋"款、"山寨"质量的新年衣裳。年复一年，这样的买衣服工程，从我的少年期开始，一直到我的青春期结束。多年以后，回过头来，也明白了母亲为我好的初衷和要节俭的苦衷。只可惜现在时代真的变了，衣服的消费在我们的生活中已经不再占据分量了。给女儿买衣服成了我这位母亲满足自己购物欲的需要。估计我女儿在提出购买额值在2000元左右的衣服时，我才能体会母亲当年的踌躇。

下面我详细介绍一下我妈的节俭生活方式。

她选择订阅《广州日报》除了订报送一桶食用油之外，还因为它的纸张规格是对开的，每顿饭用一张就可以铺满我家饭桌。而《南方都市报》版面是4开，需要两张来垫饭桌。于是《南方都市报》在进我家1个月后就出局。我女儿出生后，我爸妈看报纸的时间大幅减少，于是《广州日报》也不订了。改用的方针是每周买一次报纸，以供一周七天、一天两顿饭的纸张用量。所以如果偶尔因为公众假期，版面少了，我妈马上就会抱怨"缩水"现象。

我妈除了囤衣服，还囤塑料袋，囤药，囤一次性饭盒，对她来说，这些都是积谷防饥，以备不时之需。在国家没有明令禁止超市免费发放塑料袋前的很多年，我妈就有收集塑料袋的习惯，我家有两个抽屉常年塞满各种塑料袋。在一声禁令下，当其他主妇都为垃圾袋短缺而措手不及时，我妈的"藏品"这时候终于可以风光出场来堵我们的嘴了。以此类推，我妈囤的所有东西都是低值易耗品，没有升值空间，却占用我家很多空间。我经常用现在的房价跟她换算：如果你占用了一平方米，其实你就是占用了2万元的空间资源。这一平方米如果出租给别人，每个月可以有40元的收入。说了也白说，她根本连动脑筋的意愿都没有。这个不爱思考的习惯，估计是从嫁给我爸那一天开始培养起来的。

其实写我妈不能不写我爸，我妈23岁的时候就认识我爸，在一起生活超过40年了。我妈现在的样子就是我爸一手"培养"起来的。自从我妈嫁给我爸之后，她就好像停止了成长。我爸是她的生活里的"盲公竹"（广东方言：盲杖）。我妈是被我爸这个高度负责任的男人给惯坏了。她不需要思考，不需要学习。除了我们家的吃和穿，她不需要为其他事情操心。她不会发短信不会开关手机不会充值，她不会开电脑且不会翻网页，不会使用银行卡。最要命的是她不认路且要给别人指路。

　　她给我们做衣服、打毛衣，关键的裁剪处、关键的接缝部位的针法处理由我爸完成。我爸是学机械制造的，所以裁衣对我爸来说是小菜一碟。

　　我妈在人前人后绝对是一个出色的主妇。作为家庭一员，我可以见证一个成功的贤内助的背后一定有一个不辞劳苦、无所不能的男人。他要给我妈选择手机套餐、隔天帮她手机充电；每次我妈从医院开回来的药他要上网查资料把关；股票红火时还要帮她监察股票的升跌；她同学聚会时，他要给她写纸条教她如何换乘公交。

　　也写写我妈进步的一面。

　　有一段时间，她爱上了阅读。这些书都是出自同一个作者——当代画家，湘西凤凰的黄永玉。大概十多年前，一个偶然的机会我在广州的学而优书店发现了一本绘本《从翡冷翠到塞纳河》，我被黄永玉幽默的文字和活泼的画风吸引了。于是开始搜罗他的书。最让我佩服的是这个老头儿能把苦难的岁月笑着写。后来我妈偶尔从我的书堆里发现了一本，从此一发不可收拾，从《那些忧郁的碎屑》、《老婆啊不要哭》、《比我老的老头》一本本地认认真真地读下来。总共读了不下六本，且不时引用黄永玉的话或者掌故，说起他来头头是道。于是，我爸给我妈评了一个称号——黄永玉副研究员。

　　我姐今年40岁，就是说我妈当妈也40年了，今年66岁。

　　我妈现在的精神面貌还可以。如果歌手徐小凤、演员薛家燕都不化妆的话，估计和我妈现在的样子相去无几。我妈有一头浓密乌黑的卷发——经典的师奶发型——相对于同龄人，其发质绝对算得上是丰茂而苍劲的。可惜其皮肤的松弛度出卖了她的年龄。我10年前就开始劝她："如果你愿意不染头发，留一头浓密雪白的秀发，盘起发髻来，会很有宋庆龄的气质。"她当时承诺：我当上姥姥之后就不染了。而今她已经有三个外孙女，最大的也快6岁了，但她的发还是照染不误。

再看看我妈40年前的样子。20世纪70年代经典的黑白结婚照——我妈梳两条大麻花辫,浅色碎花衬衣,我爸是白衬衣。后来我用Photoshop把他们俩的脸抠出来,合成到一页时尚杂志的纱婚广告上。打印出来后照片可以说是惟妙惟肖、天衣无缝。让同辈的叔叔阿姨们惊异我爸妈竟拍了"婚纱"。(他们结婚的时候"文革"还没有结束,哪儿来的婚纱?哪儿来的胆量?)我妈的外孙女们如果长大了不好好学中国现代史的话,一定以为那是货真价实的老照片。

细看照片里我妈的脸——若隐若现的酒窝,甜美而恬静的微笑,光洁的脸蛋。年轻就是美啊!额纹、鱼尾纹、眼袋、双下巴通通没有。相框里这个安静水润的女子,就是现在每天要吃降压药滴眼药水、白天唠叨晚上打鼾的我妈吗?

不过,话说回来,我妈虽然上了年纪,她身上依然保持着一种"女人香"。这种香不是后天习得的,这是多昂贵的香水都无法模拟的香气,是天然的体香。我到现在还很喜欢睡我妈的床,盖她的被子。

母亲与珀涅罗珀

学校　香镇胡同小学
班级　五年级3班
姓名　黄小邢

　　二月的某个下午，去芝加哥奥海尔机场接北京来的朋友。人们三三两两地出来，东张西望。有位面容沧桑的阿姨，脸上是初到异国的惶惑不安。一个男生迎上去，拉住她的胳膊，亲昵地，有点孩子气地。母亲笑了，满脸满身的释然。他们自始至终都不必说话……这个场景，如无声但鲜活的录像，在脑中不断回放。感同身受地喜悦，又不免感慨和感伤起来。往返机场多次，却从未在这里接送过自己的父母；之前的每次离别，都是被他们送到火车站……

　　或许出于叛逆心理，年轻时总是告诉自己：以后不要像母亲。我的生活、我的性格和选择的道路，的确与她相去甚远，可是近年每每看镜中的自己，影像中的自己，发觉无法逃脱宿命的魔咒：越来越像母亲，像她二三十年前的样子；那么，现在的她，或许就是我二三十年后的样子……狭长的眼角、微凌乱的眉毛、鼻翼边的纹路、微翘的上唇、笑时的样子，甚至走路的姿态……她生命的印痕这样顽强地包裹、渗透着我。我天生的叛逆性全然缴械，束手就擒。

母亲是四姊妹中的长女，大约也是容貌最普通的一位（三姨和小姨都可当得起"美女"两字），但性格最恬淡平和，温厚沉稳。不过她对小时候的我，有时说话颇刻薄——当然，我们中国人，尤其上一代人，很少像美国家长，讲"鼓励式"教育，无论如何都说"很好"、"很棒"，增强孩子信心——他们多数相信"棍棒出孝子"。尽管不见得要体罚，总是要批评，甚至鸡蛋里挑骨头，以激励孩子奋进。我一直觉得自己是个丑姑娘，因为小时候母亲不时数落我"大眼皮、深眼窝、高颧骨、短脖颈"……不知我之喜爱华服美衫，与从小的自卑感和要"掩饰"这些"缺陷"有无关系。我自卑到不确定男生是否会喜欢我（尽管从初中起就开始懵懂暧昧，高中和大学时也总有男生投书，那可能因为我喜欢读书写字，和沉浸于制造"文艺女青年"的幻象）。

我如今终于可以对母亲的无心伤害释然，也庆幸它并未潜伏过久爆发而造成更多伤害。有位美国朋友，小时候吓唬他弟弟："我是外星人，有特异功能，你得听我的，不然我就让爸妈爆炸。"弟弟吓坏了，言听计从了好久，才发现是个恶作剧。成年后的弟弟有一次严肃地对兄长说："还记得你小时候吓唬我吗？这事害得我大学时看了好一阵心理医生。"兄长十分歉疚。

我自初中起就喊着"减肥"，一喊近二十年，成果时好时坏。可是母亲每每见了回家歇脚的我，总是疼惜地说：瘦了。这一点，又活脱与外婆出自同一个模本。

多年以前，一个端午节的早晨，我半梦半醒赖在床上，鼻息中是粽子的香气。母亲在我旁边坐下来，抚弄我的头发。我受宠若惊，装睡不敢睁开眼睛，希望这样的时刻可以延长……这个像电影的场景，也印了这许多年。所以看日本导演是枝裕和的电影《下一站天国》，或读普鲁斯特的小说《追忆似水年华》时，如此心有戚戚。除了视听，还有触觉、嗅觉、味觉的感官记忆，可以萦绕一个人几十年或一生。

幼时父母上班，我与妹妹由外婆照顾。与母亲有些疏远，极少身体接触，很少像其他孩子，可以凑到母亲身上撒娇。如今想起来，影响到自己的身体经验，及与他人的身体关系，紧张、笨拙、不舒展，不敢独自跳舞，与其他人跳舞时则僵硬得像木棍。能够让我身心放松的人，实在不多。这并不是对母亲的怨言，只是不知这种"疏远"，影响过多少母女关系，又有多少并不像我们这样幸运，一直都无法和解。

因了这种疏离感，我的"青春期"叛逆和对抗症状异常明显，常常残忍地将母亲气得不知如何是好。父亲戏称我宁死不屈，适合当"地下党"，是刘胡兰式的人物。我甚至在日记中哭诉，怀疑自己是否母亲亲生（这种陈词滥调，也许是读琼瑶小说来的想象力）。

幸好我上了高中，住集体宿舍，隔几周才回家。距离和成长慢慢开始弥补裂痕。开始与母亲互通书信，偶尔探家时，甚至可以卧谈半夜。不再是"威权"与"反抗"，几乎成了朋友。母亲对我高中时败露的一段早熟早夭的恋情，态度也颇宽容，如今想起来是该感激的。还记得某个假期在教室读某本琼瑶小说，竟被其中描述的母女关系打动，想念母亲，而偷偷哭将起来。琼瑶本人与母亲爱恨交织的关系，也体现在小说《窗外》及电影版本的上映问题上。后来成年琼瑶为了不伤害母亲，不再允许在台湾放映《窗外》。

如果世故地将长幼关系比作一种权力关系，则成年子女愈发凌厉，而父母日渐孱弱下去，无论体力还是精神。成长过程中看到这种不可逆的残酷，偶有幻灭之感。父母的权威感消失，成为更牵肠挂肚的那一方。坚守在那里，而子女早在声色世界周游得忘乎所以。我总想起希腊神话中的珀涅罗珀，固执地等待奥德修斯归来。或者中国传统叙事中苦守寒窑十八年的王宝钏，最后还要与另一女子共侍薛平贵。于父母而言，就是要与子女的佳偶来分享和竞争注意力。他们在固定地点静静地等待，时间似乎也凝固了。而子女远游，处处生机乐趣，时空变幻不绝。快慢动静、此处彼处之间，父母如年久失修的灯塔，固执地发光，等待游人归航，终有些疲惫，垂垂老矣。

外公家"阶级成分"不好，几代中医，家底颇丰厚。新中国成立后有些财产被充公。当年公立医院的中药橱即来自他家。子女都受了牵连，常无故被从学校赶回家，更不必说升大学。外婆四处托人求情，才让孩子们都勉强多读了几年书。母亲年长，自然要担负家庭重担，便早早辍学工作。她用第一个月的工资，给外公买了块当时时髦而昂贵的上海手表。

在经人介绍与父亲认识之前，母亲曾与一位军人有段未了缘，更多细节，她没有说，我也再没问。母亲生活中一些留白，也很必要。父亲比母亲小四岁，年轻时贪玩，忙于打篮球，留下些英姿飒爽的照片，家务都是母亲一人承担。父亲有时脾气暴躁，母亲也承让和纵容。小时候，很为母亲抱不平。她自己倒安之若素，也可能是无可奈何。好在如今家中只余老夫老妻，相依为命，关系和谐许多。

母亲想做医生，可惜无法实现，尽管她后来自学了推拿和按摩。她期望我学医，传承外公的高超医术。我小时候一度心血来潮，背起"中药四百味汤头歌诀"，如"人参味甘，大补元气，止渴生津，调营养卫"……后来终于不敌文字诱惑，看书写字当作家或乡村教师成了理想，便辜负了母亲。幸好妹妹学医并最终成了医生，算得偿母亲夙愿。

我对文学艺术的喜爱，也大都得自母亲。她喜欢看书、看戏、看电影。给我取了个非常苏联式的乳名。小学时假期给我看《红楼梦》、《红岩》、《钢铁是怎样炼成的》（难怪我"又红又专"的"左翼"思想和悲秋伤春的小资情调和平共处竟不会不共戴天）。

我除了读完家中藏书，也四处觅"野食"，看《绣像济公传》、《吕四娘传奇》或《穆桂英全传》之类。母亲怪我初中时读太多杂书影响学业，双方便上演捉迷藏游戏。我会将书放在作业本下，听到脚步声赶紧藏起；也会读书到深更半夜，隔壁母亲连连催关灯，便用手电筒。她有时将我借自同学的书藏起令我无法交差，或我自己藏在家门外而被渔翁得利……高中和大学时便不再有此顾忌，可以分享阅读的乐趣，比如，她兴致勃勃地读完我带回家的卡夫卡的《城堡》。

母亲心灵手巧，得自外婆。她们姊妹有时会凑在一起，绣花（窗帘、门帘、枕套，或我和妹妹衣裤上的长颈鹿），传阅《上海服饰》，自己剪裁衣服，说说笑笑，甚有集体劳动的乐趣。我也学会自己画个图样给母亲，过几天她便变出一件衣服给我。害得我当年几乎也要做"服装设计师"的迷梦。我小学到初中时便迷恋她的衣橱，丝绸或乔其纱的蓝色绣花衬衫，高跟鞋……盼望自己快些长大可以合法拥有它们。初中三年级时伙同一位表姐烫了一头羊毛卷，笨拙地映在毕业照上，对自己"拔苗助长"的倾向才略微清醒。

关于母亲，有那么多残影断片，如记忆仓库里堆积的快照，虽然偶尔会活动起来。比如，有一次偶然发现她珍藏的油黑的大辫子，才发觉她已满头华发，要不时染发；小时候某晚与妹妹夜半醒来，发现房中无人，房门反锁，后来才知她与父亲去看电影……虽还记得那种恐慌，却更因母亲喜爱电影而觉冥冥中似有关联：我选择了终身与电影为伴。

我不知是在写母亲，还是在写自己，或通过书写更好地理解母亲。拙笔毕竟不如古人生花，录元人王冕诗《墨萱图》似更能传情达意：

　　灿灿萱草花，罗生北堂下。
　　南风吹其心，摇摇为谁吐？
　　慈母倚门情，游子行路苦。
　　甘旨日以疏，音问日以阻。
　　举头望云林，愧听慧鸟语。

俺 娘

学校　青年路小学
班级　六年级3班
姓名　韩冰

　　我已经很老了，老得已经记不得很多事情，但是关于俺娘的记忆一直留在我的脑海深处。——这本来是我打算留给自己回忆录当开头的楔子，考虑到这篇文章的重要性，我觉得有必要先贡献出来以提高本书的"质量"……

　　俺娘是俺亲娘。这个问题自打我记事起就用不同的方式旁敲侧击、迂回试探、主动询问、刨根问底、肆无忌惮地了解过，基本上没有什么破绽。

　　打小起就追根溯源自己哪儿来的。（厕所旁捡的。）

　　稍大点儿能看狗血电视剧知道有个东西叫滴血认亲了，就整天不怀好意地盯着在厨房忙着切菜的娘希望能意外得到一点血。（从来未能如愿。）

　　再大点儿因为各种自己都忘记什么原因的琐事遭到虽然已经忘记但是当时肯定很疼的各种殴打，那种非亲生感曾经一度强烈。（后来随着不经常挨打消失了。）

上学后识字了偶然发现一本出生证明之类的东西不由喟然长叹。（那时候已经听说后妈很凶残，在为俺娘不是后妈庆幸。虽然不清楚即使我不是亲生的也应该属于养母。）

上班四年后严肃地问过一次结果答案仍然让人失望，我还是一个普通的地球人。（超人的母亲是在他上班当记者四年以后告诉他真相的，我也是因为同样的理由选择了当记者……梦想破灭后转行。）

想想我娘也不容易，那么多年才肯定了我亲娘的身份，一般人大概不会那么刨根问底死缠着不放纠结这个问题吧？真希望你们看到这些以后会触动你们内心深处隐藏着的怀疑种子。

命题作文这事从小到大经常干，由于文采卓著经常捉刀代笔各种日记周记笔记情书，最光辉的历史是曾经一口气写过四篇好人好事周记两篇被刊入学校后墙黑板报而我一件没做过都是编的。

关于《我的母亲》这种常规题目当然也写过，估计还不止一次吧？不过具体写过"神马"完全没印象了，只记得其中有一句让我蒙羞至今，如果那时候有智商检测或者精神分裂儿童机构的话，我可能会被任课老师强制治疗难以幸免。

那句话是："我的母亲身高八尺腰围一丈血盆大口眼如铜铃……"

看过什么隋唐演义薛仁贵东征评书的朋友应该不陌生吧？这只是普通的描述"牛叉"人物的形容词而已。可是当时令任课老师如临大敌，甚至不敢当面找我谈，只是偷偷地知会我娘要注意教育方式，避免阶级矛盾激化。

我当时还在想，这事有什么大不了的，我娘才不会当大事，而忙着洗衣服呢。可是多年之后才发现，娘的记忆力是很恐怖的，尤其是在她要清算反革命罪行的时候。

你要知道，就这么几个换不了稿费的抄袭破字，当时我娘的反应只不过是吃饭的时候说了几句。可是没想到啊没想到，利息到现在还没还清，一到忆苦思甜诉苦大会的时候就拿出来说这是我大逆不道数典忘祖的证据。我说，我的亲娘啊！您怎么就不说我那篇文章下面是怎么夸你的？我印象当中是有写您是我们家的擎天白玉柱跨海紫金梁的啊！

我打小就将我娘和李元霸、薛葵之流的猛将类比不是没有道理的，都是属于没有魁梧体魄却能迸发出无限力量的典型，除了对内打法凶悍（当然是打我，对别人可是知书达理的大家闺秀），对外我娘也从不含糊，记得有一次小偷拿着刀从窗户爬进来偷东西，我娘可是高声呵斥奋勇对敌然后把蟊贼从窗户推了下去，最后蟊贼还摔断腿被抓了呢。

我自负天资异禀胆识过人习武多年，但真正面对手持利刃的凶徒，是否能有我娘十分之一的勇气？扪心自问，难说。

所谓允文允武，从书架上残破的旧书就知道，我娘年轻的时候也是一文艺女青年，嗯，现在是大龄文艺女青年，什么《德伯家的苔丝》、《笑面人》、《安娜·卡列尼娜》都是生涩的我碰都不要碰的东西，不知道她是不是早有先见之明早了三十多年就收集了放在书架上装有文化？真是下了好大的一盘棋啊！

爱看书这点倒是遗传给了我，不过据我娘自己的育儿经验表明，我爱看书只不过是一个习惯反射实验的牺牲品。

实验品：孩子一个，字典一本，书若干。

实验步骤：每天没事对着孩子念书，念得多了孩子就会产生依赖，没人念书就焦躁不安，然后突然有一天不念了，给一本字典教会怎么用，让他自己查，然后这孩子就爱看书了。

多年来我一直为自己小学二年级能看完《三国演义》骄傲不已，但是某天听我娘闲聊时不慎说出以上内容不亚于晴天霹雳啊。其实，我和巴普洛夫反射实验的狗狗没啥区别啊，都是条件反射的实验终产物啊！

除了有文化底蕴，我娘还是个体育狂热者。体质虽孱弱，近十几年来一直沉迷瑜伽，居然能把身体摆出奇怪扭曲的姿势。虽然一直被我讥讽为邪教崇信者，但义无反顾坚持到底，我能坚持去健身房到她这个年纪不？想想还要坚持几十年我就无力了……

同样地，我娘也把我训练成了运动狂，从小就教我引体向上、仰卧起坐、俯卧撑，虽然当时训练的时候那个苦不堪言啊，叫一个半大孩子手握门梁做引体向上，现在各位去试试，都不一定能做上五个吧？当年我一次性的任务量可是十个啊。不夸张地说，我的每一公斤肌肉都饱含着当年练习的泪水啊！

不过泪水也没白流，后来这身肌肉没少帮我勾搭过小姑娘，也没少让其他人流泪过（被我揍哭的……）。因为我娘魔鬼式的训练打好了基础，让我从小到大在打架这门手艺上毫不含糊。毫不客气地说，每一个挨过我揍的哥们儿都得感谢我娘，要不是我用强硬的拳头纠正了你们的不良习气，指不定你们现在会犯多大错误呢！

强制我锻炼身体据说是因为我娘自己身体孱弱，怕我变成娘娘腔，于是被迫对各种体育活动非常痴迷（我对我被迫痴迷体育非常质疑），以前狂热于足球，家里的各种足球杂志都有一大摞，好像是1990年世界杯就在看，那时候我才刚上小学就认识一大堆巴乔啊、巴蒂斯图塔啊、巴雷西啊一堆姓巴的人。后来转行看NBA，1996年那会儿就因为我娘爱看，有幸蹭了人生第一次NBA总决赛，看到了名垂千古的乔丹最后一投，还在90年代那会儿斥巨资一百多块钱买了一本《绝版乔丹》，珍藏至今。

时至今日，我娘还是NBA的重度爱好者。好几年了吧，圣诞大战都是凌晨4点起来看的。有时候比赛精彩的话，还会凌晨1点起来，通过不同的网站连续看两场网络直播比赛，然后天亮才睡，最近的CBA总决赛也没有放过，不过口头禅变成了："你说北京队这种实力也能打赢？是不是假球啊？"

这也是我娘的习性之一了，碰到什么事情总是和鲁迅先生一样，不吝惜用最阴暗的心理去揣摩。不过比周树人先生要好，我娘总是用最阳光的态度去生活。

我想来应该是用最阴暗的心理去揣摩之后，想想事情最差也不过如此，就能用最阳光的态度去生活了。我也一直奉行此道，不过只得其形而不得其意，经常是用最阴暗的心理去看这个社会之后，忘记了自己本来是个好人，没用阳光的态度去对待事情，让自己腐烂霉变了！

每次在霉变的过程中我总会想到我娘经常说的一句话"该干什么的时候就干什么"，就是这句话拯救了我无数次，让我在关键时刻得以振作精神，比如大学临时抱佛脚背书考试过关拿到毕业证之类的。

以前觉得这话挺唠叨，现在觉得真是至理名言，尤其是在晚上回家后看动画片玩游戏磨蹭到12点，结果该睡觉的时候我还在写稿子苦不堪言的时候……

本着这句话的精神，在该我学会游泳、打架、抽烟、玩游戏、呼朋唤友烂大街的时候，我娘鼓励甚至怂恿了我，现在百无禁忌的我对那些玩过的东西已毫无兴趣，成了一个彻头彻尾的乖小孩。

身边就有一个很好的反面例子，该干什么的时候不干什么，结果现在净耽误事。比如该去游泳的时候在读书，结果妹纸约会去游泳馆的时候怂了；该去玩游戏的时候在读书，结果上班后沉迷游戏傻了；该烂大街的时候在读书，结果现在出去玩什么都不会了。

人的习惯和直接教育者有着很大的关系，除了那些产生强烈逆反情绪的人，甚至可以说就是直接教育者的映射，我经常和我娘说的一句话就是"上梁不正下梁歪"。

别说我拿自己娘开涮，但长年累月的不正经很容易导致我们娘俩正经不起来，甚至让外人感觉恐慌。

举个例子吧，我有个同学和我关系很好，经常一起打球打牌打游戏，过着出同车寝同室的日子，因为我们两个人都未婚，结果有一天他在我家吃饭的时候，我娘华丽丽地问了一句："你们两个应该不会性取向不正常，喜欢男人吧？"

这话完全没有歧视的意思，只是一个为人父母者希望自己孩子早点结婚的善意玩笑。不过我的娘啊，你有没有考虑过不是每个人都和我们家尺度那么大啊，当时你就把人家那小脸吓得煞白，从此以后都没敢来我们家吃过饭有没有？送东西给我都是到楼下不敢上来了有没有？

好吧，说了没结婚的到我家吃饭压力大，你以为结婚了的到我家吃饭压力不大？那就大错特错了！本来吧，一对结婚了的同学来我家吃饭，普通娘应该这么说："你看别人多好，结婚了。你也赶紧地……"

结果，我这不着调的娘不知道怎么就把调子给带跑了，席间不仅大谈我小时候的各种糗事，让我尴尬不已，临了还来一句："你们结婚了，我儿子还没啊，天天找我儿子玩，他找女朋友都没空了啊！！"

哎……您是有多舍不得请他们吃饭啊？这么旁敲侧击隔山打牛的话都说得出来，比古代端茶送客什么的文艺多了，他们夫妻到现在还琢磨您这句话呢，您自个儿肯定忘记了吧？

说这些的时候，我当然是带着一些推卸责任的想法，这种态度一半是遗传，一般是言传身教，反正不管怎么样，娘啊！您都脱不了责任！

生你是血缘，接下来就是感情了，我想经过这么多年的培养，我和我娘是有真感情了，有句话怎么说来着？"哦，重要的不是血缘，而是感情。"

　　既然我们那么有缘分，有血缘又有感情，我又有什么理由不对你说"娘啊！我爱你"呢？

流 年

学校　临夏新华小学
班级　三年级1班
姓名　马港

1984

她照旧急匆匆地赶回家去做午饭，在新的单位，她或许用勤奋换到了许多认可，领导的表扬也似乎传到了很多人的耳朵里。西北小城市的夏天一片燥热，配上空旷的街景，显得格外无聊，又好像随时在某个角落都会发生点什么。

午饭过后，她一边收拾着，一边命令二儿子去写暑假作业，又哄着还没上学的三儿子去睡觉，她大概会对他说她会和他一起睡一起起来的话。她开始惦记寄养在北京的大儿子，听说最近总是发烧。丈夫在院里收拾煤堆，她嚷嚷着说先睡午觉改天再弄。午觉还没睡的丈夫开始身体不适，呕吐，她匆忙洗了把脸，搀扶着丈夫走向厂里的卫生所，午间安静的厂区没有人影，偶尔听到路两旁的沙枣树被热风推搡着发出沙沙沙的声音。

我或许在梦里，或许就在那棵最老最粗壮的沙枣树的顶端站立着，看得很远，看到这条厂区唯一的大柏油路上发生的一切。我每每拉住她的手打算一起睡生怕她离去我一人醒来，她每每都会推开我的手让我抓住她的外衣或者她盖的被子说，抓这个也一样。我在梦里梦见我们一起去很多地方，她给我买很多吃的。可经常醒来时我只抓着一个空物她却去上班了，我刚开始还哭一下，后来也不哭了就想她。再后来就上了小学，经常放了学回家她还没下班，离家最近的马路边上有一排年头很久的沙枣树，我一年四季爱站在最高最老最粗壮的那棵沙枣树的最上面，看着她急匆匆地下班回来，冲我喊，让我下来，再冲我喊，我买了什么好吃的给你。

于是，我似乎站在沙枣树上看着，她扶着丈夫，丈夫越来越虚弱，她看着她和丈夫的汗滴在柏油路上很快就蒸发掉，她还在强撑着自己。然后越走越慢，终于快走不动了，她就努力地扶着丈夫站一会儿再试图往前挪，一步一步地挪，直到有了上班的人看到了过来帮忙。

那是1984年的夏天，我和二哥在家打闹，早早忘掉了中午被她搀扶出门的爸爸。我或许在焦急地等她回来，然后是头疼，也呕吐，九岁的健壮的哥哥把我放上了床，又帮我盖上了被子，我的记忆就在那一刻停止了。

她守着打吊针的丈夫看到丈夫脸色红润起来，松了口气，她又惦记起家里的孩子，就匆忙往家赶。她边呼唤着儿子边进了家门，她看到两个儿子都不省人事，一个在床上，一个在地上，在床上的还吐了白沫。

我在树上看到，她又出现在马路上了，她一手抱着一个孩子一手拖着一个孩子，脚下已经再挪不动半步，她就开始大声地呼喊着路人。

我在一片黑暗中走了半天，看见她带着很多孩子在玩儿。如果说我梦见了什么但就只有这一点模糊的印象；如果我死了那场景似乎也可能出现。我睁眼，看到一个护士正在给我注射着什么，她在护士身后露出了半拉身子，双手捂着脸，一直在哭。后来我又看到了病床上笑着的二哥。她说大夫都说我没救了，她不信还带着我转院。

那一年，家里的三个男人同时煤气中毒，一个差点儿死去，她在大太阳底下的空旷马路上呐喊着。六年前，她把我生在我煤气中毒的这间平房里，以为我是个女孩结果又是个男的。于是决定等我长大点儿过继给外地的亲戚，可大了点儿，她又没舍得。她似乎不嫌家里男人多。九年前我二哥出生在差点儿耽误我生命的这个厂卫生所里，出生的时候不顺利脑袋被憋成了紫色，她很疼爱他。十二年前，我大哥出生在她的老家北京，她就那么把他留在了她爸妈身边。十六年前，她决定嫁给他，大学毕业后他们支援边疆来到大西北，从窑洞搬进了平房，每家都搞土暖墙，煤气中毒死了不少。

那一年，我出院后她买了一双很漂亮很贵的凉鞋给我。我依旧午睡醒来后看不到她。

我在死而复生之后突然看到了许多东西，直到今天。我对她的印象与理解似乎也是从活过来的那一刻开始一点点建立起来的，不仅仅是以前那样只知道闭眼睡觉前生理反射似的确认她跟我在一起，而不知道为什么。那一天发生的事情，也大概就是她生活到今天的一个写照。她围绕着家里这四个男人不是这四个男人围绕着她而生活着，强大着。

1991

她在单位和别人吵了架，中午她正常回家做饭，我看到她一张愤怒的脸。她也不跟家里的所有男人说话，她就是那样。

她来到这个偏远的西北小城市，一开始是一个中学老师，后来调到教育局，又去了电大，然后就到现在这个单位当了最大的领导。学校里有市里领导的孩子和我相识，学他爹的话跟我说，她工作有魄力、硬朗、精力充沛。她就是那样，做事麻利、爽快、精力旺盛。

新的单位似乎很不好管理,她情绪波动很大,但还是一如既往地一闲下来就会收拾屋子,只是那一年,她会花更长的时间在收拾屋子上,干活却不说话。

那天中午吃过午饭,她叫我陪她去单位。我到单位远远跟着她,看到她径直走进一间办公室,对着一个男人嚷嚷了起来,后来那人说了些脏话,我远远的正不知所措,看到她狠狠地打了对方两记耳光,又径直走了出来,我和那个被打的男人都呆在那里半天,她又拖着我直接去了市委大院。我至今也没问她当初为什么非要带上我。后来显然她胜利了,她还在她的岗位上,那人就消失了。

那一年,我见识了她很多男人的一面。夏天的时候,她带领着几个曾经的学生,在院子里挖出了一个菜窖,她挥舞着锄头,皮肤很快赤黑起来。大哥升学的事情,她到处奔跑着求人,几天后回到家来瘦得脱了相,嗓子也说不出话来了,还笑着安慰大哥,我看到大哥扑通一下就跪在了她面前。临近秋天,她一人踩着一把破梯子让我们扶着她粉刷了整个房间的墙壁。冬天,她在厂里那条柏油路上为别人受了欺负出头,一把拦下了对方的自行车。

五年前我们搬了新家离开了那间平房,一年前,那片枣树碍事被挖走了,这几年我下学直接回家,再没看到她从远处的一个小点儿变成近处的一张笑脸的过程。新的院里种下了一棵香椿树,不能攀爬,我午睡的时候不再担心醒来没有她,但偶尔听到被风摇曳着的香椿树枝划着窗户发出的沙沙沙的声音会想到从前。

那一年开始,我经常作为一个旁观的人观察她,我去同学的家里也去找他们的妈与她的不同。也许说起母性的伟大,会有很多共通的特质,如果拿个叫"我妈"的命题给你写,谁都会一股脑儿地写出这多么多么伟大的妈,但无论怎么写,似乎我们正在经历的妈的好,都永远要比我们所能了解到的、想象到的还要好——这倒真正是共通的。但每个妈肯定有每个妈自身的差异,这差异的属性不从妈这个角色出发,大概更应该针对这个人来看,她自己的血肉之躯,她强大而软弱也好,她时而欢喜时而悲伤也好,她大方一面自私一面也好,她牺牲也好索取也好自强也好自怜也好……也许重要的是她的母爱能给予你什么,她的人格又给予你了什么。

那一年我开始有些印象,她是个很多事情不愿意说的人。我们一起出去玩儿,她不提工作的事,我们在一片沙丘下安扎下来,她铺上一大块塑料桌布,上面放满了她提前准备好的食物,她就跟那儿守着,让我们到处去玩,去跑,我跑了好远,看到她一人坐在那里认真地发呆,直到注意到我了就冲我笑问要不要吃东西。

2004

上学,打工,回家——基本是个定式,留学的第三年,从决定留学到如今,我一直在关于她的心情这个问题上过不去,她似乎从来没准备让她的哪个儿子独自离开她太远太久。在她这个年纪,她更加接受不了这个事情虽然最后她在给足了担心和准备后还是接受了。

三年前,我第一次离开的那一天,在机场的入口,她故意站在离我很远的地方,一声不响地流着眼泪。我走上前她拥抱我也不说话。我办完登机手续朝安检的地方走去,远远地看到她一个人站在最靠近我的地方幽怨地看着我。在飞机上我被公务舱飘来的烟味呛醒,以为飞机着了火,我开始想到她没在我身边,她也再不会骗我睡觉让我以为醒来她还在旁边,我开始像小时候一样哭了一会儿。后来我听说她回家后仍然哭哭停停,连晚饭也没吃,责怪大家当初不去说服我放弃留学。

这三年内,她依然会在每次我回去又离开的时候,站到一边去哭一鼻子。这一年,我回家后会先打开电脑,然后打开聊天工具,她就出现在视频里,科技新时代的火车,她搭着为了和我视频。还没安装麦克的时候,她打不了字,就准备白纸，在上面写很大的字对着摄像头给我看。最后都会微笑着消失在摄像头里。

假期我回家的时候，她愿意带着我们三个儿子去遛弯去串门，她喜欢看到人过来打招呼就跟他们说这是老大，这是老二，这是老三。偶尔我和她在家的时候，我趁她不注意的时候观察她，发现她老了，我不敢想我这样决定去留学给她添了很多担心是否也催她老得快了些。

这之前的一年，她退休了，因为子女都有北京户口她和我爸都回迁到了北京。那之前的一年，她因为支援边疆的大学生返乡的问题给北京市长写过几次信。不管结果怎样她又回到自己出生长大的地方，父母都已陆续去世，生她养她的老四合院也拆掉了换成了到处都一样的回迁楼。她偶尔跟她过去的同学话多起来，说她在西北工作了三十多年的事情。也偶尔跟我们话多起来，讲她小时候和她的二哥怎么经常在一起淘气，她的妈怎么养她们那么多的姐妹，是个怎样的人，她怎么为了省钱上的保送大学，又怎么认识的我爸。

五年前，我大学的时候她来北京，周末她一个大学同学来找她，吃过饭要走，让她送他到车站，她借了一辆自行车让我跟着。她的同学非要用车带着她，说大学时就这样经常带着她。我跟着后面快走着，看着他们很高兴，还看到她开始不好意思起来，她看上去很年轻。她说他是她特别要好的同学。然后这一年的一天，她突然告诉我那个同学去世了，病重的时候也没告诉她，去世了半年后她才知道。

那一年我开始面对她的老龄，虽然她依旧精力充沛，除了负担着家里几乎所有的家务以外，还照顾家里这几个男人、孙女和她的姐姐，也还能保留着自己的生活去参加各种大学同学、社区邻居的各种活动。但是她自己所面临的我也要面临，她正在老去，她完成了在工作中的角色后开始有些不适应接下来大量的闲适，开始守望伴侣和子女，她的亲友、同学开始陆续逝去。

2012

五年前我留学回来后我想以后不会再离她那么远、那么长时间了。这五年中我们说了无数的话，她似乎什么都想告诉我，她依旧精力旺盛、坚韧、乐观。

她的生活似乎又形成了一种新的局面。她在家里养了四只猫，一大堆植物和一缸鱼。周一到周五基本上她会有一两天去看她的姐姐，去亲戚那儿。有两三天她会和街坊邻居、大学同学去参加各种活动，她成了组织者、带路者。到了周末她在家等着三个儿子回家，她拉着我爸从早就开始到处去购买食材，准备做饭，更多的时候她都在厨房里忙活，什么也不让我们干，这几年她说了很多次这个理由：反正我闲着也是闲着。她闲下来会带着孙女疯玩出洋相，会和我爸抢着讲黄色笑话直到我爸脸红了不说了，会跟我们打闹。

这一年到现在，我爸出差多，她病了两次，两次都没跟我们说直到我们发现。她自己先扛着，不成了再自己去医院，她说我们都忙不想影响我们。

这个月我看了两部日本电影，一个叫《母亲》，一个叫《弟弟》。影片平凡细腻：人性里的自我成长；情感有时候没有对错，背离的越远越可能忽然回到同样的原点；似乎每个人都在情感中完成着救赎，只不过是自我救赎还是被救赎的过程——她和我之间没有如此太多复杂的过程，我们像很多母子一样平凡地生活过来，她使我们之间的情感变得几十年都一样地顺畅、自然，没有背离只有思念，她也好我也好，注定不会产生救赎的过程，因为她不光施与我照顾我，不遗余力地养我牵挂我，更重要的是她给了我一个有血有肉情感丰富的生命，又养我一个知善知恶不知道成天都想要感谢谁的人格。她的确是我尊重的那个目标，是我一直想努力复制的那个远远的、小小的形象。

今年年初，与我家世交的阿姨也是她最要好的朋友突然离世，我哥电话告诉我时我正在工作，哥嘱咐我给她打电话安慰她，我电话过去她依然平静，我哥带着她匆匆去了对方家里。追悼会那天我先去接她，她在我车里，笑着慢慢地说，我那天去啊，就看到她家的老小最可怜，趴在我怀里一直哭，我就想啊，将来我也去世了，我们家三儿可能也这样。我扶着她去参加了追悼会，最后送别的时候，她一直拉着阿姨家里哭得死去活来的老大和老二说，你们别这样，你妈会不放心的。我抱着已经站不起来的阿姨家的那个老小不知所措。

前一阵子，她拉着我胳膊告诉我，我哥他们开玩笑说，我是真主派来惩罚她的使者，就让她担心、操心，不让她过得太顺利。我上周出差在飞机上想起这个事，觉得她更像是来完成一个使命的。

现在她会和我爸看《非诚勿扰》，每次男嘉宾出场时播放的那段曲子，她乐着让我仔细听，她觉得那是一句脏话"真牛B咧"。刚刚，我回到家正好又在重播，听到这块儿我就乐了，觉得她真二。

双面辣妈

学校　校尉胡同小学
班级　三年级1班
姓名　曹羚

婚礼当天，我眼圈都没红，我妈却哭得稀里哗啦。

我真不知道她哭什么。婚礼前一天晚上，因为卫生间的门出了问题，我被锁在里面有半个钟头。当时家里聚集了众多前来帮忙的亲戚，我妈当着众人的面冲我河东狮吼了三十分钟："我在家这么久门都没坏过，你一回来就能把自己锁里头！不是你有病谁有病啊！"

门被打开后，我阴着脸走出来，抓起手机一句话没说就冲出家门。即将成为老公的男朋友火速赶来，抱着我说："等明儿你就是我媳妇了，谁再敢骂你看我不骂死她！"我抬起头，月亮满是水渍挂在天上，益发惨淡。我悲惨地想，你要是敢骂我妈，她不砍死你啊。我哭得更厉害了。他慌了神："别哭别哭，对不起，都怪我，都怪我没让你妈满意。"

我妈对我什么都不满意。从小她就嫌弃我是单眼皮。每次去喝满月酒回来，她对婴儿的评价无外乎"双眼叠皮，大眼睛，可好看呢"。或者"单眼皮，肿眼泡，小眼睛，丑"。我妈家的女人都是双眼皮，她也双了好几层，可惜我遗传了我爸，不仅单，小时候还丹凤眼，吊着的。打小我就听她念叨："什么时候去给你割个双眼皮呢？要不然长大就没人要了。"听得我自卑无比。除此之外，她还说过我是大饼脸、萝卜腿、稀毛儿、倒瓜子脸等等。前不久我逛花市，看到一种名叫"大饼脸"的多肉植物，赶紧拿下，回去观摩了好几天到底哪里长得像我。

我妈还嫌我脚宽，说我五个趾头从来不能自然合拢。"你不是鞋挺多么，怎么长得像你爸一样从小没穿过鞋似的。"小时候我赤脚躺在床上，她拿小刀在上面比画。"从这里划一刀，把小趾头切掉就能穿尖头高跟鞋了。"只可惜我从来也没喜欢过什么尖头高跟鞋。

她嫌弃我挑食。我不爱吃什么，她就偏让我吃什么。光是为了吃面条和喝猪肝汤，我就被揍了不下二百回。她后来也承认，那时候一天不揍我，她手就痒痒，只是因为"习惯了"。我牙齿不好，她不让我吃巧克力，偷吃过一次也被揍了。为此我甚是记恨，甚至怀疑自己不是亲生的，以至于后来别人问我："你妈是干吗的啊？"我一律回答："卖巧克力的。"我26岁那年，啃甘蔗崩掉了一颗门牙，打电话跟她诉苦，她竟哈哈大笑，说我活该，说什么"幸好你妈不是卖甘蔗的，不然你早就一口假牙了"。

长大后，她嫌我上大学成绩不好，毕业后没去美国念书，没有女大十八变越变越好看，没做公务员，为人处世不够圆滑，眼光太差错过了买房的好时机，结婚太晚，找老公品位低下……她对我的各种唠叨、辱骂和不满通通烙上了这个时代的烙印，随便找一本描写中国大城市年轻人生活的当代小说或者电视剧就能看到类似的桥段。

很长一段时间，我都特别害怕日后会变成我妈的模样：小城机关里的中年大妈，嗓门比正常人高10分贝；每天围着锅台转，谈论的不是老公就是孩子要么就是谁更有钱；体重一百六十斤，只能逛胖太太服装店；每三个月花几十块烫一个花椰菜发型，刚烫好还不好意思被我们发现；看见花枝招展的小姑娘就叫人家是小狐狸精，看见风韵犹存的同龄人就叫人家是老狐狸精……我一度认为，女人做到这个份儿上真是太可怕了，但是一回头，中国遍地都是这样的妈。而且在这个巨变的年代，保不齐等自己人到中年，卵子排光的时候，会不会混得比这更惨。

我妈把这一切都归因于：年轻时缺爱，中年时缺钱，等到什么都不缺了，人也就老了。我一直不明白她和父亲之间究竟是怎样的感情，他们那一代人，可以为了各种理由结婚。我爸说，我妈嫁给他是因为他哥可以把我妈调到城里工作。为此我小时候还整整难过了一个星期，觉得自己不是所谓的"爱情的结晶"。我妈说不是这样，但她也说不出个所以然。我爸那时就是个穷教书的，个头儿只有1米68，和她一般高；体重只有一百零几斤，比她还苗条。我妈最后总结了一下："周围也就你爸最合适。而且我有正式工作，你爸也满意。"

我一度非常鄙视这种没有爱情的婚姻，后来我发现他们那个年代的爱情和我们现在的以及小说里写的爱情根本不是一回事。姥爷去世后，姥姥经常梦见他，有时候一个人大老远跑到姥爷的墓地前，跟他说几句悄悄话。我也问过我姥姥喜不喜欢姥爷，为什么嫁给他。姥姥说，他家是镇上开饭店的，肯定有饭吃。我又问，那嫁过去吃上饭了吗？我姥姥说，别提了，没过两年他大哥就瞎了，嫂子扔下孩子跑了，家里变得比农村还穷，还要到我家找饭吃。我问，那你结婚的时候到底喜欢不喜欢姥爷？姥姥说，结婚前她只跑去偷看过我姥爷一次，这就算不错的了，好多姑娘直到洞房花烛的时候才能见到姑爷长什么样。我说，姥爷那么帅你肯定立马动心。我姥姥说，才不是呢，那时候他特别瘦，脸很长，你们见到的姥爷是后来发福了的样子，才气派起来。我说，那你到底是什么时候喜欢上他的？姥姥从她16岁结婚，18岁生我大姨说起，说了半天，也没说一句关于她喜欢我姥爷的事。我再次追问，她才笑笑说，那时候谈什么喜不喜欢啊，能过日子就是喜欢。我问，那要是真的不喜欢，过不下去呢？姥姥说，男人不喜欢女人可以休了她，女人不喜欢男人要不喝农药要不跳河。

或许我妈对我爸就是那个年代的感情，认为相爱就是平淡如水、居家过日子。我有时候觉得或许她一辈子都没遇到那种能让她"燃烧"起来的人和爱情，从一个女人的角度来说，这无疑是个遗憾，以至于她最初万分不理解我为什么要嫁给一个从他那里除了感情什么也得不到的男人。我很想看看爸妈新婚异地时的书信，那时候他们频频鸿雁传书，她嘲笑他是"错别字老先生"，每次回信都要附文纠正他上一封信中的错别字。可惜这些书信没有保存下来，一切都成了我的臆想。

实情是我出生之后便很少看到他们恩爱。他们总是打架，从二十多岁打到四十多岁。开始我手足无措只会大哭，后来劝架却被误伤，再后来就拉着小我七岁的弟弟躲到沙发后面观战，看着锅碗瓢盆、椅子、拖把、脸盆架等各类物品在空中飞来飞去，或者花瓶从冰箱上掉下来摔得粉碎。他们面红耳赤，相互辱骂厮打。有一次他们在筛面粉的时候打了起来。一桶面纷纷扬扬撒到空中，然后飘荡下来，落在石榴树的叶子上，落在泡桐树下的泥土上，落在漂满泡桐花的水池里，落在院子里每一块地砖上，落在躲到树后的我和弟弟的鼻尖上。我们俩一动也不敢动，看着两个雪人在雪地里厮打，雪地上一连串的红色血滴。后来，赶来拉架的邻居也纷纷变成雪人。战斗结束后，我妈手破了，我爸脸上挂了彩。我妈一把鼻涕一把泪地搂着我问："我们俩离婚，你跟谁？"我说："跟你。"她便搂紧我大哭，咒骂我那总是在外头打牌、一周有六天不回家吃饭的爹不得好死；说我如果跟了他，他一定会给我找个后妈，再生一个弟弟，之后我就成了小要饭的；哀号说都是我爸害得她连亲爹都不肯让她回家……哭归哭，哭完她会表现出一个巨大的优点，那就是不管再生气、再伤心，也绝不会少吃一口饭。

我只见我妈为三个人哭过。我爸、她爸和我。姥爷和我妈一样，都是火暴脾气，我十来岁的时候还在他枕头底下发现过枪。大人们告诉我那是假的，对此我深表怀疑，作为一个小学生，我隐约觉得武装部或者统战部的老头儿可能会有真枪。至今我也弄不清他生前到底在哪个部门工作，只听说他年轻时做过民兵队长，骑二八自行车，头戴草帽，腰间别两把手枪，威震八方。只可惜如今变了天地，不然我妈也可以做一把女民兵队长，把她的火暴脾气用在正途上。

我爸说是因为他后来做了个小官儿，所以姥爷就让他去办事，他还没办好，姥爷就和人家吵上了，后来又怪他办事不力，这才造就了我妈悲惨的半生；我妈说是因为老二爹不疼娘不爱，不论做什么都不讨人喜欢，命中注定如此；姥姥则说我爸年轻的时候不负责任，不顾家，还打我妈，我姥爷很不喜欢他。总之，这种罗生门事件已不可考。那时候我妈总是周末让我和弟弟坐着三轮车，带着礼物去姥姥家，她自己只有逢年过节才出现，而我爸非重大节日不会登门。最严重的是有一年夏天，我十一二岁，全家正要午睡，忽然接到小姨电话。小姨跟我妈说，姐你们快跑吧，咱爸带着枪要去杀姐夫了。我妈立刻号啕大哭，穿着布满绿色小碎花的睡衣就带我们出了门，沿着小路出城，狂奔到郊区亲戚家。我的记忆里完全没有我爸的印象，只记得在亲戚家我妈哭得岔了气，说："摊上这样一个不讲理的爹你让我怎么办啊？"哭罢，她满脸泪痕地呆坐了很久。我差不多吓傻了，逃跑的路上腿被划了一道口子也不敢说，坐在那里捂着伤口，直到血渗出来才有人给我包扎了一下。

后来，我姥爷去世了，追悼会上有很多不认识的人来送花圈，一问才知道都是"文革"后姥爷帮助平反的人的家属。我爸致辞的时候说我姥爷一辈子刚正不阿，说着说着就哭了，哭得比我姑姑去世时还伤心。我开始觉得他流的全是鳄鱼的眼泪，用现在的话来说就是演得真好像个影帝。后来他说："我是真心的，我真觉得你妈不容易，我也真心佩服这个老头儿。"我听了之后觉得，他们都是受虐狂。

我后来问我妈为什么那时不听姥爷的话，跟我爸离婚，搞到姥爷还要来暗杀。我妈说，要是离了脑子才锈掉了，要是离了你和你弟怎么办？我说，我爸那时对你又不好，要是我老公跟我打架，还天天不回家，回家也不干活儿，我肯定不要他。我妈说，那是因为你没结婚，他现在对我好就行。我对此表示不屑。在人类的发展史上，从我妈结婚到我结婚，这二三十年比尘埃还细小，但是婚姻观已然发生了如此之大的变化。不过我妈说，再过10年，你又会觉得变化也没有那么大，中国人不是那么容易从骨子里改变的。

她着实过了几年幸福的生活。我工作了，我弟在外地读大学，他们瞬间清闲下来。于是她买了跑步机，办了美容卡，学会了上网购物、玩游戏，每年都出去旅游。但是好了没多久，我爸又病了。他一生多灾多难，6岁就没了娘，39岁做了心脏手术，57岁又得了癌症，查出来已是三期。在北京看病的日子，我妈有些恍惚。她有时候会因为逃避现实而不肯去医院看我爸，躲在网上打牌，和网友聊天；有时候又出现老年痴呆症的迹象，出门买个包子都要打电话回来问她要买什么；有时候又无比焦躁，把我爸、我和医院都大骂一通；有时候则小心翼翼地嘘寒问暖，生怕我爸哪里不适。

此时我已结婚，已经理解男人对于一个家庭意味着什么。从36岁起，她便小心翼翼地照顾着这个被她称为"残废"的男人，"不仅个子矮，而且身体差"。那一年，她在手术室外等了好几个小时，"就像过了半生"。虽然心脏手术成功率98%，"但万一是那两个例外怎么办"？她哭到眼泪干了，他终于从手术室出来。出院前的那些日子，她天天用电热杯在小旅馆地下室给他煮鸡心、炖鸡汤。事后她总是对他说："要不是我，你连小命都没了，你的命有我一半。"

然而再次而来的打击让她无法承受。他住院的日子，有同学给她打电话，她哭，说自己命苦；丈夫瘫痪的大姨给她打电话，她哭，姐妹俩同病相怜，各自哀叹；姥姥给她打电话，她哭，说她害怕。黑夜降临时，她在床上痛苦得翻滚，硕大的身躯蜷成一团，嘤嘤地哭泣，直到入睡。我时常安抚她，就像安抚一个婴儿。

白天，她总是给他煮鸡心汤。他因为放疗导致口腔、喉咙溃烂，吃饭变成异常痛苦的事情，经常发脾气。她总是哄着他："当年你就是喝鸡心汤好起来的，快喝一点吧。"他很恼火，觉得现在得的是癌症，又不是心脏病，喝这个有什么用！她总是用少见的耐心说："快喝一点吧，总是能好起来的。"那些天，她经常安抚他，我则总是安抚她。我老公成了我的加油站，每每经受挫折后都能从他那里获得能量。有时候他会问我，如果我病了你会不会像你妈对你爸这样对我？我坚定地答道：会！但是心里不免一阵发憷，我能吗？能做到几十年如一日淡然面对一个病秧子男人吗？能温顺如水，不乱发脾气吗？我真的不知道。

我妈曾在我爸复查的时候暴怒，因无良的医生吓唬并羞辱了她，告诉她之前不肯用昂贵的靶向药物，所以再花多少钱也看不好。她把气一股脑撒到我身上，在医院走廊就开骂。"要不是你，你爸也不会这样，要是你爸死了，也是你害死的！"我立刻感到血往上涌。"不是你说我爸有心脏病，好多化疗药不能用的吗？再说了，你又不是不知道那个医生不靠谱！再说了，出了问题怎么能都推我头上？"她愤然下楼，见到我爸第一句话就是："你回家等死吧，不治了，治不好了！"我爸倒是淡定，笑眯眯地安慰她："回家也行啊，有的病人被判了死刑，回家吃好喝好还能活几年、十几年呢，我还能再陪你走一段。"

到了深秋，我爸的病情逐渐好转，再一次复查时状况良好，肿瘤逐渐萎缩，医生让他不用担心，继续静养。那天是我爸一个人去的医院，我妈照旧在我家打牌。后来她说，我爸回来一推门就"扑通"跪下了，说他病好了，要给她磕个头，他的命都是她给的了。我听了万分开心，但总是不能理解他们表达感情的方式，为什么有时如此含蓄，有时又如此外露？我讲给我老公听，他说："我发现了，你们家人都这样，有时候你也这样，只是你不觉得。"我愕然。"有时候我觉得你非常喜欢我,有时候觉得你一点都不喜欢我;有时候觉得你很温柔,有时候又觉得你很火暴,时不时会闪过你家里人的影子。"他说。

我一直不是很理解他的话,直到有一天,我读到美国作家理查德·耶茨的一段话,"我的确更喜欢我妈妈。我知道她笨,不负责任,知道她说话太多,知道她无缘无故就会情绪激动地大闹一场,遇到危机时肯定会垮掉,但是我沮丧地发现也许在很大程度上,我自己的性格是按照同样的路子塑造的。在许多方面——既没有什么益处,也不是特别愉快——她和我互相是个安慰。"我不禁潸然泪下。我一直极力避免滑到我母亲的道路上,但不可避免的,我骨子里已经有一部分和她融为一体了,无法抹去,不可改变。想到这一点我觉得万分沮丧,继而又觉得无限荣光。

日子恢复了平静,我妈也快退休了,每天跑跑步,打打牌,串串门。我爸则在家刷锅洗碗扫地,被称做"适当做些锻炼有助于恢复健康"。他有时不满地跟我发牢骚:"你妈天天上网打牌,什么也不干,着魔了一样。"我听了暗自偷笑。我爸住院期间我妈曾让我教她如何删除游戏室里和一个大叔的聊天记录,说不定她正如火如荼地网恋呢。不过我什么都没说,或许那位大叔是我妈的另一个希望?或许这一切都是我的瞎想?

"钝胎"老爸

学校　前进小学
班级　五年级3班
姓名　张子钧

　　老爸两岁时我爷爷就去世了，据说十岁以前老爸脑子里就没有馒头这东西的概念，天天吃的是比石头还硬的窝窝头，每个月为了八元抚恤金孤儿寡母得跑N趟民政局，老爸曾经曰："在那段以吃饱肚子为工作中心的年龄段，我比《甲方乙方》里的尤老板恶劣得多，尤老板那是光偷鸡，我是能放到嘴里的全偷。"听着字字血泪的，我感觉万恶的旧社会也就那样儿了。老爸挺豁达，说那会儿玩得昏天黑地，也没觉得日子过得有多苦，可他这段自幼失怙的时光却不知为什么变成了我的噩梦，这个主题成为老爸给我做忆苦思甜教育的首选素材，且课时密度基本达到随时随地。每当他不厌其烦开始老生常谈的时候老妈便安慰我说："你要谅解一个因从小挨饿导致的话痨症晚期且思维断链反应迟缓的old　man。"虽说被老妈确诊的这个新奇病种在病理学上至今没有可靠的临床记录，可老爸的那种迟钝可真是令人咋舌。

一般情况下,和老爸说话要经过三个步骤:第一,表达意图段;第二,等待接受段;第三,老爸反馈段。这属于正常情况,特殊状况是当第二阶段周期较长迟迟得不到反馈不得不重复第一阶段时老爸往往会说:"啊?我没听见。"在老爸的狡猾和迟钝之下,这种"特殊情况"成了半真半假的常态! Oh, my god!

"灾难事件"发生在今年过完春节,老爸单位例行体检,查出轻微听力损伤,诊断书上明明写着不影响功能可我发现不被影响的那部分永远是爸乐于听到的,而不愿接受的被他堂而皇之地扫入了受损部分而逃避问责。为这事儿家里没少掐,正月十五家家户户闹元宵那会儿,老爸老妈也闹上了。"我和你说了别买这种馅的,含糖量太高,容易发胖,你没听见啊?""我可不没听见嘛,听见我不就不买这个了吗?""少装了,我还不知道你,就是你自己爱吃甜的。""大过节的为个元宵你至于这么急赤白脸的吗,再说了也不是我一人爱吃,你问你儿子,他是不是也爱吃甜的?"老妈立马转头目眦尽裂地瞪我,我知道,如果不旗帜鲜明地表明立场,下一步就得准备为家庭和睦英勇献身,于是,我忙不迭地出卖盟军:"我可不喜欢甜食,有咸菜馅的吗,明年买那个。"老妈得了意,转向爸:"怎么样?"老爸此时却一脸茫然:"啊?什么?""什么就什么,儿子说爱吃咸的。""哦,是吗,我没听见。""什么就没听见,我看你就是选择性耳聋,成心!""你这不无理取闹吗,你又不是不知道我听力受损。""还听力受损,没受损那会儿也没见你反应多快,这一受损倒好,还成了理儿了。说你是钝胎还不服,开一医生证明堵我的嘴,你和那蒙古大夫串通好了吧。""这不叫钝胎,这叫贵人语话迟!""一个从小差点儿就成了饿殍的人还自称贵人,您快别给贵人这词作新解了!"一听老妈这话我的脸都快红了,可老爸那腰板挺得和说话的语气一样一点没惭愧的意思。

我觉得爸这贵人之说真的谈不上,可语话迟这点真是尽人皆知,而爸非常得意地将自己身上的这个"设计缺陷"发展成了"个人优势"。春节大假,是大人们呼亲唤友的日子，那些N年不见的娘舅小姨们你方唱罢我登场。那天，吃得天昏地暗玩得昼夜颠倒的一群人决定杀奔KTV验证一下群体性破坏能力。老爸的声质不高，但蛮浑厚的，本来中音应该挺悦耳，可一唱出歌来就彻底变了味道，高处劈音，低音没声，中音跑调，一曲终了，KTV变成了灾难现场，人人都像看了一场恐怖片，收获了满身的鸡皮疙瘩。看了看点歌屏上准备歌曲至少五首以上都是老爸的"钦点"，我不得不冲到再次准备引吭高歌的老爸跟前，借着下首歌前奏未起的当口大声说："爸，stop！"不出所料，他全然一副没听见的嘴脸，音乐一起，随着老爸把话筒凑往嘴边的动作全场人都露出惊悚表情，我急忙省略不必要的语音表达时间："别唱，爸，要出人命了！"还是晚了，一级级的炸雷在狭小的包间回荡，我觉得想自爆的不仅是我那脆弱的脑神经，还有练歌厅的灯管。我一边惨叫一边连摇带晃地撼动他，漫长的忍耐之后，老爸终于到达了反馈阶段，缓慢而淡定地说："不唱了，谁出人命了？"我终于明白了老妈逃命般冲出房间时留下那句话有多大内涵："现在是见证奇迹的时刻。"

　　如果说有时的迟钝老爸是半真半假，那在某些事情上他是真的钝到无药可救。

　　一进二月门，空气质量似乎都变得柔腻起来，随着情人节的临近，大街的男男女女们身边都好像漂浮着一个个粉红色的大泡泡，妈对老爸的爱心启发已经进行了一个多礼拜，话题从玫瑰花的行情到超市货架上巧克力占有比例，从世界各地的过节民俗到对中国人提高情感质量淡漠状况的抨击，连我都觉得如果不好好过情人节真是件天怒人怨的事情，怎奈老爸却依然一副知其然不知其所以然的懵懂状态。情人节的头一天，满大街充斥着浓度已趋饱和的玫瑰和巧克力气味，老妈无疑已让这种全民皆浪漫的有爱氛围蛊惑得神志不清，下班进了家就向着在厨房忙活的老爸深情款款："啊，真好……"老爸有点懵圈，眨巴着那对"天真"的大眼睛问："什么……就真好了？"眼瞅着老妈冲木头一样的老爸满眼放星星："明天……""明天好什么？"老爸的思路明显接不上轨。我实在看不下去了："妈，您这启发式教育不对我爸的症，你就直接说吧，折腾快十天了您不累啊。"妈一听满肚子怨气可算找着了出处，朝着我就喊上了："这事儿能直接说吗，直接说了还有劲吗？""怎么了怎么了？你和你妈闹什么呢？"老爸这会儿下茬儿接得倒挺快。为了不让这再次爱的启蒙演变为一场旷日持久的中国式家庭冷战，我翻着白眼提醒他："爸，明天14号！""14号怎么了？""2月14号！"老爸困惑地眨眨眼。"啊……是啊，我知道……""2月14号情人节您不知道啊！"老爸再次眨眼。"啊……是啊，我知道啊……""你你你……爸！"我觉得再帮着老爸说话上帝都不会原谅。"那您怎么……一点表示都没有啊？"我偷眼看热情指数已骤降至冰点的老妈。"表示什么？对谁表示？"在我用眼睛向老妈瞟了N眼的暗示下他终于恍然大悟："你妈？我和你妈算什么情人，别逗了！"我彻底无语。一直站在一旁看我和老爸互动的老妈目光凛冽地扫了老爸一眼，又冲我冷笑了一下转身就走，完了，"城门"终于失火，留下我这条被殃及的"池鱼"对着一脸无辜的老爸怒目而视。看来这年年上映的情人节闹剧有愈演愈烈之势。

　　其实老爸自己也作过总结，如果以趣味性为基础将人分个层次，谁也抢不走他的基座地位；如果以权势金钱为基础将人分为三六九等，他同样处在这个食物链的底层。姥爷家境宽裕，搁过去算是个书香门第，妈认识爸的时候奶奶家除了一台旧电视家徒四壁。妈的性格单纯直白，与她形成鲜明的对比，整个家里笑肌最难勾起来的就属老爸了。老爸和妈在我看来，完全就是两条毫不相干的平行线，可是他们居然破天荒地碰撞在一起，而且融合了近二十年。老爸爱家、爱家人，一个外资企业的普通职员，勤奋而努力地工作，用踏实务实的态度一点点改变自己和家人的生活。原来家里买的房子是二楼没有暖气，姥姥的腿不好，冬天又冷。家里换房时老爸的首选就是供暖和高层，因为虽然公摊面积大些但是电梯方便，姥姥可以经常出门走动走动。妈上班离单位远，爸怕妈坐公交车太辛苦，买车让妈开着上下班。老爸身上也许没有一个可供分裂的浪漫细胞，却有着对家人最厚重而且深沉的情感，家人的幸福和满足就是他知命安时的快乐源泉，为此，他毫无原则地包容和宽谅着。

看我对他怒目相向，老爸也觉得自己有点理亏，指指客厅里坐着的妈向我求援："快去哄哄。"我翻白眼："不管！""小浑蛋，怎么这么不仗义，快去！""不……去！""一顿水煮鱼……"老爸竖起一根手指。"这就把我打发啦，喊！""那……再加一顿……""不……去！""那你说几顿？"我鼻子快气歪了："每次都是水煮鱼，吃得我都快长鳞了，您就不能有点创意？"老爸眨眨眼，又开始犯钝："那，你说怎么着？""一个三脚架！"我趁机敲竹杠。"你这行市涨得也太快了，哄哄你妈就得让我破费三千大元？"老爸咬牙，"你这究竟是和你妈预谋好的还是趁火打劫？""这次的难度系数可比以前的高，我妈说了你经常对她实施家庭冷暴力，让她的心灵备受摧残！"为达目的，我开始上纲上线。"什么……叫……冷暴力？"老爸又有点乱套，赶紧不耻下问。"就是漠视！你漠视她！妈说你虽然不在肉体上折磨她，可是你在精神上虐待她，你说这事儿严重不严重？！"见老爸眨眼的频率明显加快，我赶紧趁热打铁："我觉得，三脚架一点不过分，本来我想让您给我添个镜头呢。""行行行，三天帮我把你妈哄好，就给你买三脚架！"

老爸虽然钝，但蛮会审时度势。感谢情人节，我终于有机会为我的摄影器材更新换代了！瞧，我这个万年无替补的人民调解员又要闪亮登场了，经验丰富而淡定地预算了一下调解周期，我大大地松了口气，很好，调解结束后我至少还有十几天的假期可以挥霍消磨在我美妙的摄影爱好上！

再次感谢我"钝胎"的老爸！

漫漫归家路

学校　东沟门小学
班级　五年级2班
姓名　汪琳

五一假期来临前，我给父亲打电话邀他一起返乡。他说："小区还有几个小项目都在做，离不了人，估计我回不去了。"对这番回答我心中早有预料，失望的情绪还没来得及翻腾，就被熨平了。许多年间，父亲回乡团聚的次数屈指可数。无论是清明、五一、端午、中秋，还是重阳、元旦、春节、元宵，他的理由都是一样的："别人过节的时间，是我们最忙的时候"，"过年也要安排人值班"，"过年回不来，我回来过元宵节。"母亲对此很少抱怨，她似乎已经习惯了聚少离多的生活，她只是说："你爸爸特别珍惜这份工作。"

任何一个与父亲有过相似经历的人，都会像他那样，珍惜那份重新给他的世界带来平衡的工作。他出生在一个交通不便的山村，在家中三个男孩一个女孩中排行老大。他在山区的贫穷和封闭中念完高中，在军队的集体生活中度过大部分青年时光。我四岁那年，他才从部队转业。母亲回忆说："他特别不愿求人，找工作都是我拉着他去的。"在小县城的事业单位度过平静的一生,这可能是父亲另一个人生版本。但即便是最高明的编剧,也猜不到命运之手的翻云覆雨。从三十几岁到四十几岁之间,父亲放弃一切、远走他乡,在风雨飘摇中走过了人生的盛年时期。

我记得那场事先毫无征兆的别离。那是1996年旧历春节的一天,老朋友、老战友们在家里吃过午饭后,从客厅转移到书房。与其说他们是在畅谈一年的收获,不如视作朋友之间"吹吹牛皮"、过过嘴瘾。冲突爆发的缘由,大概是父亲的吹牛戳中了母亲的痛点,而母亲的剖白让父亲下不来台。等我回到家时,书房的串珠门帘被扯下,散落了一地。父亲怒气冲冲地走出院子,我小心翼翼地跟在他身后,跟他穿过深深的小巷,走到街上。当他拦下一辆三轮车时,我也跳了上去。车夫问他:"去哪儿?"三轮车的引擎发出"突突突"的声音,我没能听清他的回答。我问:"你还会回来吗?"父亲面无表情不置可否。我要求下车,他被三轮车带走。

就这样,在我十四岁时,父亲踏上了逃离过去,迎向远方的漂泊之旅。此后几年中,我陆续从奶奶、妈妈、父亲的战友、朋友们之间的对话中,一次次听到他在远方的消息。他住在地下室,任谁劝说也不愿意回家;他想在远方从零开始,摆脱家乡那些给他"使绊儿"、让他受到不公正对待的人和事;他怀着希望,想用新的成功,以不屈服的姿态,表达愤怒和鄙视。他到山西做过煤矿的生意,但那几年的煤价始终低迷;他在北京郊区的一个市场,跟人一起买下过几块店面,据说那个市场后来被拆迁不了了之;他最艰难的时候,摆过地摊,卖过白酒,他可能还做过许多我闻所未闻的事情维持生计。等我再一次见到父亲时,他已经从一个壮志未酬的中年人,变成一个对命运充满敬畏的老人。

父亲曾经是那个总把我弄哭的人。我忘却了大部分的童年记忆,但对第一次挨训记忆犹新。那时候我四五岁,还没学会娴熟地用筷子夹起一粒花生米。他看到我对着一小碟花生米磨磨唧唧,一伸手就用筷子打掉了我手中的筷子。他的训斥,吓得我当场大哭起来,妈妈在一旁劝阻才作罢;另一次是我上小学时,扮演大头娃娃闹元宵。那个元宵节的夜晚下着雨,我穿了一身水粉色的演出服。演出结束后,爸爸把我放在自行车的前杠上,不顾我的抗议,非要带我冒雨看花灯。这本来是件高兴的事情,但他太过粗心,以至于我从自行车上掉进了泥水里,他都没有发觉。

父亲的火爆脾气让我不敢接近,尤其是当他喝过酒之后,常常让我避之不及。80年代末,我们住进一栋楼房的两居室。房子不大,却很温馨,一个客厅,两个小房间,厨房和阳台。但我关于这套房子最清晰的记忆,是父亲在一次醉酒后,在房门上用拳头砸出个大洞,还在门外大吼着叫妈妈开门;另一次莫名其妙的挨打也是在他醉酒之后,那时我们全家已经搬到郊外自建的房子里。父亲喝过酒回到家找我问话,见我不想理他,他一把拎起我,像拎小动物一样拎到门外揍我。我使劲挣脱,他用力抓住。就这样,一个跑,一个追,最后跑到几百米外的邻居家门口。直到妈妈赶来,把我从他的拳头下抢了下来。在那片下过大雪的地里,是我被揍得最狠的一次。

和父亲一起,也有很多欢乐的记忆。小学时,他天天骑着自行车,送我上学,接我放学。那时候我很挑食,妈妈会把所有的饼干和零食都放在上锁的柜子里,让我养成好好吃饭的习惯。但跟爸爸在一起时,我只要撒个娇,没有什么事情不可以。那种淡褐色的焦糖是我的最爱,它们总是出现在我放学回来的那条路上,卖糖的人挑着扁担,每当我远远走过,想象焦糖在嘴里融化的香气都足以让我咽口水。爸爸会很大方地给我买一块焦糖,而我也不用担心他会"告密"。与妈妈的严厉管教相比,爸爸对我的态度非常放任。对于一个贪玩的孩子来说,在他那里没有作业、分数、老师评语这些让人烦恼的琐事。这也是妈妈心中家庭生活最甜蜜的时期。

或许因为相对超脱的位置，父亲让我感觉生活原来很自由。我很喜欢唱歌，他就买了一套在今天看来也比较奢华的组合音响。那是20世纪90年代初，组合音响价格不菲，但他支持我的小小爱好。有一年的春节，似乎是为了证明在部队时就熟习的车技，爸爸借来一辆绿色的吉普，绕过一圈又一圈的盘山公路，带全家人回到他生长的那个山村，那是一次辛苦而独特的旅程。有一段时间，我因为《漂洋过海的来看你》这首歌成了台湾歌手娃娃的歌迷，爸爸还给我买过两盘娃娃的新专辑。他出差去外地，很意外地给我买过一条看起来很"仙"的蓝色连衣裙。这条裙子我穿了许多年，它的设计代表的审美趣味在今天也不过时。

我几乎没有跟他讨论过关于人生、关于自我的深奥话题。他在我身边的时候我还太小不足以向他提出问题，而等我足够大的时候又开始向别处寻找答案。在我成长中的许多时刻，父亲是缺席的、不在场的。我听到来自亲人的陈旧信息，听到来自外界的流言飞语，但从来没有听到他的陈述和解释。但他又以某种神秘的方式在场，用他对待生活的方式，他走过的弯路，他吃过的苦头和他落脚的选择。随着时间的推移，我常常自己在镜子中，在我与他人的人际往来中，看到他的面孔，他性格中的火爆、直率，看到这个不在场的父亲留下的痕迹。

2001年左右，父亲应聘进入一家物业公司，才结束他漂泊不定的生活。他从一个月工资800元的物业职员做起，用了七八年的时间，成为小区的物业主任。他先后工作过三个小区，所到之处，为居民尽心尽力地提供方便。每一年，他都被公司评为"先进工作者"。他用真心的感激来对待的这份工作，也悄然地改变了他。他换过几个办公室，一套两居室或三居室的住宅，客厅办公，主卧或次卧就是他的卧室。他似乎又过上了最纯粹的集体生活，他的全部家当就是几套简单的衣裳和一只皮箱。在那间十几平米的卧室，摆着一张单人床，一张写字桌和一个衣柜。他悉心栽培的两盆吊兰长得茂密、茁壮，他还有一个微型鱼缸，里头有两条叫做"鹦鹉"的鱼。这些都是他的宠物，会跟主人打招呼。

经过多年事业与家庭的失衡之后，父亲终于能够说服自己、证明自己，成为对于社会来说是一个有着积极功用的人。他终于重新获得了生活的平衡，他的内心也逐渐归于平静。因此，他才敢于回归家庭。2001年春节，父亲第一次回家。久别重逢之后的那次见面，我竟然用非常残忍的方式待他。当他偶然提起我性格中的倔犟时，我狠狠地回敬："你对我究竟了解多少？"说完之后，自己躲到房间里痛哭流涕。从此父亲对我的选择，从工作、人际到男友、婚姻，往往听得多、说得少。他谨慎表达观点的态度，常常让我内疚万分。城市里的生活常常让他感到作为父亲的无力，房子、车子、工作、收入，总让他感到没有足够的积蓄来支持女儿，没有足够的力量来为她铺路。尽管他早已用淡泊和忘却，来埋葬曾经的志向和热血，但他依旧为自己作为父亲的角色懊恼不已。

父亲在用含蓄的方式表达父爱。我读研究生期间，他经常来学校看我。每次带许多酸奶和水果，跟我一起吃午饭时，他也话语不多。后来，听说我在一份报纸实习，他把那个版块上署有我的名字的文章，剪下来，贴成厚厚的一本用来翻阅。他和母亲都带上了老花镜，视力一年年衰退，但他们都是我的文字的热心读者。尽管我写的那些题目，与他们的生活关联寥寥。虽然有那么多次父亲不在场的遗憾，但父亲没有错过我的毕业典礼和婚礼。在我的婚礼上，当我们这对新人向父母行礼时，妈妈的眼中闪着泪光，爸爸说："祝你幸福。"

从回归家庭开始，父亲踏上了漫长的回家之路。只是，他依旧无法面对那片令他体验过成功喜悦的土地，他依旧对那些他曾经努力逃离的过往无法释怀。再过两年，年届六十岁的他，将不得不面对退休之后的生活。我常常劝他，何不早些为退休之后的生活计划？其实我是想劝他，早些回到故乡陪伴母亲。在解开了如此多的心结，卸下了世俗的重担，拥有那么多的宽容和谅解之后，回家将不再是个沉重的话题。

在你的花园里唱歌

学校　东闸门小学
班级　五年级2班
姓名　汪琳

　　我总以为每个人的童年都像我一样快乐。许多年之后，我才知道自己是个例外。在各个时期的同学、朋友那里，我得以听说各种各样"不快乐的童年故事"。有被忽视的，有感受不到爱的，有充满争执的，有压力重重的，有母子角色倒转的……这些童年留下的创伤，无一例外给成年之后的种种失误，埋下了伏笔。虽然这些失误还不至于造成不幸，但它们无疑延续了痛苦。我并非想炫耀自己是个与众不同的幸运儿，相反，我之所以拥有这种人群中罕见的成长经历，是我有一个在精神层面堪称完美的母亲。

　　她生于50年代上半叶，经历过那一代人经历的一切。在新中国国旗下成长起来，对社会主义和共产党有虔诚的信仰。他们对毛主席语录倒背如流，崇拜的偶像是魏巍笔下"最可爱的人"。他们经历过三年自然灾害，他们亲眼看到过上一辈人在"文革"中被批斗，他们的生活笼罩在政治运动中。他们的受教育水平十分有限，尤其是女孩，有机会读到高中的少之又少。妈妈常说："你的外公外婆都不识字，我高中班上只有两个女学生。他们能把我送去读书，让我这一辈子受益匪浅。" 高中毕业后，除了当兵、当工人，那个时代给他们的选择很少。

学生时代，她最擅长的不是数理化，而是文科。她的高中老师，有些是从大城市来的知识青年。她喜欢语文，爱唱歌，性格爽朗。但即使在今天，她也不会变成文艺女青年。她不够矫情，从不拿读书装潢门面；她直来直去，从不自我表演式的抖机灵；她对美的理解是：简单、大方、典雅。我看过一张她二十岁左右的照片，在村庄的山坡上，她穿着一件绿色军大衣，索菲亚·罗兰般高高的鼻梁，梳两个麻花辫，鹅蛋脸圆鼓鼓的——一个东方美人。这些照片也让我很早就发现了一个事实，我永远不可能变成一个像她那样的美女。除了眼睛，她最美的部分，高鼻梁、鹅蛋脸、修长的腿、高挑的个子，我都没有继承。

我不知道她性格中那些最鲜明的部分来自何处。她是家中出生的第十个孩子，也是活下来的三个之一。"你的外婆几乎把眼睛哭瞎了。"她说。她与两个哥哥的年纪相差近二十岁。但这个年纪最小的女孩，似乎有种天生的秩序感。少年时代，她每天清早背着镰刀去山上砍柴，再把砍好的柴火背下山。她的手指看上去十分修长、有力。外公家教严厉，动不动就要家法处置，但这些管教很少落在她头上。生活的艰苦没有让她感到苦，而是让她养成了勤俭、节制的习惯。毕业后，她留在村里，因为带头劳动、传播知识，成为村里的支部书记。我听她讲过，和其他的女党员一起，深夜牵手蹚水过水库的冒险经历。她说："那个年代的共产党员吃住都跟群众在一起，是在基层做实事的。"

这种天生的秩序感，用在生活中就是一种即兴艺术。许多东西到了她手中，都能化腐朽为神奇。一个过了期的台历，她能做成漂亮的杯垫；一个蛋糕盒，能变成笔筒；一双破洞的袜子，会变成袖套上的两个小动物。我常常觉得她是个生活的艺术家，或者天生的园艺师。2011年退休后，她来北京和父亲团聚。每周她都会坐一个多小时公交车，来帮我收拾屋子。经她收拾过的家，几乎诠释了无印良品提出的设计哲学"空"。沙发、茶几、写字桌、鞋柜，妈妈的手指碰触之处，凌乱、拥挤和冗余通通消失。那些零碎的小玩意儿，被巧妙地转换角度，或变换形式，屋子看起来舒适、温馨，又简洁。我一直好奇她是怎样做的，并试图通过观察和练习学会这门技艺。而我曾经置身其中，却浑然不觉。

但她从来都不是个小女人。她的承受力比男人更坚韧。家里的每一次重大决策，几乎都是她在作决定。表哥表姐们找对象、换工作、买房子，遇到任何困惑都会第一个向她求援。她是整个家族的核心支柱。她的第一个人生梦想，是成为一名女兵。即使在父亲离家出走的那几年，她深深地烦恼过、困扰过，但她从来都不是脆弱的、神经质的，而是理性的、解决问题的。我工作的第一年，一时任性，索性辞职回家。当我带着几百块钱和一只箱子站在她面前时，她没有责备我，而是倾听了我的理由。她说："只要妈妈有饭吃，你就有饭吃。"她就是一个这样的母亲。把奉献人生，作为自己的信条。

在我七岁那年，妈妈做了人生中的一个重要决定。她提议在县城的郊区修建一套自己的房子。20世纪80年代末，国家政策刚刚允许私人买地建房。身为公职人员，妈妈清楚这个选择会影响仕途，但她不想让已经中风的外婆，住在上下不便的楼房里。为了实现这个家庭梦想，她付出了巨大的代价。至少有五六年时间，不得不举债度日。为了减少开支，我们过上了一种彻底的田园生活。院子里放着一个用木头钉成的鸡笼，十几只母鸡下的鸡蛋足够自给自足。在院子外面，开发出一大片菜地，供应水菜。菜地旁边，还圈出了一个猪圈，每年养三头上百斤的猪，年底卖掉能回收几千元。

那段时间，地下室常年堆放着各种饲料。妈妈经常像男人一样，把那些棕褐色的大袋子搬上搬下。生活虽然清苦，但重担从来停留在她的肩头。她扛起那个世界，让我依旧无忧无虑地快乐着。我记得第一次走近新房子的那天，妈妈脸上浸透着欢喜。几天来，她一直在搬家，在布置新居。等我来到的时候，一切都陈列好了。她带我参观楼上楼下每一个房间，像是为我打开了一个神奇的礼物。在她心头，或许最大的遗憾是外婆没能住进这所房子。外婆去看落成房子的那个周末，大门门锁的钥匙忘带了。如今，只留下了那张外婆与我们一家三口在门口合影的全家福。

　　这是一份极为珍贵的礼物。我喜欢这个空气清新、人烟稀少的地方。这里三面环山，正面对着奔流不息的怀河。在这里生长，养成了我不受拘束的个性。一放学，我就去附近少有的几户邻居家串门。跟小伙伴们到池塘里捞菱角，用火烤着吃。跑到远处的河里泡澡，抓螃蟹。在正对着我家大门的那棵大树下，躺着，什么也不想。夏夜里，在房顶看月亮看星星，一觉醒来，被月亮晒黑了。院子里陆陆续续长满了植物。蜡梅、菊花、水仙、太阳花、鸡蛋黄、仙人掌、月季，还有铺天盖地的葡萄藤、丝瓜藤。在那里，我养过五只小猫，四条大狗；为它们的莫名丢失和意外死亡，流过许多泪水。我爱在夏夜里唱歌，唱青春，唱迷惘。

　　在妈妈亲手建造的花园里，我的童年悄悄延长。植物、昆虫、动物、河流与四季，它们让我至今都更爱自然胜过科技，爱乡村胜过城市，爱永恒胜过技巧。这是美的启蒙。我就这样长到17岁，直到生活的洪流把我带走。自从我上大学离家后，长达十年时间，母亲一个人独自生活在南方。她过着很有规律的生活。平时锻炼、工作，周末在亲朋好友间走动一下，偶尔参加一下单位的集体活动。在家乡，她似乎如鱼得水。那些年，我常常在电话中问她，一个人在家是否寂寞？她的回答总是："我很好。白天忙工作，晚上回来看看电视就睡了。"

　　今年三月的第一天，我送母亲搭乘回南方的火车。这是退休以来，妈妈第一次在北方停留这么久：五个月。我猜想，她一定下过决心要忍耐北方的干燥、寒冷和陌生。在北上与南下的列车上穿行，她依旧在寻找属于自己的生活。火车即将启动，妈妈在车厢里冲我挥手道别。这样的旅途，还将继续。我想起了高考那年,妈妈从县城调任到市里。整整一年,每个周末她都要在路上奔波四个小时,只为回来看我。今天,她的牵挂还在继续。而我,依然在记忆里,在她的花园里唱歌。

让我们忘记那三年

学校　端午亭小学
班级　三年级4班
姓名　Judy

　　关于我的父亲，每次提笔，我脑子里都涌现出不同的事情。这已经是第三稿了，我修修改改，依然无法言语出父亲在我心中，或者说父亲和我之间的那些事。很多事情我已经记不清因为所以，很多事情我已说不清是非对错。每一次都长篇累牍地叙述着父亲和我的碰撞，每一次都能让我捡起被遗忘的许多时光，该从何说起，我此刻的心情无比地复杂。

　　2007年，在二伯父的寿宴上，我见到了父亲。在这之前，我和父亲互不理睬已经整整三年了。可以说，我离家出走整整三年，我恨了他整整三年。因为我至今也不明白，在那个他通过千难万阻才娶进家门，并与他风雨同舟三十年的女人——我的母亲——突然去世后，他怎么可以在如此短暂的时间接受另一个女人？去二伯父的寿宴，我本意是想让他难堪，让他在亲戚面前颜面尽失。我设想了很多父亲和我碰面的场景以及他和我面红耳赤的场面，但是，当看着他带着一张消瘦得骨头都突出来的脸，外带一只打了绷带的手出现时，我的恨立马变成了担心。我突然很怕失去他，那瞬间我只想知道他发生了什么事情？手伤得严不严重？他是开车还是坐别人的车来的？他依然嘴硬说没什么大碍，自己不小心弄的，但语气明显柔软很多，对于我责备似的语气，他没有觉得是不敬，而是一副很受用的样子。

虽然三年没见，酒桌上父亲依然对我没有过多的话语。但是父亲和二伯他们喝了不少酒。我明白，他心里是很开心的，这是我第二次体验到父亲这种含蓄而深沉的爱。第一次我体会到他这种特殊的对爱的表达方式，是大学毕业那年，我决定去其他城市找工作。那天的父亲，整整一个晚上，看我哪儿哪儿都不顺眼，说我这个不行，那个不会，我任何事他都看不惯都要数落。我十分恼火，我怎么就在他眼里这么一无是处，觉得他故意找碴儿，跟他争了两句，他脱口而出："南昌有哪儿不好，非要出去？就你这脾气和性子，还能在外面工作生活？"就那一句，我恍然大悟，这一切一切找碴儿，都因为父亲不舍得我走。碍于道理上他没理由不让我出去，而作为父亲，他又不能像母亲那样直接外露他的不舍和担心，他只能这样。我好气又好笑地跟父亲说："我会好好照顾自己的，我长大了要出去闯一闯了，就当是见见世面，不行我就回来了。"父亲听了心理上终于好受些，便不再说什么了。

我的心很酸，觉得疼，这一刻，他怎么就老了呢？他不应该老得这么快啊？他有人做伴，有人照顾，他想要做的他都做了，他应该像以前那样中气十足地对我行使父亲的权利。当年他义正词严地指责我没有权利对他的人生指手画脚，我还不够那个资格的场景还历历在目。但如今，他身上那股强大的气场已经荡然无存了，我亲眼看见他老了，他已是一个需要人照顾的老人了。我不能再恨他了，但我心里依然无法释怀。我恨他太无情，母亲过世没两年，他就要和别的女人在一起，整整三十年的夫妻，说忘就能忘记。我恨他恪守他做长辈的尊严，不顾我的情感。只因为我是小辈,没有资格对他的人生指手画脚,我就必须接受如此残酷的事实。我无法接受,这个让我敬畏又钦佩的父亲,为何突然间变了个人。为了他做父亲的尊严,在互不理睬的三年里,他硬是一回都没来找过我,只会想各种高压手段逼我自己乖乖回家。可是,他越想各种办法逼我,我越不肯就范,我们这样僵持了三年。可如今,我所有的不解和怨恨都烟消云散,不是我已释怀,是我已不能跟一位老人去较劲赌气了。我的情感再受伤,父亲也劳心劳力地养育了我。"子欲养而亲不待",这遗憾我不能再有第二次。

  小的时候,父亲在我心里是不容置疑的权威,父亲一向遵循长幼有序,长辈说的就是金科玉律,不容违反和争辩。他总是一脸严肃、不怒自威的样子,让我很少跟他亲近。更有一次,闲来没事,我随手去玩他的头发,被他面无表情地一巴掌打在手上生疼生疼的,此后我更是怕他,他的一声咳嗽都能让我不寒而栗。父亲还是一个控制欲超强的君王。大到为人处世的原则,小到写字握笔的姿势,都必须符合他的要求。为了改正我的握笔方法,有一次父亲下狠心把我的大拇指都掐出了血,除了偷偷地掉眼泪,我声都不敢出一下。为了让我正确地拿筷子,父亲的筷子也没少在我脑袋上敲打。而诸如此类,他认为对,就一定教育到我按他的要求做对为止的事情多得数不清了。虽然怕他,但偏偏我总是不听话,自幼儿园起我就逃学,不写作业,喜欢爬墙、爬竿、爬屋顶,为此没少挨父亲的打骂。渐渐地,父亲和我形成了一种无形的高压和逆反的关系。

  高中时期,从母亲嘴里,我了解父亲的奋斗故事,父亲在我心中不再是那个权威霸道的君王,而是一个有责任有承担、顽强刻苦又上进的人,是一座让人尊敬的大山,踏实、深沉而又威严。父亲出生在讲究家庭成分的年代,因为成分不好,他通过严苛的空军体检,却在政审的关卡被刷下来了;他从小喜爱的音乐、绘画,但是他的这些技能和特长,在当时无法撑起一个家。为了养家,父亲在生下我之后,中途改行,辞去教师的工作,在家里闭门读书两个月,重新考试入学读书。两年的艰苦奋斗，父亲在家和学校之间来回奔波，终于在毕业之后如愿在政府里找到了工作。父亲就这么一步步地把一个在风雨中飘摇的家，经营得像现在这样安稳舒适。那时，他在我心中不再是至高无上的权威，但依然是我仰视的对象，我开始比较客观地认识父亲，而对他的为人和经历，我由衷地钦佩，对他这种深沉严苛甚至有点暴力的父爱开始有些理解。

　　酒席结束后，我挽着父亲在路上走了一会儿，多年来，我们头一次这样没有长幼之分地散步聊天。小时候，我无数次想象父亲能像其他的父亲一样，对女儿千万般地宠爱，能像朋友一样简单直接地聊天。一直以来我觉得这样我才离他更近，我们都会幸福许多。但是，那一刻，我才发觉，我宁愿他还是那个高高在上的长辈，像一个万兽之王，不可一世。也不愿见到他被岁月摧残而日渐消瘦的身形。因为父母在孩子心里永远是不会老的。我们慢慢走了一段，到了路口，我帮他拦了辆出租车，付了钱，告诉了司机该去哪儿。父亲异常温和地随我安排着他的一切，临上车，他说："周末回家吃饭。"……我答应了父亲，以后周末都回家陪他。

　　其实从那天起，我开始慢慢反思。长久以来我都把父亲架在那个为家人挡风遮雨的高台上，觉得他理所应当地必须坚强，必须承受一切，然后来安慰我，好像只有我和姐姐才是受害者。但是，我和姐姐毕竟已经各自有各自的生活，母亲才是和父亲每日朝夕相处得最久的人。我们失去的是一个温暖的避风港，父亲失去的是生活上的伴侣和精神上的支柱。他坚强沉稳的外表下，藏着一颗十分脆弱的内心。三十多年来，母亲就是父亲的强心剂，是我们整个家庭的黏合剂。在母亲离开的日子，他应该是比我们更加迷失和无助的。每天他必须一个人上班，一个人下班，回来面对空空的房子，再也没有人每天在家做好饭等着他，没有人在他耳边唠叨烟抽得太多，没有人打电话催他早点回家休息。姐姐不能每天往家里跑，我也不在家，没有人关心他每天一个人怎么吃饭，他必须一个人在食堂吃盒饭。这一切一切都是他每日每夜必须面对的事情，而我没有想过，我觉得我能挺过去，父亲也应该可以。那些日子里，向来不苟言笑的父亲，也不适应这种转变，对于如何把我们凝聚在他身边，他也是一片空白，他只会用快刀斩乱麻的办法，用父亲的威严压制一切。但是，他越压制，我离他越远。父亲和我都被母亲宠坏了，都只会依着自己的性子做事，没有了母亲这个温柔宽容的纽带，我们都只会硬碰硬，最后弄到相互伤害，愤然离去的地步。

在那三年我们互不来往的日子里，父亲找过我高中的老师，我自幼儿园就在一起玩儿的发小儿，我高中的同学，一切他认为能影响我的人，让他们开导我。他也开始学会在生活上关心和照顾我和姐姐。那些年，在姐姐给我带的饭菜中，总有他给我炸的花生米，蒸的肉饼汤，他怕我不吃，让姐姐不要告诉我。其实，我怎么会一点儿都不知道呢。那三年里，父亲和我都在成长，都试着站在对方的立场和角度重新思考，但是我们都很倔犟和固执，他坚持维护着他作为父亲的尊严，我坚持我对情感上这不公的抗议。一直到我们那次的见面，血缘和亲情让我们都抛掉了各自的固执。

现在，每天父亲在家都喜欢做家务，早早地起来扫地，再把房间拖一遍，然后抹灰，把看过的报纸都叠在一起……他做的事情都保持着母亲的习性，连曾经被母亲唠叨多少遍的习惯也改了过来。父亲至今还保留着母亲在时给他置办的衣服，衬衫、裤子、外套、毛衣、毛裤，有些他经常穿，穿破了也不舍得扔，总是自己缝缝补补再穿。我们买了许多新的给他，他却总喜欢挑这些旧的穿。每每在给自己钉扣子、补衣服的时候，他也会说上两句，当年你妈还是我教会她怎么补衣服、用缝纫机的呢。有一条毛裤今年已经破得没法补了，他才换了新的。母亲的点点滴滴早已经铭刻在他的骨子里。如今，他丝毫不掩饰地怀念着和母亲一起的一幕一幕，他变得爱回忆，爱讲话，爱惦念着他们曾经的酸甜苦辣。原来时间不只会让人遗忘，也会让记忆更加深刻。不需要过多的思念之词和外在的表现形式。只需要一段回忆，一个动作。

　　如今的父亲，虽然性子依然很急，还是有那么一些小暴躁，但有什么事现在父亲都会征询姐姐和我的意见，跟我们沟通。虽然父亲和我，依然容易为某件小事，争得面红耳赤，但争完之后，又会各自退一步思考，安静下来继续沟通。他会每周打电话来询问我回不回家。经常帮姐姐接送小外甥女。数落我和姐姐多年不改的陋习。唠叨我给他的电脑不好用，上网、玩游戏的账号和密码太多太长……

爱恨纠结的疼痛

学校　湖东小学
班级　三年级1班
姓名　丁华菜

推开门，屋子正中央，两只离得老远却还摆着外八字阵形的高筒雨靴。一边是半桶猪食，散发着酸臭味，另一边是成堆的烂红薯、南瓜、大白菜、东倒西歪的干柴火，环顾四周，竟没有挪脚的寸地，将两只雨靴拎开，地上留下两圈椭圆形泥巴……

这就是我每次回家看到的情形。由于乡下的老宅只有我爸他一个人住，每次推门，我都紧张是否家里遭劫，等扫视一圈，怦怦直跳的心才慢慢缓和——其实家里的物件只多不少，只是过于零乱。我六十多岁的老父亲就是这样把每间屋子都不折不扣地"物尽其用"。

我的父亲出生在江南的一户地主人家，这可不是什么好事！出生不久，家就被抄了，后又遭"文革"洗劫和各种"运动"折腾，他从小在乡邻欺压冷眼中长大，自卑孤僻。30岁那年，才和我妈相识结婚，后来有了我姐妹俩。新时代的到来和婚姻生活并没有改变我爸什么,他还是那样的孤僻内向,极不擅言表。

我打小的记忆中,这个父亲就从未笑过、开怀过,更没有一般意义上,一个父亲起码的温柔与爱!我想不出是什么原因,这个父亲会如此冷漠地面对两个孩子活生生的成长。

我和姐姐是学校的姐妹花,五讲四美三热爱,德智体全面。而即便这样,也难博垂爱,他甚至都不清楚我们读几年级了。毫不夸张地说,我们姐妹是在棍棒底下长大的。偷吃了家里的鸡蛋或水果,一顿毒打;烧糊了饭,吃棍子;打碎东西打翻饭菜,一顿暴踢;全家人的衣服忘记洗,棒打;写黑板报,放学回家晚了,打到雨伞柄都弯曲;地里的活儿没干完,扁担拿来;和伙伴们一起跳橡皮筋,绳子鞭;吵架,就用绣花针戳嘴唇(这绝不是容嬷嬷发明的);挨打后不许哭出声,越哭越打嘴巴,直到鼻子流血⋯⋯这一幕幕惊心动魄,我可没心情说笑。

一次,我不服打,大哭不止,父亲更来气了,就用绑猪的粗绳将我手腕捆起来,而后我整个人被吊在房梁上,嘴里还被塞上块又大又干的抹布,一股子霉灰味儿直往鼻子里呛。末了,父亲看看自己的劳动成果,狠狠地丢下一句:"看你还哭!"那个时刻,我觉得我成了一个该打断腿的小偷,才受到如此待遇。好在,我的小跟班吃完午饭来等我一起去学校,才发现平时威风凛凛的我被吊在半空;好在她有足够的力气将我解救下来;更好在她足够崇拜我,一声不吭,不问事情缘由,默默地与我一路走在乡间小路。这个小跟班于是成了我生命中的恩人,以至于我们都徐娘半老了,还依旧相互牵挂。

如果说,从未间断过的青一块紫一块是我们躯体的记忆,那么父亲在我童年留下的,更多的是苦涩的味觉体验。

初三的一次家长会,也是父亲九年中唯一出席的家校联系会。散会后,同学们都挽着家长的手,讨论着填报志愿的事情。我鼓足勇气,也伸手挽住父亲的手臂。谁知父亲跟触电似的,厌恶地把我甩开老远,怒喝:"走开!神经病!"看着疾步远行的父亲，我的心里下起了六月雪。虽然理解，中国人不善于表达爱，即使亲人之间也吝啬于一句赞美，一个拥抱，但是，面对这样的拒绝，我还是很难接受。

父亲也没有生活情趣可言，更没有种地以外的任何一项技能。四个人的小家庭，本应该热热闹闹，其乐融融。而在我们家，看不到父母的欢笑。他们从早到晚忙着种地，忙着上班。脸上只有对生活的抱怨，见谁都是他们的冤家。这不得不说是一种悲哀，是我们子女的悲哀。

很多时候，我想说说学校的趣事，或取得的各种好成绩，以此活跃气氛，而每次得到的回应就是父亲清清嗓子和对我白眼，以示我可以闭嘴和走开了。看到其他小伙伴家里经常有鱼、螺蛳和牛蛙吃，我建议："爸爸，你也可以去捉牛蛙或钓鱼吗？这样我们家也能改善伙食啦！"父亲听了，突然将饭碗摔在桌上："你们那么馋的话，管人家叫爸爸去！"然后长时间地白我一眼，起身离去。看到其他孩子们都在河里游泳解暑，我跟父亲说，也想学游泳，他咬牙切齿地说："不要脸！"

寒冬腊月，我和姐姐从没有一件厚衣服过冬。穿在最外面的，是那种手臂上两条滚边的深蓝色运动服，里面横七竖八地穿着几件破旧不堪的毛衣。严冬的清晨，踩着霜雪去上学，脚下是一双布鞋或回力牌球鞋，踏着冰与霜，两个脚早就冻得没有知觉。上课的时间显得那样的漫长难熬，度秒如年。盼着下课铃声响起，我才可以脱了鞋，用手去焐一焐穿着三双尼龙袜的脚，那个时刻是最幸福的。这样艰难的冬季，直到我上初中，才画上句号。我的表姐参加工作了，她是一名缝纫女工，我在中学时代，穿上了第一件滑雪衫，第一双棉鞋。

很多年来，我一直想不明白，为什么我们家会穷到这个地步？同样在农村，同样的上班种地，为什么家境却相差那么大。大概是我母亲身体不好，加上我姐妹俩上学。但像我们家这种情况的，也很多，那么更贴切的理由就是，我父母不会理财。

如果说，家里经济条件不好，使我们过得如此悲催，那么为何我们连父母应有的爱心都感受不到，难道关怀与金钱成正比吗？

冬天，从地里收获了新棉花，加工成棉花胎，厚厚的，看着就暖和。谁知，父亲抱着新棉被径直走进房间，铺在他们的床上。我和姐姐的床上依旧是发黄的、又硬又破的棉花。晚上，我们伸进冰窟窿一样的被窝，忍不住哭了……

家里有鸡蛋、橘子、枣这些自产的农副产品是绝对不允许我们吃的，不知道出于什么原因，大概是想去卖钱吧。我们在长身体的时候，也是不让动的，偷吃了就要挨打。我和姐姐瘦得跟鲁豫似的，谁见了我们都说得去看医生。家里的伙食可想而知了，除了地里长的，没有其他，顿顿如此。我出生的时候，居然有9斤多重，而青春期发育却在20岁前。

在我们的成长中，父亲没有过一次拥抱，一次鼓励，一次肯定，一次称赞，有的，只是冷漠的表情和白眼。我们不曾感受父亲温暖的臂膀，不曾感受男人的坚定和勇敢，不曾沐浴长辈关爱的目光，更不懂得如何撒娇发嗲，未曾体会过来自身体周围的安全感。无处询问，我们的童年是爱与责任的缺失还是金钱的缺失，任凭幼小的心灵自我教育与安抚。

长大后，我想重新审视这位父亲，他到底是怎么了？但愿童年的记忆是我错误的理解。

我开始填报志愿，开始我人生的第一次转折；我完成学业，开始找工作、租房子，准备我全新的生活。每个环节，依然没有父亲的过问和关心，一个农村出来的女孩，要在城市立足，孤军奋战，何等不易！工作以来，父亲没有问过我过得好不好，但如果有几个月没给他生活费，他定会提醒我。

看看身边的一些父亲，个个拼了命地为子女奋斗，给他们买房、买车，帮忙张罗大大小小的事情。我的父亲不是高干、不是企业家、不是教师医生工程师，更不是名人泰斗，他和所有这些职业都不沾边，就是一个埋头干活儿的农民，还是一个不愿与人接触，只和庄稼打交道的地道农民。农民没什么不好，只希望父亲做一个快乐的农民。看看那些斗志昂扬的父亲，不是厂长经理，就是教授专家的，把一家老小安排得妥妥当当，衣食无忧，我只有羡慕嫉妒恨的份儿。我们根本不指望他能帮我们什么，指点我们什么，教导我们什么，只求他太平无事就阿弥陀佛了。对比那些"一人得道，鸡犬升天"的实例，我们的成长真正实现了自食其力、自生自灭。

或许太想有个家，太想得到家的温暖，一毕业我就结婚了，嫁给我走上社会认识的第一个男人，一个比我大14岁的男人，姐姐笑我："你真的缺少父爱！"遗憾的是，这段婚姻终究不圆满。分手的时候，对方说："你一穷二白地嫁给我，这样的婚姻能平衡吗？"由此，我也领悟，为何古人极力推崇婚姻要"门当户对"，古训都是有其真理的部分才沿用至今的。落后就要挨打，没错的！

我一向是个穷人，工作的积蓄用于和父母一起游览祖国。做纪录片之后，更是没有什么进账。三十而立却没有立起来，无车无房，却有儿子嗷嗷待哺。

带着儿子我回到老宅，看到老父亲，头发花白，驼着背，歪着脑袋，侧面看过去，本就矮小的他，像极了一个问号，一个住在我心头的大问号。对着这个问号，我依然清晰地记得，十年前结婚那天，素不言语的父亲对新郎说："好好对她，她还小。"……

妈妈的高跟鞋

学校　解放路小学
班级　三年级1班
姓名　柏邦妮

　　我从来没见过妈妈穿其他的鞋子，除了高跟鞋。我的妈妈永远只穿高跟鞋。她穿着高跟鞋爬花果山，她穿高跟鞋去海边。她从山上回来，鞋跟都被磨秃了；她从海边回来，鞋跟上带着有海腥味道的沙砾。小时候，我走在妈妈的后面爬楼梯，我伸手拽住妈妈的裙边。妈妈踩楼梯，永远是前脚掌。她的一半鞋子在楼梯的边缘，高高的鞋跟留在空中。有的时候，我被关在家里。我孤独地听着每一个人的脚步声。妈妈回来的声音，我像一只小狗一样听得清：哒哒哒。

　　我的妈妈是一位普通的工人，一个仓库保管员，一个只受过初中教育的女人。我妈妈喜欢抽烟，喜欢喝酒，喝红酒。我妈妈还喜欢《飘》，喜欢《呼啸山庄》，喜欢外国的香水和电影，我妈妈喜欢丝绒的衣服，亮片的旗袍，羽毛的披肩。我妈妈永远都化妆，从清晨5点到晚上12点。我们没有见过妈妈没有化妆的样子，外人也没有见过。她高烧到神志昏迷的时候，爸爸带她去医院看病，她烧得从摩托车上摔下来了。就是那一回,妈妈也是化好妆去看病的。同时,穿着高跟鞋。

妈妈非常非常地勤劳。我的意思是说,她真的很勤劳。我妈妈能干所有的活儿,她简直无所不能:她烧了一手好菜,这个中国东北的姑娘在结婚二十多年里,学会了一手地道的四川菜。她会织毛衣和毛裤,我12岁以前的毛衣都是她亲手织的。我的棉袄和棉裤也是妈妈做的。冬天妈妈会缝被子,歪着身子坐着,阳光下,绸缎上,那些粉红翠绿的龙凤泛着温暖的光。妈妈用牙咬断线头。妈妈把雪白的棉絮铺得平平整整。我的妈妈会打老鼠、会织渔网。我妈妈会泡酸姜、酸辣椒、酸豇豆。妈妈会灌香肠、做腊肉。我妈妈会种地、会喂猪、会打石头。妈妈的力气也很大,她年轻的时候能扛一百八十斤的石头,人称"铁姑娘"。我妈妈现在还能扛我。

我的妈妈喜欢跳舞。我八九岁的时候,全国人民都在跳舞。压抑多年的歌舞天性以及人的热情,都爆发出来。那么多的舞会,"嘭嚓嚓嘭嚓嚓"。不会跳舞的男人,羞涩的,宁可皮鞋都被"嚓"扁了,也要学会跳舞。我妈妈是跳舞的高手。那时候的男人,都以能跟我妈妈共舞为荣。幼小的我,也被妈妈教会了三步四步。我在舞会里看妈妈跳舞。妈妈穿着鱼尾裙,她的小腿笔直,她穿着亮闪闪的衣服,头发盘成一个高高的发髻(我妈妈去学校里接我的时候,众女老师围着她,缠她教大家盘头),踩着一双七公分的高跟鞋。

我妈妈是一个热情开朗、精力充沛的人。她白天八个小时正常时间工作,她干三个保管员也干不过来的活儿,她年年都是"先进生产者"。下班之后,她在我们家的饭馆,做她的老板娘,一直工作到晚上12点。她杰出的口才以及自来熟的天分,还有那种交际才能,让我们家的小馆子无比火爆。很多食客都是冲着她去的。她嘻嘻哈哈、风风火火地踩着高跟鞋走来走去。排场很大的小官员,婚外情的老男女,刚下山的黑道哥们儿,喝完酒大打出手的年轻人,吃白食的小混混，以及开了包间吸毒的瘾君子……妈妈应付着形形色色的人，无一例外，都被她安抚得服服帖帖。没有人不买她的面子——即便是在"非典"期间，所有的饭店门口，伙计们都在外头晒太阳扯闲篇，我们的小馆子居然还在赢利！

长大了以后，我也尝试着穿高跟鞋。只要穿过高跟鞋的人都知道，只要穿上走一个小时的路，脚掌就会火辣辣地痛。妈妈每天都穿着高跟鞋，从早晨7点到晚上12点。她的工作，不允许她坐下来。为什么妈妈一点也不疼呢？她怎么能那么潇洒地，摇摆着，走来走去呢？后来，我一直在想这件事。

妈妈病了的时候，我们都不相信。像妈妈这样精神头很足的人，居然病了，怎么会呢？是真的。先是手麻痹，脚麻痹，接着是手臂、肩膀、小腿、大腿。然后是整个下半身。后来的时候，妈妈告诉我，其实那个时候，有一次，她上厕所，自己怎么也站不起来了，就在厕所蹲了很久。去看病，去上海最好的医院看病。医生说，是脊椎狭窄症，七个年轻的医生都主张开刀，成功率却只有百分之四十。不开刀，病严重下去，随时都能瘫痪，开刀，如果不小心，也是瘫痪。我妈妈不能再穿高跟鞋了。

妈妈穿着平底鞋，在家里养病。开头，谁都没有告诉我。去上海看病，也跟我说是去旅游。我那时候昏天黑地地写我第一个电视剧，每日只睡三四个小时，每天写一万字以上。爸爸从上海打电话来，跟我说："你来上海，陪我们玩吧！"我简直觉得爸爸发神经，忙都忙不来，哪里有那个闲工夫？

后来，我才知道：去上海之前，妈妈把我们所有的四季衣裳洗得干干净净，一层层地收好。把家里收拾得整整齐齐。妈妈给我缝好了被子。她甚至偷偷摸摸地，给我爸爸物色了一个女人：一个三十岁的离了婚的女人。她私下里去看过，觉得模样好，性格也好。妈妈想着，如果瘫痪了，就不回来了。她不想给我们添麻烦。爸爸的反应是大怒，然后大哭。

这些事情，我都不知道。我只知道，妈妈和爸爸从上海回来了。没有开刀。

妈妈说，一个老医生说，既然你的病一直没有让你瘫痪，大概你的构造与众不同吧？先观察看看吧！事实则是，他们俩交了住院费的晚上，两个人像孩子一样逃回家来了。他们没有跟我说。妈妈津津乐道："上海的东西很好吃！你爸爸带我去东方明珠了，我们在上面吃了点心！我说不好吃，你爸爸立刻说，不好吃？我们换一家！真的就带我换了一家！哇，你爸爸第一次这么阔……"

　　春天的时候，妈妈闲待了一个假期，还是闲不住，要求继续去上班。单位的一个农村孩子，一个临时工，告诉妈妈一个土方：用一种河边长的草，一捆一捆地晒干，然后煮鸡蛋吃。每天早上连汤带水吃一碗。不管你们信不信，就吃着这种东西，我妈妈的病似乎好了。她的手脚都不麻了，举止像过去一样灵活。隐患当然还存在我们心里：我和爸爸都害怕这仅仅是假象，也许某一日，还是会复发……但是不管怎么样，我妈妈现在又穿高跟鞋了。

五分之四

学校　华山小学
班级　五年级1班
姓名　韩松

手术前，她说如果不能保住这个器官就放弃治疗。我们走在小路上，这是春天，路两旁是樟树，枝叶茂密，有的还发出红色细芽。我试着安慰她，但她不吭声，也不再强调自己的立场，而我们都知道，她做的决定是不会轻易改变的。于是大家走过了好长一段沉默，直到探视时间过去。

她说还想一个人走走，我们在路口分开，她走上一座小桥时，回头望了我一眼，眼睛里全是惶恐和不舍，然后迅速泪水汪汪了。只是那一瞥，我永远都会记得。因为那是我妈难得流露出来的脆弱。

这是2009年某天的日记。小时候没事儿就写一篇歌功颂德的文章来描述我爸，从没想过要写写我妈。三十多岁了，第一次写我妈，脑子里第一个冒出来的段落居然就是这篇日记。当时我妈正面临一个大手术，那时候我以为我就会失去她，幸而没有，也是从那时候起，我开始慢慢懂得她。

在之前的很多年里，我是为有这样的母亲感到遗憾的。（这话千万不能叫她看去！）因为，一、她是个女强人；二、她希望我也是女强人。我妈幼年丧父，家境贫寒，实在是因为外公临终前叮嘱一定要让这个聪明的大女儿读书，才得以维持学业，从农村考进城市，然后下放、回城、自修大学课程、慢慢做到一个财经学校的校长、财政系统全国十佳工作者什么的。这个女人相当强势：去抓老公的赌，一不哭二不闹，走过去把男人们的牌桌一掀就走，这一招彻底治住老公几十年；曾经被铁钉剐破露出脚骨，老公快晕过去的情况下，自己还镇定地走回单位喊人帮忙……

我们家她的荣誉证书是用麻袋装的，过年过节我家人来人往络绎不绝，大多带着礼物和讨好的笑脸，人人都说我有个相当优秀的妈，但我一点儿都不喜欢：小时候她都忙着出差，往往只剩我和我爸俩人在家，老爸打牌赢了我们就吃红烧肉，输了就吃阳春面，很少有我妈的身影；从前很爱一条不知道谁给的绿花连衣裙，可六个扣眼里只有两个扣子，没人给我缝，我便坚持穿着这条漏洞百出的裙子上学，到现在都记得数学老师看了一脸同情的模样；初潮来了大半年后，她才意识到应该给我买卫生用品，而之前我都是无师自通地自己想办法解决；脏了没人管，满头的虱子，有时候上课开小差，就在头发下垫本书，摇摇脑袋，掉下虱子来，摁着玩儿……

那时候我多希望我的妈妈不要那么能干，我很羡慕我的同学，她们的妈妈都没有太大出息，但是会在家、会烧菜、会在下雨的时候给孩子送伞，而太多时候，我是淋湿了自己走回家的。如果仅仅是不回家不照顾孩子，倒也只是一重伤害，可惜的是，我妈是爱孩子的，她爱孩子的方式很不一样——她坚持让我自立：从小在乡下外婆家放牛；六岁开始自己去公共澡堂洗澡洗衣服；年底单位分了年货，正逢她出差，她便要求八岁左右的我独自处理掉，那天早上，我先把那几条各二三斤重的活鱼按倒杀死，再去鳞、剖肚、挖内脏、清洗、抹盐，一条一条挂到木杆上,最后一条鱼处理完毕,已经天黑;在所有事情上,无论我怎么哀求,她都坚决不会来帮我。很多个傍晚,我一个人坐在楼顶做作业等她回家,等到太阳一点一点落下去,天慢慢黑了,她还不回家,那个幼年的我,也好像被暮色吞掉了,心里充满了黯淡;我不知道她是不是爱我,我不知道我是不是值得被人爱。一路上我按照她的安排成长,连大学也是按她的意愿学的会计(虽然补考连连,她说连她的司机都比我强),直到遇见大师兄,我第一次体会到被理解和被耐心温和对待的感觉,第一次知道原来用自己的眼睛看世界也是可以的,所以谈恋爱,所以毕业后奋不顾身地要跟随大师兄到温州。这于我家来说不啻为翻天覆地的消息,我妈震怒,把我反锁在家、通知学校扣住我的户口、迅速安排我在财政局的工作、同时表示要与我断绝母女关系。我记得她说:"我养你养了二十年,没料到你回头咬我一口,早知道这样,不如当初就养一条狗。"

最后我还是走了,走的那天,我爸把两个行李箱拎到门口,在门缝里对门外的我说:"你走吧,以后碰到委屈也不要回来说,免得我们难过,就当没生过你。"那天大概快中秋节了,我一个人拎着行李箱走在去火车站的路上,天上的月亮很圆很亮。

当然这种僵局随着我在温州工作、结婚、生育后就被打破了,我妈慢慢接受了现实,尤其是在自己退休和经历了大前年那次手术之后,这次经历好像一个机会,让我们开始珍惜和了解对方,开始学习以对方需要的方式来相处。世界好像掉了个儿,我妈开始依赖我,她不再轻易批评我,也不再动辄生气,我们终于可以心平气和地聊天,很多时候能聊上好几个小时。而在那些聊天中,我开始发现也许我对她要求太高——从前我爸嗜赌,有时候彻夜不归,而我又总是身体不好,有一回半夜我忽然发起高烧,她抱着越来越烫的我一直等到凌晨三点多有一点微亮了,才深一脚浅一脚地走了几十里山路到医院;一次又一次下雨的时候她真的想去学校给我送伞,但总是有人来办公室谈事情;从前省里点名要她,但考虑到会和我分开两地，咬咬牙还是算了；那年我做阑尾炎手术，术后昏迷时她不停地喊我名字，生怕我就这样死掉了；我生孩子的时候她真的想在旁边陪的，可是正好带队在上海考察没法抽身……

  我妈竟然向我道歉了，她说年轻的时候真的不懂得怎样做一个妈妈，最遗憾的是只知道工作却没有好好照顾我，但她真的是爱我的，从来不会改变。这些本应在我幼年时期听到的话，却隔了那么久的岁月在我成年之后被我妈说出。这其实仍然是有用的，它终于把我心里的某个部分缝合了，从此不再有遗憾。同时，这也让我有机会去看我的妈妈：还原到一个"人"的角度，这只是一个值得疼惜的女人，幼年时她也没有被认真地温柔地爱过，而成年之后，所有的温情脉脉都无以抵挡残酷的生存环境，所以她只能硬起心肠去拼争，她不习惯被爱，也不知道该怎样去爱，我终于明白了她的辛苦酸楚。所以，还好时间来得及，还好我已经长大，就让我来爱她吧，把她曾经缺失的，补上吧。

舞　蹈

学校　丁香巷小学
班级　三年级3班
姓名　倪庆江

　　20世纪70年代末，在办北一个专门进行烧砖加工的工厂，发生过一场美丽邂逅的爱情故事。当时工厂里面有一个男孩特别霸道，打架斗殴欺负女生，谁见了他都怕。一次大伙儿在食堂吃饭，这个男孩大摇大摆走到一个女孩旁边坐下，也不知道他打什么坏主意，大家都在为这女孩担心时，女孩抬头看了一眼男孩的饭盒，一个整整2斤的饭盒里面只有角落里一点点米饭，只说了一句："你那么大体格就吃这点饭，能吃饱吗？"男孩一下子就怔住了，不知道该说什么，更不知道做什么。"我的饭吃不完，分你点吧。"说完女孩将饭盒里的饭菜分给了男孩。从这以后，这个男孩很少再打架惹事，而这个女孩每个月都会把家里带来的粮食分一半给男孩。

　　后来，这个女孩就成了我的妈妈，而那个男孩就成了我的爸爸。这就是70年代我的爸爸妈妈的爱情故事，简单得不能再简单。后来我妈常跟我说：幸福就是这么简简单单,世界上没有一个无缘无故的好人,更没有一个十恶不赦的坏人。

20世纪70年代的中国,计划经济渗透着每个领域,那时候苏北农村还相当贫困,有时每天只吃一顿饭,经常吃不饱。因为家里的孩子多,食物经常就让给小孩。舅舅年幼的时候,有一次,我的外婆冲了一碗面粉,让我妈端出去凉凉,过了好一会儿,我妈还没回屋,外婆就出去找,却发现那碗面粉早被吃光了,我妈也早跑没了影。妈妈说:"每次想起这事都觉得特别好笑,因为我知道饿肚子有多难受。"所以她在砖厂见有人吃不饱饭就特别地心疼,别人都怕他,而我妈却觉得我爸可怜,有时候很多事情就是注定的。

80年代后期,妈妈鼓励爸爸做生意。先是卖家具,从农村把打好的家具运到城里去卖。那时候可没有什么交通工具,只有人力车,所以每次妈妈就跟爸爸用人力车将家具拉到城里去,一个来回就是三四天,晚上就在路边上铺些稻草睡觉,天亮了就走。老妈回忆起那段日子总是苦笑着告诉我,那时候是她穿新鞋最频繁的时候,因为每一趟回来鞋底就会走破了,不得不换新的鞋底。

做了几年家具生意,我爸又开始倒腾棉花,越做越好。80年代还实行物品管制,尤其是粮食、棉花等农产品不允许个人经营。有一天,来了一大帮警察把货物都抄走了,还拘留了我爸。妈妈到处托人找关系,过了好几个月,拘留所同意放我爸出来,当时对"投机倒把"查得很严,需要有人"替"。妈妈特别舍不得爸爸在里面过苦日子,她就自己去了。后来,虽然妈妈一直跟我说这没什么丢脸的,放到现在叫推动国家经济发展,但是我清楚这件事在她内心深处还是成了永远的一块心病,挥之不去。

不可思议的是,我妈出来那天,负责看守的警察都非常舍不得,不仅一起吃了饭,还硬要亲自把她送回家。后来才知道,妈妈在里面做饭做得特别好吃,人热情又好沟通,时间长了跟那些人关系处得很好。"人有时候常常会把自己看扁，如果自己都看不起自己，别人就更看不起你。"妈妈常说："你用什么样的态度对待生活，生活就会用什么样的态度对待你。"

妈妈的个性坚强，也许是环境造就，也许是天生的。记得有一次爸爸请生意上的朋友吃饭，酒是一定要喝的，但是我爸又特别不能喝，那帮家伙见我爸不怎么喝酒哪里肯放过，凑上来一个劲儿灌酒。妈妈看不过去，端起酒杯跟他们喝。那帮家伙刚开始还挺高兴，喝着喝着发现根本就收不住，最后他们全都喝到桌子底下去了。妈妈也醉得不省人事，请医生过来打了点滴才好一些。我总心疼地跟她说："不能喝干吗这么喝啊，搞得自己这么痛苦。"老妈得意地说："人有时候就要争一口气，你看那帮人现在跟你爸吃饭，只要有我在，他们就不敢得瑟闹酒。"说完她又盯着我："但是，你不能这么喝酒啊，伤身体。"

老妈的执著坚强体现在对我的教育上。她识字不多，但我从小到大听她说得最多的就是"不要赌博、不要吸毒、不要犯法"。所以，我到现在连扑克都不会打。因为工作需要我经常出差，她每次都会不厌其烦地说："在外面陌生人给你递烟一定要小心，不要轻易地吸，那烟里说不定就有毒品，你上瘾后就麻烦了。"我笑着说哪有这种事情，而她就确信，只要我疏忽大意就会发生。

在我记忆深处，我能感知最多的还是老妈的温柔、慈爱。一想起她总有一种很温馨的感觉，想起我依偎在她的怀里，恬静而安稳，她时不时地抱紧我，并且嘟囔着"乖宝宝"，一声又一声。我甚至觉得我跟我妈心灵相通，有好几次我给她打电话时，她也正要给我打电话。妈妈总说她能感觉到我心里在想什么，我想什么都能猜到。虽然我不信，但是有时候就这么凑巧，一个电话我刚说第一句话，她就知道我高不高兴，还能说出为什么不高兴，再给我一个解决办法。

2002年，高考填报志愿，去北京是我的梦想，而我妈特别希望我能去南京或者上海，这样离家比较近。最后我还是按照自己的意愿去了北京，老妈不高兴了很长一段时间，她说翅膀长起来要飞了，跑那么远家都不要了。后来到了北京，我给我爸写了封信，让他告诉我妈："我就像天上的风筝，不管飞得再高再远都需要一根线牵着，要不就失去了方向。"收到信后老妈给我打电话说："那根线太容易断，风大就牵不住了。"我开玩笑说："如果有一天我出国的话，你们还不活了啊。"老妈气愤得扔给我一句："你敢出国就打断你的腿！"真让我哭笑不得。

前几年，中国的纺织产业急剧下滑，爸爸公司的生意也一落千丈。爸爸心情糟糕到了极点，开始不回家，还经常赌钱。妈妈很着急，但也于事无补。有一次妈妈给我打电话说了最近的情况，有些伤感，但言语中她没有怨我爸，反倒很理解他。她觉得这么多年，爸爸一直踏踏实实、认认真真地做生意，临到晚年却不如意，换了谁都很难接受。她只希望老爸尽快振作起来。她说："我这一辈子不求大富大贵，只求安安稳稳。"她也经常让我跟爸多打电话，多聊聊，说现在爸爸的逆反心理很强，接受不了其他人的劝解，只会对我有耐心，也只能听进我的话。后来爸爸跟我说了，老妈那时候着急得不行就骂他："你可以就这么下去，但是你千万别给儿子添累赘，他的人生才刚开始。"

岁月无情，曾经妈妈的嬉笑怒骂回味着却总带着些心酸。现在她也不再奢求其他，只希望我早点儿成家，有个伴，安安稳稳地过日子。但是在成家这件事上我们分歧很大，总是有争吵。也许每一代人和上一辈之间都有这样的隔阂，我明白这种隔阂难以消除，只能尽量不让她生气，哄着她，多顺着她。今年春节回家，每天晚上睡觉前，妈妈总会坐在我床边待一会儿，聊聊这，说说那，像小时候一样给我披披被子。以前在家的时候觉得一切都是理所当然，现在回去时间少了，每次回去看到老妈为我做的这些，总是很心疼。

龙年大年三十的晚上，刚吃完饭，妈妈拉着我和爸爸一起跳舞。外面的鞭炮声不断，热闹得很。看着妈妈笑得那么灿烂、跳得那么欢快，我突然间热泪盈眶，眼泪忍不住地往下淌。她经历过那么多的苦难，却从不觉得苦，这种态度，也许就是笑着面对苦难吧。我远远地拿出手机,把这段跳舞的视频拍了下来,并上传到网上,我觉得这是我看过的最好看的视频,因为她用她的舞步再一次告诉我:"你用什么样的态度对待生活,生活就会用什么样的态度对待你。"

何笑兰之歌

学校　曙光小学
班级　六年级1班
姓名　张粉林

我好久没有见到何笑兰了。

据说，她老得更快了，丹凤眼变成了三角眼，腰倒还是细，可是佝偻得厉害。清晨起床，脱落得只剩一半的头发也不打理，任它们像螃蟹腿一样胡乱支棱着，脸也懒得抹粉，用薄毛巾沾点水在脸上一划拉，算是洗过脸了。衣着也越来越随便了，品位相当古怪起来，比如，款式时髦了不行，她担心像老妖怪，落后了也不行，显得她好像从来没潮过（众所周知她的确潮过，而且是很潮）。短了不成体统，长了像要跳大神，红了俗，黑了闷，绿了土，青了像吊唁，紫了像刚吃过人而且是"生吃"。每到逢年过节，给她买衣服便成了最头痛的事。你不清楚到底买哪件衣服能刚好踩中她的心坎，她情愿年复一年来回穿那几件洗得快破的小衫，上面也许粘连着她年轻时候的阳光打在上面的印痕，也许还暗含着树叶拂过它们时懒洋洋的清香，或许当年穿它们时得到的赞叹是如此不同。

她不仅是对衣服挑剔，对住处也讲究起来，住在县城儿子家嫌吵，城里车来车往，喇叭一叫辘轳一滚她心里就慌。住在王镇又嫌熟人多："东家来请我去吃茶，西家来约我去打牌，好烦的。"事实上她的烦恼完全可能是多余的，她的担心只能在往年王镇的光景里才会。

当初，左邻是编得一手好篾器的驼背叶师傅，老是跟儿媳吵架，他向大伙投诉儿媳虐待自己，不让他用油渣下面条，儿媳也不是吃素的，则向邻里哭诉公公偷看自己洗澡；右邻是镇小学踢得一脚好球的教体育的陈老师，跟小学生踢足球从来没输过；对面是卖鸡鸭的江伯伯，没事时爱品茶讲古，摆起王镇的前世今生龙门阵，北大街上除了卖豆腐的跛子外无人能及。现如今，王镇早不似过去的温情怡然，看上去怪诞荒疏，一幢幢大白瓷砖房子取代了磨山岩石垒成的古老房子突兀竖在大路边，满街跑着的汽车呜呜乱叫，春日来临时，小孩子们也不再成群结队爬磨山，而是由各自爹妈领着去了县城新建的游乐园。现代化进程摧毁了她对吃茶打牌所具有的忧心，新迁入王镇的外地人带来了陌生而生硬的气息，原来的生活风貌以摧枯拉朽之势从时代里急速退去、崩塌。早年的老邻居死的死、瞎的瞎，要么如她，早随儿女远迁城市住进了高楼。

时间抽去了当年的峥嵘，只保留了脉脉温情。

若是住回乡下老房子里，又嫌猫少。"哟嗬，还是王镇早些年间的猫子多啊，大清早推开窗户，只瞧见窗外满树满树挂的都是猫子，跳着闹着，煞是好看啊……"她缩在椅子上抽烟，一边抽一边嘴里叨念。她的儿子儿媳妇不爱听她叨唠这些，每回听到这儿，儿子把脑袋歪到一边叹气，儿媳妇则偷偷发笑。儿媳妇有时候在电话里对我说："你说说看，那树上挂的难道能是猫吗？只怕是她看错了，是木棉花吧。""她说是猫，你就当是猫来听好了。"

说起来，何笑兰岁数并不大，还不至于老到脑筋糊涂的地步。只是她天性是个浪漫的人，作为曾经的艺术工作者，她常常模糊了幻想与现实的边界，一个人流连在奇异旖旎的思想世界里甘之如饴。当然,她对勇于打破了她幻象的人的态度很粗暴,主要体现在老伴身上。固然,倘若儿媳妇胆敢当面提醒她"木棉树上挂的不是猫而是花朵",她也会一视同仁,立即收拾东西回乡下,直到儿子来央求她才肯返回。人们都说何仙姑心气儿高:"啊,那可不是一般的高啊!"

他们在我面前谈起年轻时的何笑兰,感叹不已。即便后来落魄了,曾经的当红花旦流落在王镇街头卖炸油饼,人家那腰杆都是挺得直直的,头梳得顺顺的,穿着暗绿细花旗袍,目不斜视端坐在油锅面前,用好看的手指拿着长长的筷子翻动在沸油里忽上忽下的金黄油饼,一点儿也不失气场。我经常在回忆里咂摸这一幕,心想如果当时她炸油饼时脸上再带着笑容就完美了,不要笑得太开,微微地笑一下就好了。可惜当时不是这样的,她成天拉着脸,阴沉沉的,对我呼来喝去。可是,即便是拉着脸,那脸也是好看,真的,不是一般的好看。哦,当一个美丽的女人年轻的时候,适当的忧愁只会平添更多的浓重的美。

这场景我为何如此熟知?因为我当时坐在一边卖饼收钱呢。

当何笑兰还是人称何仙姑的时候,她是县楚剧团的当家花旦、台柱子,百十里地无人不知无人不晓,拿手的《卖花记》、《打龙袍》、《送香茶》唱得着实不错呢。"那嗓子,可真叫一个好哇!"老人们在油饼摊前流连、感叹,对我说起她,时常啧啧称赞。她唱得到底好不好,我没法穿越回到她自十五岁开始登台的时候去佐证,虽说她成天价地把戏词唱在嘴边,比如走路时、洗衣服时哼哼几下,却从不肯给我们唱一曲完整的调子,以至于当我还是小孩子的时候,时常猜测那段舞台经历是不是她曾经做的一个华丽的梦,再也不肯从梦中醒来。但是她的确是因戏结缘,嫁给了自己的铁杆粉丝,引出接下来的一串私奔、搜捕、出逃、十八相送、寒窑苦等、六年相逢这一传奇故事,随着我年岁增长,听辈分高的长辈私下向我证实过无数次了。当然,后来她的铁杆粉丝同样无缘听她唱戏了,光听她用清脆的嗓音成天价叨唠,自清脆到混浊。在无数次的争吵打架中美美地过了一辈子。

当她老了以后，闲来无事，她喜欢一边绣花，一边开始亮嗓子："上前叫一声乳妈啊我的亲娘，儿跟你十六载不离左右，儿饥饿时吃的是娘的血浆，儿寒冷时娘将儿贴在身上……"这血糊拉哗的唱词经常让我们听得直哆嗦，直叫她换一曲再来，换支轻柔清新的小曲子，哪怕是来段激热怆然的《狸猫换太子》也成。她眼一瞪眉直竖，训斥我们说："好东西不坚持唱就慢慢糟蹋了。"

《四下河南》剧目我们小时候没少听，里面哭戏一波接一波，演员们动辄哭得肝肠寸断，让我很是不理解。事实上，她向我们吹嘘了几十年的熠熠生辉的舞台生涯并不长久，总共不过三五年光景，戏就唱不下去了，时代的洪流挟裹着她向前，转换了人生舞台，嫁人，生了一大堆孩子。到底因何而中断，说法数种，中断缘由的前半截卖豆腐的跛子的说法与卫生院李医生的说法相左，缘由的后半截我姨妈的说法与我姑妈的说法相左。在他们各自给出的五彩缤纷的不同版本里，我读到了一个斑斓迷离的何仙姑，她多么幸运，能够在荒谬大时代里让青春在起伏跌宕紧张活泼的故事里开始与结束，而不是像我一开始就在庸碌的沙滩上搁浅，只乏味地收获一脸粉刺。

1983年的夏日，在纳凉的夜里，恰逢楚剧团下乡演出到了王镇，据闻李青松和王锦将挑梁小生与小旦，演当时闻名遐迩的新剧《四下河南》。演出节目单已经贴在了镇政府大门前的宣传栏上，消息顿时像长了翅膀的小鸟飞遍了全镇每一个角落。学校里的学生在窃窃私语，老师们也颇为兴奋，放学的路上三三两两在议论此事，笑声扔了一路。菜市场的管理员们也活泛起来，早晨在集市上与菜农们讨论《四下河南》的剧情与剧组演员们的江湖八卦传闻，例如，谁谁和谁谁好上了，谁谁的脸蛋"打粉时赛过那红牡丹，不打粉时赛过那驴粪蛋"云云。

春香的娘杨小红没心思打牌了，草草打发大女儿梨花站在小板凳上够着灶台烧火做饭，自个抱着正吃奶的春香就串门子。她三步两步就跨进了何笑兰的小院:"小何,王锦要来演赵琼瑶了,就在这几天。""这戏我不稀罕,再说了,王锦是谁呀,没听说过呢。"何笑兰眼皮都没抬,只顾低头揉面,动作灵巧急促,像小孩的舌头在玩耍一只大大的泡泡糖。

"王锦啊,可有名了,这戏让她给演活了,上回在季店演了十几天,听说把好几个老婆婆人哭晕、眼哭瞎。端午节那晚上演到'公堂会审'那折戏,当场就抬出去三个到卫生院抢救,其中就有南街的王日安的大舅姑!他大舅姑命苦哇,本来是我们王镇上过去富贵人家生的人,土改时让共产党分了家产,全家就活了她一个,打小让人抱到季店乡下当童养媳,1959年大饥荒时,夫家的青壮男丁死光了,她一个人拉扯着几个细伢吃树皮吃观音土硬挺着活下来……世上的苦让她吃干净了,到临了没享几天的福,牙就掉光了,耳也背,就剩眼好用——结果看了《四下河南》当场哭瞎了眼啊!"

聊至此,何笑兰不再紧绷着脸,两女人欷歔不已,又相互说了好一会儿体己话。杨小红是个戏迷,戏台子刚在供销社门前的空地上开始搭建,她就嗑着葵花子,从头瞧到尾,时不时向何笑兰传所见所闻:"小何,城里的公家人就是不一样啊,搭个戏台子这么舍得花钱!""哼哼,哪家的台子不是这么搭吗?你是没瞧见几台戏吧?""啊呀,可不是嘛,我瞧的戏少,所以就不明白了,这搭个戏台子得费这么多劳力忙活,干三天都没干完啦!远的不说,看今儿一下午,他们光鲜亮的红绸缎子面就搭进了好几大匹!里三层外三层,糊得那叫一个结实!哎,太费钱了。"

疯婆子杨小红平素也不是善茬儿,打扮以妖艳见长,还是北大街第一吵架高手,可是她忤何仙姑素日里威然正大仙容的气场,敬她是见过大世面的主儿,唱过台柱也卖过油饼,说明人家能屈能伸,风光时当过人大代表、妇联主任,打扮说话的做派也格外新颖,所以也乐得逢迎她。"费钱好啊,说明人家花得起,再说了,活儿好也得台子好!""那是那是!"虽说何笑兰不太爱答理她,可是硬让她在北大街找一个同类，非杨小红莫属。

三伏天里，蝉鸣哇叫，戏台子也搭好了，人们早早围聚在周围，一排排小板凳占着座，孩子们端着碗边吃边抢座，吃不了几嘴，穿梭着飞快地奔回各家的院落里饭桌上夹菜，又飞快地奔回座上，生怕让人家给挤占了好位置。女人们纷纷收拾停当，个个好生打扮了一番，穿上平日里走亲戚才穿的好衣裳，呵斥不安静的顽皮孩子乖乖坐下等待开场。这一年，何笑兰三十一岁。这天，她穿上最喜欢的暗绿花丝绒旗袍，脚蹬护士白色坡跟鞋，脸上不光擦了雪花膏，还扑了紫罗兰牌香粉，头上抹了蜂花牌发乳，身上洒了茉莉花味的香水，手上还捏了块手绢。唯一不美好的是她身后跟着走出来一长串相互吵嘴、扯头发的鼻涕眼泪一把的脏兮兮的小孩子们，全是她生的。

王日安时年三十八岁，当时坐在戏台最后一排。他上身贴身穿大红色足球背心，外面罩着雪白的确良衬衫，扣子敞开着，露出当时王镇没有卖的金属色的皮带扣，头发还梳得油光光的。他咧开一口好白牙，朝座位中间的杨小红飞眼。杨小红顿时笑逐颜开，却假装没看见，用蒲扇敲前排一个胖老头的头，让他把脑袋低下，"别挡了老娘看戏"。胖老头是粮店的财务会计小孙的爹，他是个结巴，扭过头，朝杨小红叫："敲敲敲敲——敲——敲，敲什什什么么啊啊啊？""我想听听敲敲敲敲得——得得响不？"杨小红高声说。周围顿时笑成一片。

激动人心的时刻到来了，锣鼓一响，没多久，就见一个灰胡子老头儿晃荡着头上的帽柄摇摇摆摆出场了，走了几步，便念白："粮田千顷我不嫌少，黄金万两我不嫌多，老夫赵柄南……"老头儿嘴里一直念念有词，每讲一句都要晃一下脑袋，仿佛脑袋里装了半罐子硬币，非得晃荡着听响才舒坦。我在心里盼望着一个华丽的女人满头珠翠伴着长长的吟哦一扭一扭地出场，这样才符合我对这个戏台子的想象，不枉我在这暗夜里让蚊子咬了一身包、流着臭汗，还帮何笑兰抱着一个闹着要吃奶的小女孩。

何笑兰没有感谢我的意思，好像这是我应该做的。她生的第四个孩子有着惊人的力气，对世界充满了啃噬的欲望，完全无法和她长大后矜持、优雅、玉树临风的瘦弱形象联系起来。我当时做梦也没想到这个只能够在地上爬行的有着粉红皮肤的小人儿能够一把揪住我头上的小辫子，拖动我的头，不顾我的死命挣扎，将辫子发梢不由分说地塞进嘴里，很投入地磨咬啃吃起来，还抽空发出尖锐的叫声以表达她对味道的不满。我很无奈，偷偷给了她两拳，才打掉了她的好胃口。

灰胡子老头咿咿呀呀唱个没完，非但没有立即让穿花裙子的美女上场，还在台上与另外一个白胡子老头索性吃将起来，又吃又唱。显然是高兴过了头，不一会儿，白胡子老头便咕咚一声倒地了，一边倒还一边唱歌，说是中了奸计。

我依偎着何笑兰，抱着她的啃累了手指的小女儿一起沉入了香甜的梦里。不知过了多久，便在如泣如诉的弦乐声中惊醒，忽见舞台上已换了场景，一个年轻的女人让轻盈好看的雪白丝质面料全身裹着，走路直打飘，美得像仙子，头上还顶一朵大白花，挂着白串串耳环。可是，她看起来很不开心，一边哭哭啼啼一边在戏台上跑来跑去，有好几次快倒下却又站稳了，伴着嘤嘤哭调碎步小跑起来。

这个话说是名叫赵琼瑶的女人在台上哭，我身边这位曾经是何仙姑的何笑兰在台下哭，或许是阔别舞台十二年来，她第一次深切怀念逝去的青春，它们与这个戏台一样已永不再来。戏台辉煌灿烂的光映照在她满是泪水的脸上，紫罗兰香粉被冲下来一道道，滴落在暗绿细花的旗袍前襟上。我抱着襁褓中的二妹妹坐在小板凳上烦躁不已，凑过脸去问她："妈，你哭什么啊？""你……没瞧见人家台上的人哭得这么惨吗？琼瑶好可怜啊，她的身世跟我好有一比哇。"她抽抽搭搭地说。我更不理解了，又拉着她的衣裳角问："妈，她已经可以穿这么漂亮的衣服在跳舞了，为什么还要哭呢？""人家是要进京找清官告状的，一路上没得吃，没得喝，饿得直哭……""妈，都饿成这样子了，她为什么还有劲儿唱个不停呢？！""因为她现在要进京告状，正在诉说着心里的凄苦。""妈，那她们应该吃饱了再上台唱嘛，这样就不用哭了，对不对？"……

后来，她努力让自己平静下来停止抽泣，果断站起身，不顾后排杨小红的阻拦，用一记迅雷不及掩耳的耳光让我记住了《四下河南》这出著名的折子戏直到如今。她生了五个女儿一个儿子，女儿们像鸟儿一样飞离了故土，去了远方生活。她的儿子长大后，出息了，捧上了铁饭碗，在几十公里外的县城政府里谋了一份差事，便把父母从王镇接到了身边照顾。1999年的深秋，何笑兰离开了王镇，从此很少再回来。

杨小红死于1993年冬天，《四下河南》在王镇演出十年之后，她离家出走。目击者称她沿铁路轨道一路向西，嘴里唱个不停。两个月后的某个早晨，人们在磨山山坳里找到她的尸体，上面布满尸斑。此案至今无果。后来，她的女儿梨花嫁给了调查此案的警察。

编篾器的驼背叶师傅去世了，儿子的哑病依旧没能治好，儿媳扔下两个孩子跟人跑了。南街开杂货铺的王日安去年中风了，我不曾想到这个当年坐在《四下河南》戏台下风流倜傥的帅哥，也会秃顶、老年痴呆。据说，供销社因年久失修，坍塌破败的围墙内，曾经车水马龙的院落里长满了一米多高的蒿草，生活着数条大蟒蛇，以致鸡鸭误入内，也无人敢进入寻找。供销社对面的空地，当年是《四下河南》的演出地，如今变成了生活垃圾场。

很多年过去了，何笑兰对我说，她还是时时做关于王镇的梦，梦中的人是王镇早已死去或活着的人，是她年轻时候的姐妹或街坊。他们与她一样，不属于现在也不属于未来，活跃在鲜活的某个过去光阴的梦境，迷失在赵琼瑶的哭声中。在我的母亲何笑兰暮年有关王镇的梦里，他们依旧年轻，像塑料花一样永不凋谢。

和你在一起

学校　小辛庄小学
班级　四年级3班
姓名　张峰

曾几何时,"妈妈"这两个字在我心中是愤怒、争吵、打骂和不可理喻的代名词。病重的时候,我宁愿选择让朋友们照顾;悲伤的时候,我更习惯找朋友们倾诉;就连生日,似乎也不在乎有没有妈妈的祝福。日子就这样,死灰一样地过着。

在我儿时的记忆碎片中,妈妈是习惯打骂我的。或许是听从了"棍棒之下出孝子"的"古训",丢三落四、不认真听讲、成绩下降都成为她打我的理由,有时她还会得意扬扬地向同事们炫耀我身上一条条的棍伤。小小年纪的我,脑子里充满了委屈和羞愧。

似乎是小学三年级吧,暑期作业要写钢笔字,一天一页。快要开学的时候,妈妈检查我的钢笔字和字帖,然后说字帖上让一天只练一两个字,问我怎么写这么多。我说是老师让的。现在想来,大概那句话触动了她的权威吧,一怒之下,她撕碎了我所有的作业。当时的我号啕大哭,脑子里只闪过一个字:恨。

四五年级的一次语文考试,我照例考前三名,也照例要拿卷子回家签字,不然罚抄试卷十遍。现在想起来,这还真是个不合理的规定。等回到家给妈妈看完成绩,要她签字的时候,她说正忙,等等吧。然后我们就都把这件事抛到脑后去了。第二天的语文课,我"理所当然"拿不出签字,也就"理所当然"被罚抄卷子十遍。当我委屈地坐在写字台前抄卷子的时候,问明缘由的妈妈只从嘴里恶狠狠地挤出两个字:"活该!"我绝望了,直接推开大门冲了出去。

那个下午,我走出去好远好远,第一次知道,原来运动能力不好的我,也能走那么远的路。大概就是鲁迅先生说的"还有生之留恋"吧,在"离家出走"的几个小时里,我眼前不断浮现外婆慈祥的面容,最后我终于后悔了,我想我一定让她老人家着急了。傍晚的时候我又低着头溜了回去,看见爸爸和外婆红红的眼睛,我真的很难过。后来妈妈经常拿这件事数落我:"你不就会跑吗?有本事你再跑啊!"我心里愤愤地想:如果这个家里只有你,我肯定不回来!

初中的时候,我和同班的另一个女生玩得很好,妈妈知道后大发雷霆,严厉禁止我再和她来往,理由是:她作风有问题。其实到现在我也不清楚那个女孩子有什么"作风问题",只记得当时妈妈还知会了班主任,结果一次被班主任"抓到"我们下课在一起聊天,然后我就在办公室门口罚站一下午。现在想来,那老师大约课程不满,平时太清闲了,倒有时间管这种事。于是我和她的友谊转入地下。这种地下友谊一直持续到我们高中毕业,我一直说这是一段比"早恋"还要小心对待、不能被发现的朋友关系。大概在多年和妈妈的生活中,我已经开始学会了"斗智斗勇"吧。

大三的那个暑假,从北京坐火车回到家,迎接我的却是妈妈愤怒的目光。看我完全没有悔意,她便旁敲侧击地问我在学校花钱是不是太多了。我想一个月450应该不算是多吧。一时间没做任何回答,也许在多年的"斗争"中,我已经习惯了沉默。最后我的无动于衷终于惹恼了她,她生气地说:"你一个月2000多的生活费是不是太多了点!"我用习惯的平静口气说:"你大概算错了。"之后和她的同事们吃午饭,大家说起孩子们在外面上大学的开销,大概都在500至800元,妈妈突然提高嗓门说:"我女儿,在北京,一个月花2000多!"一时间,叔叔阿姨们都投来鄙夷的目光,我默默地低下头,认真对付碗中的菜。

后来,每次的"大概算错了"终于还是激怒了她,她愤怒地说:"算错了算错了!我怎么可能会算错?我告诉你,每次给你打钱,我都是记账的!"然后不知道从哪里找出一沓银行存单,开始狠狠地敲打计算器,最后她抬起头,弱弱地问我:"你一个月才花450?那够吗?"我仍然没有表情地告诉她也够了。几年后她大概忘了,于是又提起这件事,说你看人家某某某,一个月生活费才800,当年你一个月就花2000多,你看人家多懂事。我早已懒得辩解,徒劳无益。

日子就这样一天一天过去,不记得从什么时候开始,我已不再喊出"妈妈"这样的字眼。还记得曾经在网络上看见一句话,大概是用来描述爱情的:"我等着你关心,一直等到我关上了心。"我脑子里一下子闪现出妈妈的身影,泪水瞬间模糊了双眼,我默默地关上网页,在电脑前抽泣了很久很久。

直到今年春节之前,我都以为日子会永远这样,不死不活地过下去。

春节前,妈妈从朋友那里知道了一种心理咨询方式,叫做"意象对话",据说可以改善人际关系。抱着死马当活马医的侥幸心理,春节后我跟着妈妈来到她们的工作室。并不是我想象的一对一的心理咨询方式,而是十人左右围成大圈坐在地上,各自说出自己心中的苦恼。心理咨询老师逐一引导来访者把这种苦恼转为自身的不良情绪,例如恐惧、不安、不被重视等等,再用图像把自己的感觉具体化,最后咨询老师慢慢引导来访者面对自己的不良情绪,最终走出心中的阴霾。而意象对话的精髓,就是要时刻跟自己的心在一起,倾听自己心的声音。

当我被问及在与妈妈的关系中，自己像什么时，我闭上眼睛，嘴边滑落出一个字"冰"。事后我才知道，当时在场的很多人都暗暗松了一口气，她们都说幸好不是石头，冰嘛，总是有融化的那一天。妈妈又喋喋不休地说了很多现在我已经记不清的话，咨询师再次问我的感觉是，我回答没有感觉。是的，没有感觉，这么多年，从希望，到失望，到绝望，最后到麻木，我觉得自己似乎已经失去了感觉的能力。可能这句"没有感觉"刺到了妈妈的神经，她说："这么多年我反思自己，我也知道自己可能太功利了，伤害了孩子。孩子，其实妈妈是很喜欢你的。"

这么多年，她第一次承认自己的功利，她说她喜欢我，我一直以为她是厌恶我的。记得外婆去世的时候，我哭着跟朋友说："奶奶已经不在了，现在外婆也去世了，以后不会再有人爱我了，因为我不可爱，不可爱。"朋友慌了，不停地说我们大家都爱你的。她不明白，我失去的是长辈给予我的母性的爱。而今妈妈说她是喜欢我的，我的眼泪夺眶而出，原来她是喜欢我的，曾经我一直以为自己在这个世界上是多余的。

之后妈妈说了很多她的事情，她是家里的长女，在那个特殊的年代，外公蹲牛棚，外婆瘫痪在床，年纪尚小的妈妈只能挑起家里的重担，照顾外公、外婆和三个弟弟、妹妹。没有自我保护能力的妈妈，开始不安、恐惧、不信任任何人，把自己武装成一只刺猬，随时对付周遭的每一个人。成年之后的妈妈，有了家庭，也有了我，可是小时候那颗没有被人保护的、受伤和不安的心，并没有真的长大，那种对世界的恐惧感，自然而然地转移到我身上。她努力控制我的一举一动，大概是为了降低自己心中的不安。只可惜，事与愿违，这些年，我和妈妈的距离越来越远，有时我甚至觉得她不过是一个我认识的陌生人。

为期五天的意象对话，让我和妈妈开始重新审视彼此的关系。其实没有一个人天生就是为了伤害别人而存在，那些伤害都是为了掩盖心中诸如恐惧、不安之类的不良情绪；而同时，也没有一个人天生就希望被别人伤害，那些容易受伤的心，也不过是恐惧、不安的外在表现。只要我们时刻倾听自己心的声音，关注心的感觉，那些原本笼罩我们的恐惧和不安，就开始变得渺小和微不足道。我终于明白，人潜意识的力量非常强大，它就像一团大而暖的光，时刻照亮我们的心灵，可惜恐惧、不安那些不良情绪，就好像布满荆棘的藤蔓，裹住了心中那团光，最终封住了我们的心，迷住了我们的眼，甚至让我们远离了原本最最珍贵的亲情。

活到30岁，我终于明白了，原来所谓佛，就是我们心中强大的精神力量。小时候看武侠剧，每次听到"放下屠刀立地成佛"，总觉得奇怪，难道不杀人就变成佛了？现在终于明白，所谓屠刀，就是那布满荆棘的藤蔓，拨开藤蔓，方能激发心中强大的精神力量。也终于明白济公所说的"酒肉穿肠过，佛祖心中留"，喝酒吃肉只是表象，只要心中有强大的精神力量，又何惧之有？

意象对话结束前，咨询老师问我："现在都是水了吧？"我奇怪地问："什么水？"她说："你心中的冰应该已经融化了吧？"我笑了："早已经烤干了，哪来的水。"是的，只要心中的力量足够强大，又有什么样的坚冰不能摧毁呢？实话说，我很羞愧，这么多年我都没有倾听过心的声音，把她冷落一旁，她太孤独了。今后的日子，我会经常和我的心在一起。当然，也会经常和妈妈的心在一起，感知她的痛苦和不安，和她一同成长，一同沐浴在我们心中那片无尽的阳光中。

饺 子

学校　靠山屯小学
班级　四年级2班
姓名　王小峰

过年吃饺子，这是北方人的习俗。

小时候在东北农村，生活条件不好，平时吃饺子跟做梦一样，所以就盼着过年，一过年，饺子就可以随便吃了。

东北农村过年很讲究，我可以花五块钱买鞭炮，还能穿上新衣裳。家里从腊月廿三开始，就可以吃上细粮了。平常，吃的是玉米面贴饼子、小米饭、咸菜。从小年儿开始，可以吃上大米饭、白面豆包、白面馒头，菜里开始有肉腥了。随着除夕的临近，好吃的越来越多。到了年三十晚上，全家要包饺子。一般，三十晚上的饺子是纯肉馅，可以猪肉也可以牛肉。现在的肉馅都是机器铰出来的，倒是方便了，但是不如把一块连肥带瘦的肉慢慢剁成肉泥吃得过瘾，剁出来的肉馅做成饺子馅，吃起来是一整块，耐嚼，机器铰出来的肉馅做饺子馅，熟了之后像苏联一样四分五裂，吃起来肉渣满嘴跑，无法享受到咀嚼的快感。

我的馋虫从意识到开始过年，便在胃里折腾，一直到三十晚上，这条馋虫才能心满意足。过年包饺子，都是我姥姥负责和馅，小时候光顾了吃，没研究过饺子馅是怎么弄出来的。过年亲戚都会来我姥姥家，包饺子是全家上阵，整个过程很快，一个小时的工夫，晚上吃的饺子就都包完了，然后就等着下锅。

那时候穷，所以包饺子时要在饺子馅里放进去几枚1分、2分的硬币，看谁幸运能吃到，吃到意味来年能发财。每次我都会跃跃欲试，希望能吃到。当时，家里和我岁数差不多大的孩子有六七个，我总担心他们把钱饺子吃到。

晚上九点多钟，我姥姥一声令下，开始烧水煮饺子。她嘴里常说的一句话是："开始接神了。"那时候不明白接的神是谁，也没见过这个神什么样，我就看到饺子了。这时候我最爱干的事情是在灶台下烧火，因为可以看到饺子下锅、烧开、翻滚，直到捞上来的全部过程。那时间不长，可我每次眼巴巴地看着整个煮饺子的过程，都十分难熬，直到面香中混合着肉香随着蒸气喷薄而出，我知道，一年中最幸福的时刻到来了。这时我姥姥会问我："饺子生了吗？"我赶紧说："生了。"姥姥第一次问我这句话时，我曾随口而出："熟了。"结果，姥姥说："不许说熟了，要说生了，升官发财了。"用这个谐音祈祷着来年好运。可能我当年就那么顺嘴一说，结果至今没有升官发财。那些当了大官的人，当年回答他姥姥的问题都答对了。

那时候的饺子非常好吃，不是富强粉，就是普通白面，皮也没有现在薄，里面的馅特别香，咬一口，油汪汪的汤汤水水便流了出来，顿时溢满口腔。东北人吃饺子，蘸饺子的调料相当讲究，别看农村穷，但在饺子调料上从来不会马虎。过年之前，舅舅会到村上买二两香油，这二两香油够全家一直吃到正月十五的。那时候的香油的确叫香油，我都是用筷子头伸进香油瓶里，轻轻蘸一下，然后把筷子放进调料碗里搅一下，那香味儿能窜满屋子。现在把脑袋扎进香油桶里，也觉不出香油味儿在哪儿。

一般，北京人吃饺子喜欢对付，倒点米醋就行了。我刚来北京时，跟北京同学一起吃饺子，发现他们这么不讲究，感觉像刚从山顶洞下来的一样，让我很不习惯。我不行，这调料碗里面必须有酱油、醋、炸辣椒、蒜泥、香油，和在一起，夹起一个我姥姥亲手包的饺子，蘸在调料里面，使劲咬一口，充分咀嚼……如果说，我在童年记忆中的幸福时刻，至今还能记得住的几个，除夕吃的第一口饺子当属第一。至今，我吃饺子依旧保持这个习惯，缺一不可。

当我第一次意识到该从我姥姥那里学几招包饺子手艺时，姥姥去世了。每年除夕，吃饺子的时候总会想到我姥姥，想到当年在农村过年的情景，那时候真的很穷，但真的能吃出些滋味来。现在什么都有，却啥滋味也吃不出来。

但是我妈从我姥姥那里继承了包饺子的传统。我妈小时候是吃食堂长大的，基本不会做饭，就是做出来的饭菜也不可口。1980年，我们家移民到北京，我妈便承担了一日三餐的工作。北京的蔬菜不好吃，我妈做饭的技术比我姥姥也差很多，所以有段时间感觉在北京吃什么都不香。

当时家里生活条件比较艰苦，只有我爸爸80块钱的工资支撑这个家，我和弟弟还要上学。但是我妈能想出很多办法改善家里的伙食。每周，她都会买两毛钱的猪肉，上面几乎没什么瘦肉（那时候这个国家还没有推广瘦肉精），买回家后，猪肉去皮，然后剁成饺子馅，再把一棵大白菜用开水焯一下，剁成馅，和那两毛钱的猪肉馅拌在一起，包成饺子。这样的饺子我至少吃了四年。偶尔，我妈会换一些蔬菜做饺子馅，但是肉还是那两毛钱的肉。能吃到这样的饺子已经非常心满意足了。后来，我妈包饺子的水平已经跟我姥姥差不多了。

在我妈的美食概念中，饺子是最好吃的食物，也是她最擅长做的面食。她知道我和弟弟都爱吃饺子，所以想方设法包饺子给我们吃，即使家里经济条件不允许用很奢侈的方式包饺子，但至少隔段时间就能吃上一顿饺子，那种小时候家里的习俗并没有因为来到北京而消失。即使是现在过年，除夕夜里我妈在厨房煮饺子，我仍会站在旁边说："饺子生了。"

　　小时候我被寄养在姥姥家，一两个月能见到我妈一面。后来全家搬到北京，我妈总觉得我小时候她没有尽到当妈的责任，总是想方设法把她当初没有尽到的母爱表达出来。而我已经长大成人，很难再像一个小孩一样接受妈妈的那种爱。我总是劝她平时多关心关心自己，我在外面生活得挺好，但是妈妈从来没有因为我这样说而减少一点对我的爱。她对我的爱就像弥补她一生中犯下的过错一样，有时候让我心存愧疚。

　　我妈知道我喜欢吃饺子，有一次来我家，打开冰箱，发现冰箱里有一袋速冻饺子，便说："以后别在外面买速冻饺子，我给你包。"从此，我的冰箱里固定会多出一样食品：我妈包的饺子。事实上我的确吃不惯超市里卖的速冻饺子，有时候买一袋回来，煮出来吃一半扔一半。想想可能这么多年，至少在吃饺子方面，我的嘴被养得很刁。即使在所谓正宗的东北菜馆吃饺子，也觉得没家里做得好吃。

　　有时候，我还没吃完饺子，我妈便打电话，说又包了一些饺子，没事过来拿。其实我很清楚，因为有段时间没回家，妈妈希望我能有个理由回家，便包饺子给我。每次接到这样的电话，心里都有说不出的难受。不管是三伏天还是三九天，每次回家，必定拎几袋饺子回来。

　　母子之间的情感交流总不像母女之间那样细腻，但是妈妈用包饺子这样的方式改变了我们之间的关系。妈妈是那种典型的性格坚忍、淳朴的东北农村女人，没什么文化，平时也不知道我在外面做什么，即使知道也没法跟我有什么交流，她甚至在报纸杂志上看到我的文章，也搞不清楚我在说什么。但母爱都是一样的，只有无私的奉献。

　　妈妈身体不好，我常劝她不要再包饺子了，但是她不放心，每次来我家先打开冰箱，看看里面有什么储备。然后说："上次给你的饺子吃完了怎么不说？"然后回家马上包上几百个饺子。后来我想了一个办法,没事打电话时会问她:"这个牛肉萝卜馅饺子该怎么包呢？我买了牛肉馅,还没包过。"我妈会跟我讲半天,然后问:"你还包饺子吃？"我说:"我这次包一百个,放冰箱里冻上,慢慢吃。"这样,每次我妈说要给我包饺子,我就说自己包的还没吃完呢。

但小孩永远瞒不过大人。回家看我妈,她就会在一旁念叨:"你平时那么忙,哪有时间包饺子啊。你就骗我吧。我前几天包了一些青椒猪肉馅饺子,我吃了几个,有点咸,你不是不让我吃咸的吗,要不你拿走吧。"我知道,这是她想给我包饺子吃,才找到这样的借口。

有时候熬夜,饿了,想吃东西,打开冰箱,总能看到我妈包的饺子。煮上一盘,端上来吃,那种能让我闻出童年回忆的味道常常会让我眼眶湿润。

假如明天我要走了

学校　聚贤能小学
班级　六年级1班
姓名　钦岳

明天我就要走了，我想到了您——我的妈妈，但我并不敢说您是我最爱的人，因为您不是我设想中的母亲。

您出生在20世纪50年代初，您经历过三年饥荒，您经历过"文革"，您错过了高考，您对自己的丈夫总是唯唯诺诺……年近三十岁您才生下我，此后又连续生下了四个孩子，因而，我并没有见过风华正茂的您，家在我的记忆中充斥着尿布、哭叫、凌乱和您那总是忧愁的脸，我也被封为"超生游击队队长"，这一切的一切都不是我想要的，我甚至恨您把我潦草地带到这个世界上来受苦。但我还是长大了，尽管像野草般。对您，年已三十的我依然耿耿于怀，有一次在电话中质问您："为何这么不负责任地生下我们？"步入花甲之年的您在电话里向我道歉，最后无助地带上了一句："我总觉得都是生命，要让你们到这个世界上来一遭。"

从孩童时代走过来的人都知道，在他们幼小的心灵里也有美丑之分，谁都无缘由地希望自己的妈妈能够漂漂亮亮地出现在师长和同学面前。在我眼里您不够年轻漂亮，还不够聪明能干，因而很长一段时间以来，我都没有勇气在别的同学面前自如地谈论自己的妈妈，家长会是我最怕的事，每次都以爸爸常年不在家，妈妈忙的理由推托老师的邀请。

从我八九岁开始，爸爸一年中就有半年不在家，此后十几年的春节，家里都没有爸爸，每次年夜饭，您都是重复着咬不动的腐竹炖红烧肉和炒过了头儿的青菜，青灯旧屋下，您像母鸡一样带着几个还不懂事的孩子，至今依稀能感受到那灯影摇曳和寒冷袭人的滋味。记得有一个冬天，家里停电了，只能点老式的煤油灯，您一边掌灯，一边端着一盘菜，为了护住灯不被风吹灭了，却打翻了菜，那是当晚唯一的一盘菜呀，当时令我心惊的是，您居然号啕大哭起来，您一哭，弟弟妹妹也跟着哭起来，作为老大的我心中有一种异样的感触，眼泪始终没有流下来。

八岁那年，有一天早上我醒来总觉得自己有哪儿不对劲，后来晃晃脑袋，发现头轻了很多，一摸，好容易蓄长了的头发短了，差点儿没哭出来，再看看躺在身边的妹妹，头发也被剪掉了，而且剪得很难看，心里稍微好受了一点儿，哈哈，您是很了解我的，了解我的霸道和自私，所以妹妹必定要比我还"惨"，这一点虽然我也有自知之明，但是当时表达不出来。后来邻居阿姨招供，当晚妈妈请她帮忙才完成了这一"丰功伟绩"，我们两个居然毫无察觉，简直像经历了一场《西游记》里的换头术。不仅如此，整个小学期间，您都要求我剪短发，这让我很反感，其他的女孩子都打扮得漂漂亮亮，您没条件帮我们打扮就算了，干吗连蓄个头发都不让呢？可是，尽管平时您像个糯米团子，但在这一点上很强硬，最终还是您赢了。

稍微大点儿，我就像放飞的鸽子不着家了。当别的小孩都贪恋家的时候，我却乐颠颠地去住校，初中一个星期能回家两次我却只愿意回一次，高中两星期能回家一次,我非得四个礼拜"弹尽粮绝"(没钱吃饭了)后才回家。回家时您开始兴高采烈地送上您认为非常漂亮的衣服给我,而我非常地看不上眼。之后您开始给我准备手工编织的毛衣和鞋子,我也表现不积极,后来邻居阿姨偷偷告诉我,您为我织毛衣特别特别地细心,为了藏住一个线头要费大半天工夫,而且那时候您的眼睛已经开始老花,为了织一件毛衣要花费两个月的时间,整件毛衣找不到一根线头,也没有一块不应该有的凹凸。

对此,我虽然不至于无动于衷,但也不会表达"感谢"之情,我已经习惯在家门外流浪。您还是继续地软弱,继续地"愚昧"……只是有两件事情至今深深印在我的脑海里:一次是爸爸铁拳朝我抡过来的时候您毫不犹豫地护住我,拳头结结实实地落在您的背上,以至于随后的几天你都疼痛难耐,还要被爸爸说"活该";还有一次是1998年我高考失败,全家人都反对我复读高三,爸爸居然要我下跪作保证才考虑让我复读,那是多么大的"耻辱"呀!想到同学的父母都是那么温柔地安慰和支持自己落榜的孩子,失落、惊讶、愧疚种种情感纠结在一个十七岁的孩子心头,就像当年的大洪水冲掉了家园一样,家里浸水了,身心也无着落。

我想过放弃,用"条条道路通罗马"、"有志者事竟成"等等话语来鼓励自己,但是您不顾全家人的反对力挺我复读,一扫平日的软弱形象,也是您的这一坚持,给了我最大的力量,最后改变了我的命运。

上大学后,我如果穿得不够端庄,您总要念叨我;我如果剪掉头发,您却要心痛半天,像小孩似的生气。有一段时间我狂爱短发,您却默默地为我数量着头发长长了多少。那一年,看到我带上牙套变成丑丑的钢牙妹时,您居然脸色突然暗沉下来,催我赶紧取掉牙套,在被告知这只是暂时的状况之后,您夸张地舒了一口气,我对您这个"土鳖"说什么是好呢?面对这一切,已经远离家乡难得和您见上一面的我只能笑笑,时空已然置换,我成了当年的您,你成了小学时代的我了。

虽然现在不会吵架,也没机会吵了,该懂的道理也懂得不少了,但我还是不习惯和您亲昵。有一次电话中问您我要不要回家,您说"我想……"就转移了话题,其实我知道您是想说"想我了"。中国有句谚语:眼泪是往下流的。我对您的爱永远超不过您对我的爱。记得十岁时,我们谈到家乡附近某个电厂要2050年全部竣工的时候,我对您说:"那个时候我已经七十多岁了,也许还能活着看到,您却完全没有希望活到那一天了!"那一刻您无语了,表情僵硬了一下但丝毫没有责怪的意思,我当时一点也不伤心,因为那是您的死而不是我的。

这一刻,我却要先你而走了,我知道如果此刻您能代替我走,您肯定会义无反顾地扑过去。以前我不高兴您给我那么多弟弟妹妹,而在此刻,我却庆幸自己还有弟弟妹妹,还有他们分担我未能完成的责任。如果以前我遗憾我们没能像其他母女那样亲昵的话,那么当下我却因此而轻松,因为没有那么的亲昵,也就不会留给您那么多的切肤之痛。

这一刻,我要走了,怀着对您的深深愧疚!因为我还没来得及给您富足的生活,抑或带您去领略祖国风光;因为我忽视了您的情感和知识需求,没有把自己的事情和所见所闻及时和您分享;还因为我无法保证自己在您生病的时候为您洗衣搓背、端屎端尿而毫无怨言,犹如您照顾初生的我一样。

显然,我仍然为您在那个特殊的年代不坚持高考而遗憾,我仍然接受不了您一辈子生活得如此狭窄和平淡,但我知道这是一个母亲的幸福和无奈,这一刻,请别为我难过,您能安享晚年,人生更精彩更有价值是我最后真诚的心愿。

我 爸

学校　灯市口小学
班级　三年级4班
姓名　黄木棉

小时候那些大人总喜欢问这种问题："你喜欢你爸还是喜欢你妈？""你长得像你爸还是像你妈啊？"其实通常小孩听到这个问题都很茫然，通常习惯性地回答"都喜欢"，"都像"。然后大人们再自说自话地研究一番说小孩儿长得像谁，哪哪像妈哪哪像爸，就聊开去了，把小孩晒在一边。很小的时候被问及第一个问题，我总是大脑一片空白，还有点儿羞涩，心不在焉说一句毫无意义的"都喜欢"就闭嘴再也不理他们了。因为幼年的记忆里面没有我爸，只有我妈一个人，我总是坐在我妈二八永久的大梁上招摇过市。自行车应该是我老爸的，但是他常年不在家，我妈威武又因早年是学跳舞的，可以穿着大摆的裙子飞腿上车划出一片霞光。

大概只有一个片段，我爸闪现了一下又匆匆消失。是一个初春的夜里知道爸爸要回家，就撑着不睡觉和妈妈一起等。终于我爸风尘仆仆地拎着两个巨大的箱子回到家，进门坐在床边抱起我。我在爸爸的脖子上一摸凉的，我说了句："爸爸，你好冷啊，我给你焐焐。""哪里冷啊，热死了，出了这一身汗。"爸爸一边擦汗一边说。我懵懵懂懂的也不是太明白，外面明明挺冷的，他摸起来也是凉凉的，居然说热，好奇怪。后来就都不记得了，也不记得我爸回来了几天，又怎么走了，只记得这件奇怪的事。稍微大一点儿才明白，那天我爸是拎着那两个又大又重的箱子从火车站走了几公里走回家又爬上六层楼，在20世纪80年代初那个河北的某个小城市在夜里还没有出租车甚至连公交车都停运了，而我爸下火车前是坐了七个多小时的火车，再之前的一天是坐了很久的海船从日本到天津港又从天津转火车到北京。懂事了之后我才琢磨明白，像这样折腾着回趟家，不热坏也实在够体虚了。

等到我小学二年级下学期的时候，我妈带着我举家迁回爸爸已经安顿好的北京，至此我爸爸已经读完研究生、出国留完学，最终已经回北京留下来工作。这时候爸爸终于常驻在我此后的记忆里不再闪回了。北京的夏天大多是干燥无雨的，所以很少有带伞出门的习惯。有一天下午正上着第二堂课，天骤然变黑狂风大作飞沙走石，大家匆忙关窗，不一会儿大雨点就跟爆竹似的劈里啪啦打在玻璃上。外面像黑夜偶尔一道闪电划出一条亮线随后劈开一声闷雷。这时候不知道是课已经讲完了，还是老师也无心讲课了，同学们就都趴着写作业或者愣神。教室里开着所有的照明灯异常安静，大家都默不作声地聆听大自然的吼叫。有敲门声，老师出去，进来叫着一个同学的名字，他迅速收拾书包高高兴兴地走了，是家长来接他回家了。由此就更没人能踏实念书了，每一次叩门声所有人都满怀期盼地抬起头等着下一个被叫的是自己，又好像一种暗暗较量的比赛生怕落后。走了两三个同学的时候，我的名字被叫到了。其实书包早就收拾得差不多了，我迅速地跑出去心里充满得意，那种喜悦不比考双百逊色。我爸撑着伞，替我挡着狂风，走了没多一会儿，雨越来越小越来越小，太阳也出来了，豁然间开朗。我更高兴了，这么早放学还能和爸爸玩，我就一路踢着小水坑跑，我问爸爸："你怎么那么早就来接我啊？""爸爸今天不用去单位，在家工作呢，一下雨我看这么大你肯定没伞就赶紧出来了。后来一想北京这种天气，肯定是大暴雨一会儿就停了。""万一不停呢，得早点儿来接，好多同学都来接了。"心里我其实窃喜，幸好爸爸来接得早，要不天晴了肯定不给放学了。心里有点疑惑也没有去探究，只是暗想爸爸的工作真不错，还有不用上班的工作。

到了小学三年级的时候，我开始学习小提琴。我依稀记得是看见别的小朋友在学，背着个有曲线的小黑匣子看起来好帅。我就也嚷嚷要学，我妈想让我学钢琴，但是家里地方小放不下，想想小提琴也不错就开始一周两次带我去上课，各种披星戴月各种寒风刺骨都经历过。刚开始学的时候还是充满好奇和新鲜感的，但我这种三分钟热度的人很快就想放弃，然后在来自八方的各种鼓励与逼迫中坚持了两年。终于有一天我大爆发了，在一片嚷嚷声中把小提琴一扔说老子不学了！我爸很生气，上来就扇了我个大巴掌，这是我爸有生以来第一次也是唯一一次打我。这一巴掌打得我到现在还有点晕，而且心里还有点怵，也不知道是被从来没发过火的我爸吓到了，还是被打耳光这事本身吓到了，因为小时候我妈都是揍屁股的（越揍越皮实），从来没被打过脸，打脸好像确实是一件很严重的事，还是被著名的好好先生——我爸——打的。我摸着脸，好像一点也不疼，我爸看起来也没使劲，但是确实发火了。我焉在一边，就此很久没理我爸，而且誓死也不再拿起小提琴。后来我爸对打脸这件事道了歉，我也承认了摔东西的错误，不应该不珍惜物品。小提琴被我摔坏了，我心里也有点后悔，一种说不清的腻烦的惋惜。摔东西确实是很不好的事情着实不能再犯，解一时之气只能徒添伤悲，但是半途而废这件事历经多年到现在还一直坚持不懈。

我从来都不是一个刻苦用心、努力向上的人，上中小学时凭借着一点悟性和小聪明总是中上游的水平，成绩不差也能算是个好学生，但也绝对不拔尖。

家里也从来没在学习上给过我压力，一来我还算自觉，二来都有些生性随遇而安。这种随遇而安的气场还是由我爸主导的。我小的时候我妈还是很好强的，企图送我上最好的学校以及各种学习班。后来多是由于我的各种不情愿和耍赖以及我爸不管不顾放任自流的态度，也就不了了之。对这种随遇而安的态度，在我长大之后还是或多或少有一点小小的埋怨。哪个小孩不贪玩儿呢，但是觉得很多关键点家长还是有义务和责任帮孩子做出关键的决定。升初中和考高中，我都比较点儿背，离我报考的市重点刚好差个一分半分，于是一直在一所力争升重点的普通中学里扎了六年。在升学这个关键点，我看见周围同学的家长们都在想尽各种办法交赞助费走门子把自己孩子挤进好学校。其间我爸我妈也有过短暂的争执，我妈觉得我平时不错只是差了一点小运气理应争取更好的学校，而且家里也有条件，但我爸本着知识分子的刚正不阿一身硬骨地坚决反对，理由是我该是什么料就是什么料，自己的路要自己去走，不要倚靠别人更不能靠歪门邪道。我当时是青春期的少年，心里压根儿不在乎这些，反而抱着不屑的态度，上学对我来讲都好像是一种别无选择的责任，上个学有什么可吵的啊。后来长大成人心里才有一点点小遗憾，总觉得自己的人生可能该有不同的路，委屈那一边就向着我妈，骄傲这边又朝着我爸。尽管认同自己的路要自己走，没有什么可以埋怨，只是少不更事，要怪只能怪自己不早熟不努力。

　　说回到长相这个问题，我现在听到别人说我长得像我妈的时候终于安然默认了，甚至还小小地庆幸。但小时候还总要反驳一下，比如别人说我浓眉大眼的像我妈，我会条件反射地回一句："我爸也是大眼睛，只是眼镜太厚了，你看不见。"最高兴的就是鲜有地听见过一次我远方的二伯母说我像我爸："哎哟真像你爸爸哟，一举一动都像，特别是抻着脖子那姿势跟他一模一样。以前你爸爸来我家做饭，不会做哦，书呆子一个，就拿一本菜谱一手举着看一手炒菜，结果还挺好吃。"抻脖子的书呆子姿势，原来我是这样像我爸的。发展到后来，最夸张的评论是有人开玩笑地跟我说:"你还挺会长啊,集合了你爸妈的优点,幸亏你长得像你妈又比她白净,要万一像你爸可就嫁不出去了。"这要是小时候听谁说我肯定跟谁急,现在也颔首认同大家的调侃一笑了之。其实谁能对父母的美丑有正确的认知?又有谁在乎父母长相呢?总是自己最爱的人最美。我经常被朋友家长的照片吓到,又不敢对人家的吹嘘有所反驳,毕竟有将心比心的理解。不过见过我爸的人常说我爸像鲁迅呢,至少那一抹胡子,还有一身知识分子学究气质。

　　我爸脸不大,但是头巨大,后脑部分极其后凸,这个问题我是最近几年才发现。因为我爸每周去游泳,冬天怕他吹风,老想给我爸买顶合适的帽子,但一般街上卖的人人都能戴的帽子他都完全戴不进。找啊找啊找帽子,终于今年在半壁街小学附近得以解决,我发现到底还是老字号靠谱,那大名鼎鼎的帽子铺各种男帽都是分号的,自古脑壳就有大小号啊。关于脑型的问题,我觉得还是和脑力相关的。我觉得至少我爸的脑型解开了我不少疑惑。我从小就特害怕背书,背个唐诗宋词的特别费劲,背课文更别提了,好不容易背下来,也转瞬即忘。历史政治这种科目都把注意力集中在攻克选择题上,后面大答题基本放弃。但我爸随时都能引经据典讲出很多大部头里面记载的历史甚至包括时间线,《琵琶行》那种长篇大诗也能脱口而出通篇背诵。我总是一边惊叹一边觉得不可思议,还琢磨这优点怎么没随了我爸,背书对我来讲简直太头大了。终于发现我爸头大这个事实让我茅塞顿开,背书果然头大,不管是背书使人头大的还是先天头大所以能够背书,总之我口服心服且举手放弃。

　　早年间,我们家的户口本特别可笑,户口本个人页有一栏目是"何时由何地迁来本市",我爸爸那栏里居然写了个"日本"。因为我爸出国留过学,回来后就搞得我爸跟日本人似的迁入户口,被我们笑了好多年。那个年代,很多出国的人都不回来了,我爸的某同事就拖家带口的全走了,我爸却义无反顾地按时回来,甚至留学期间都没让我们出去玩玩。唯一也很简单的理由就是很正经地说学业很忙，没有时间陪语言不通的我们，并且要早点儿回来学以致用不辜负国家和学校的培养。总觉得"报效祖国"这种爱国主义和英雄主义是出现在课本里面的很遥远的话题，回到现实现世原来各种平凡如我爸的知识分子也是这样想法简单，目标唯一。现在我爸已经退休了好几年了，别的老头儿老太太都颐享天年四处去玩了，他也不陪我妈玩，还是日复一日戴着瓶子底儿厚的眼镜趴在电脑旁，每天盯着屏幕上的Excel表目不转睛继续分析研究他的科研项目。

我会成为她

学校　灯市口小学
班级　三年级4班
姓名　黄木棉

我妈之所以能成为我妈，是经过我爸海选出来的。我爸作为那个年代的名牌大学生，还是很有些人给介绍对象的，媳妇是挑了一拨又一拨，胖了瘦了不行，长得不好看不行，文化太低也不行。见到我妈总算落停了，六六届老高三那年代算是文化人儿了，个子高挑早年是学校舞蹈队的领舞，凭长相扔在人堆里怎么都让人眼前一亮。

我妈小时候家境比较好，看她的相册有一张黑白照片让我记忆深刻。在照相馆的舞台背景前，姥爷身穿黑色呢子大衣戴个圆框眼镜坐在圈椅上正襟危坐，我妈妈那时候也就三四岁吧，穿着大一号尺码的貂皮大衣袖子遮住了小手站在边上，眼睛圆睁也很正经，面无笑容。因为我妈是老大，所以一直是姥姥姥爷带在身边长大。几个弟弟妹妹都是在老家让保姆带，上学时才接回北京。作为老大还是城里人又在学校当惯了干部，难免"骄傲"，对乡下回来的弟弟妹妹们指来挥去。

我妈高中读的是著名女校，学习好，有文艺特长自然是老师的宠爱，低年级学生的偶像。出门也不免有附近著名男校的学生默默地目送我妈回家。有一次参加我妈妈的校友聚会，还有阿姨跑过来跟我说我妈当年的风云，那阿姨说经常跑到舞蹈队窗前偷偷看我妈梳大长辫子，不小心被我妈发现就是一顿骂。我妈妈一路春风得意地成长到高三，终于迎来了席卷一切的"文化大革命"。姥爷被打成现行反革命，抄家，下乡插队当知青，由于家庭原因剥夺一切考学返城机会。再后来被分配到小城市，也就是成为我妈那疙瘩。最后由于我爸考研究生到了北京，终于胜利返城。

我短暂的童年记忆里其实只有我妈。因为那时候我们还留在小城里，我爸先去奋斗了，去北京念书，又去日本念书，念书回来留在北京，直到我上小学才一家团聚。我的记忆片段里，有妈妈在客厅的阳光里洗衣服，大黄花的窗帘和白色的泡泡飘在天上；周末是吃饺子的日子，大盘子里有妈妈的大饺子，小盘子里三分之一大的小饺子是专属我的。我喜欢五颜六色的饺子，我妈就会包西红柿馅的青椒馅的，半透明的饺子皮隐隐露出粉红粉绿。在上大学的时候晚上熄灯了，一屋子人饿的肚子咕咕叫，我就躺在床上回想我妈的饺子，室友们听得一屋子哑巴口水声。

那时候我们家楼下常常有个小伙子，骑着自行车拖个小铁筐叫卖田鸡，接下来就可以看见我妈撸胳膊挽袖子在下半层的楼道垃圾口把田鸡开膛破肚，饭桌上是我最喜欢的田鸡。我妈半夜背着我上医院，回家的时候有晨曦，我在她背上侧头看到一层院子里我最喜欢的红色的五星花开了。我妈有时候把我带到学校，那时候她还是中学教师。把我扔在办公室她就跑去上课；突然铃响了，一个人也没有了，我很慌张，到处找妈妈，终于看见妈妈在讲台上，就冲到教室里抱着我妈大腿哭，台下的高中生们哄堂大笑给我扔糖吃。我妈总是骑个二八大永久，我就坐在前梁上招摇过市。她的学生们逗我："你有多重啊？"紧接着又自问自答地说："你有一千斤，因为你是老师的千金。"我刚上幼儿园啊，我听得一脸茫然。

　　后来就到了我青春期她更年期的时段，这个时段好像很长很长一直延续至今。最常见的表情就是我爸摇摇头看着我们俩吵。有时候还揪着鲁迅式的小胡子窃笑着说："你妈妈是没落贵族，满腹牢骚。除了牢骚还是牢骚。"于是就在这漫长的牢骚岁月里，我妈的头上好像一直燃着三昧真火，走哪儿都是出了名的暴脾气。

　　按照星座说法，我妈就是典型的冲动型白羊座口无遮拦浑不吝。你做得不对，她跳出来就骂，也不管这人跟你熟不熟，这事跟你有没有关系，反正就是一个堵枪眼的。比如早年间都是职工分房，分房政策是谁制定的啊？那制定出来是不是需要对小部分人有利好政策呢？好多人不乐意了只是私下里嘀咕埋怨发牢骚，我妈可就不干了，径直蹿领导办公室去了。结果自然不得而知，政策哪能是随便改的，那是多方智慧的结晶！而我妈在领导心目中的形象也可想而知，任凭业务能力还是文化水平，你认不清形势怎么是个好干部？

　　她的火爆脾气还可以横亘国籍超越语言障碍。有一年，我带着我妈去越南背包旅行，一路乘坐长途旅行巴士由北向南从河内到西贡。中间逢到旅游城市便靠站游玩休息，期间距离短的路程就是坐着，距离长的就是卧铺。话说有一次是行程比较长的卧铺，我们上车的时候被指向车后方的大通铺，后来上车的几个白种人和当地人就被安排到前面位置比较好的单独卧铺，我妈反应过来登时火冒三丈："有没有先来后到啊，这是以什么规则在排序？"咱什么时候在哪儿也没受过歧视啊，这耻辱怎能吃瘪忍受？也不管人家能不能听得懂就拿中文开骂连带着肢体语言，估计全车人不知道她说什么也知道她在演什么，那负责安排座位的就装傻充愣干脆不理我妈，我妈也不管三七二十一自行换了位置。身在异乡不为异客，毫不收敛。

在我妈的耳濡目染下，从小被她带大的我也必须十分刚烈。这由我们俩的每一次铿锵有力的对话都可以感知到。我总是带着甜美的初衷满怀憧憬地拿起电话带着讨好的语气找妈："妈，你跟我爸去吃印度菜吧，我买的团购券相当于三折呢。特好吃那店，我经常去，就是有点小贵，你俩也去尝尝。"我带着被夸赞的企图：首先，花了一百多能吃四百多的菜，这肯定是占了便宜；其次，那地方环境不错又好吃，老人家吃了肯定也开心；再次，印度菜，平时不常吃，老吃也吃不惯。不过以前她吃过还算喜欢，偶尔尝尝也开心。

我妈拿起电话说："哦，好吃啊，那你们去吃吧。我不喜欢在外面吃饭。"我继续劝说。"你怎么老乱花钱啊，没事瞎买什么券。那商家打折还不是一样赚你钱。"我开始窝火。她继续拱火："这印度菜能有什么好吃的，不就一堆咖喱，你知不知道我不吃辣的啊。再说你订那地方，我们怎么去啊，我们能找到吗？"终于火冒三丈！于是吼回去："爱吃不吃，不吃拉倒，好心没好报。你怎么吃不了了就，你原来吃的时候不是说喜欢吃吗，什么时候又变不能吃了？再说你们俩大学教授有地址有电话怎么找不到，找不到我带你们去！"

当然这种拍马屁和不受用也是互相的。我妈也会兴冲冲地打来电话："宝贝，我看见加厚保暖裤，我给你买两条吧。""不要，你自己买了自己穿吧。""我买了啊，也给你买两条吧。""不要，太厚了，没用。""唉，你这孩子怎么那么不听话啊，冬天那么冷别冻成老寒腿，到老了腿疼受罪的是你。""不要！不要！不要！你买那裤子那么厚那么肥，裆那么大，能提到胸上，腿那么短袜子都绷不住，穿裤子弄半天不够费劲。"然后她气馁，挂机。我座位边的同事一片哄笑，通常我连说三个不要的电话他们都能猜出是谁打来的。

我妈说话语速之快堪比机关枪，突突突突，瞬间能把头脑装爆。话太密也容易导致走神，经常她说半天我反应过来再听几句也不知道她要说什么。当然了，要在她提问或者反问之前及时回神。我爸最喜欢我回家了，我回家他就可以获得片刻清闲，我妈可以把机关枪换个标的。更喜欢我姨我舅舅来家串门了，我妈还是一副老大的做派，总觉得事事要对弟弟妹妹负责，一见到他们就总是各种教育指挥颐指气使。就算是有理有据也真心替人考虑，可是都老头儿老太太一大把岁数了，谁受得了被人奚落？于是我爸也没有太多偷着乐的机会，人家真不愿意来，谁愿意总当靶子啊。背后亲戚们总是对我叹气说："你妈呀，真是好人一个，就是讨人嫌，什么话到她嘴里，好话都变成驴肝肺。"

我时常跟我妈说，您这么大岁数了，怎么还成天气性这么大、四处当冤大头，都退休了还总打抱不平去瞎解决问题。我在批评教育她的同时，其实也暗暗发现，无论自己多么不愿却也越来越像她。曾经在几百人的大公司里遇到大家都愤愤不满的问题，在别人窃窃私语的工夫，我就一个邮件告诸天下去质疑别人的组织方法办事能力，遭人记恨了不知道多少年。从来狗嘴里吐不出象牙，看见同事违心地夸耀客户时，我总是满眼惊诧满心嘀咕，然后埋头干苦力。最终忍了多年后，认输转行。

在这一年又一年里，我还是和妈妈吵着闹着，各种不理解和互相说服着，终于不知哪一天我翻然醒悟，不管我愿意不愿意承认不承认，我正在亦步亦趋地成为她。

活 着

学校　北海小学
班级　二年级2班
姓名　李玉

　　我妈出生的那年正是日本侵华的1937年，怀孕在身的姥姥每日东躲西藏地"躲日本"，哪里还吃得上饭，听姥姥说妈生下来只是脑后有一小撮头发，要是能吃上米汤已经是很幸福的事了，更不要说吃饱。连我妈的生日还是姥姥根据零星的记忆"推理"出来的。我妈身体弱，平日里小病小痛的不断，时刻提醒她注意自己的身体变化，一直到现在七十多岁，除了只是体质弱，倒没什么大毛病。为了少给儿女添麻烦，退休的妈加强了对健康的关注，健康常识的剪报弄了一大本，我怀孕的时候更是起劲地为我收集各种孕期知识，一有风吹草动我妈就能提供一连串的应对之法。

　　我妈一辈子赢赢弱弱，14岁便成为家庭的经济支柱，承受了家道中落、老父入狱、丈夫下放、"文革"抄家、单位批判、亲朋疏离等各种精神和肉体上的重压，两年前我爸的去世让我妈失去了唯一的那个伴。

都说女儿是妈妈最贴心的小棉袄，我从三岁起就成了我妈的"小尾巴"，由于家中无人帮忙，所以我妈要边工作边带我哥哥，三岁前我就由姥姥看着。因为那个特殊的"红色年代"父母双方家庭出身都不好，我爸爸被下放到青山，一去便是十年，当时单位让我们举家迁往青山，父母商量后，觉得倘若这一去，我们全家便永远无法回到北京了，孩子们便成了"土生土长"的青山人。我爸毅然决定他一个人去，留下我妈带着我们坚守在北京，还能照顾姥姥。那个年代，不听组织安排调动需要何等的"勇气和无畏"，留守的妈妈受到了厂里特殊的"待遇"，贴大字报、大喇叭广播批判"坏分子"、三年不发工资……我妈咬着牙一个人带着我们兄妹坚持着，她相信日子不会永远这样的。

由于历史原因，姥爷被捕后姥姥曾一度精神失常，整日神情恍惚，家中物品被抄，房产也悉数作价上缴。那段时间，我妈每日领着姥姥在大街上转悠，家里的买卖也被旁人乘机侵吞了。我妈断然从刚考入的师范院校退学，与哥哥一起担起了抚养三个弟妹和照顾老母的重任。进工厂干活儿，挣钱养家是唯一的出路。那年妈妈13岁。当了工人，一进厂我妈就当上了"三八红旗手"，为了能照一张先进职工的照片，没日没夜地盯车床、摇摇扳儿，多年之后曾让妈妈呕心沥血的工厂却贴了妈有生以来第一张大字报。妈先天体弱，又在"三年自然灾害"期间生下了哥哥，所以我妈总觉得没能给哥哥一个好的先天条件而满心歉疚。我妈生下哥哥56天后就重返工作岗位了，边工作边带孩子，还要按时接受"无产阶级再教育"……爸爸在青山有些补助，省吃俭用之下让我妈的生活还过得去，就在那样的环境下，每每有人向我妈张口借钱，我妈从不拒绝，也从不"催债"。被称做"牛鬼蛇神"的妈妈依然有对她不时伸出援手的马叔、王姨，他们成了我妈一辈子的挚友；在屡受刁难时，总有"好汉"为妈挺身而出仗义执言……

爸爸调回北京的时候我都已经上初中了，每天早上6点多我妈或者我爸都骑车送我到车站去上学，妈妈晚上除了准备晚饭，还要做全家第二天带的饭，一个月下来可以省下不少钱。每月我妈会把他们两个人的工资按照用途分成一份份地花，除了日常的开销外，两边老人的赡养费无论遇到怎样的境况都从未间断。我小时候的衣服大部分都是妈妈蹬缝纫机做的，直到现在，我妈仍然保持着修修改改、缝缝补补的习惯。爸妈的字写得很漂亮，于是妈妈就找来些描图的活儿回来贴补家用，每次攒到一定数额的钱就给孩子们添置些衣物。这种"私活"总是全家上阵的，我们全家一起糊过信封，做过手工，用废旧胶片和带图案的纸做灯罩，用降落伞布改床罩，妈顶着精神压力尽全力让我们清苦的生活变得有滋有味。大舅舅那时在商场副食品柜台工作，妈经常弄来些点心渣和淘汰的水果留给我们打牙祭，那什锦点心渣用开水一沏啊，整间屋子都是香喷喷的。

我妈忙活了一辈子，退休后也一直闲不住，不是去北海团城值个班，就是找点零活做，听邻居说可以介绍她去日本给人家做保姆，我妈一琢磨，这一辈子还没出过国，如今有机会去外国人家里看看人家的真实生活而还可以挣点外汇券，去，不能放弃这个机会。我妈去的人家只有小两口，时间一久互相建立了良好的信任关系，连家里的钥匙都交给了我妈，有时生活中遇到了不顺心的事情也要找我妈聊一聊，甚至小两口闹别扭了我妈还要从中调解。三年的"阿姨桑"生活，让我妈亲眼目睹了日本人的洁净、秩序、礼让，以及他们强烈的集体意识，这让一出生就深受日本人"惠顾"的我妈颇有一些触动！

四年前的"十一"，当我妈从医生那里知道了父亲可能患上骨癌的消息后，决定先瞒着我，因为我那时正在患病，孩子才一岁多，又刚上班不久，她想找个机会再告诉我。但这怎能瞒得住呢？这么大的事怎能让70岁的老妈来扛呢？在父亲最后这几个月，我妈每天从东四环坐车到北京医院，从不间断，有时父亲想吃家里的饺子了，我妈就从家提着保温饭盒送来，就为了让父亲吃上那五六个她亲手包的饺子。就连楼层值班的阿姨每每见到我妈都欷歔不已："瞧这老太太，七十多了，还这么跑，受得了吗？让孩子们跑吧！"每每听到这话，我妈总是说："家里人手少，孩子们不能老请假呀，不能老给领导添麻烦！"

知母莫过女，我知道，我妈完全是那股精神气儿在支撑着她，她想陪父亲走完最后一程，每天一回到家就抓紧时间休息，她就像一名全副武装的战士，随时准备着医院的"传唤"。记得父亲抢救的那晚我妈一直都很沉着，边安排哥哥立刻做好后事工作边协助医护人员采取各种可能的措施，直到最后医生请家属进去告别时，我妈对爸爸悲苦的一声召唤，把我的心揉碎了。当夜，料理完爸爸的后事回到家，一进门，妈就放声大哭："走时还是四个人，如今就剩下仨了。"说完便瘫软在沙发上，老泪纵横。

但妈还是妈，妈始终相信日子不会永远阴霾。守着外孙，妈觉得日子有了新的盼头，孩子成了妈心里的宝，让她牵挂惦记着，只要看到孩子，妈的脸上永远是晴天。

我妈经过了人生这种种历练后，对周围的人和事淡定了、看开了，每每电话中传来"陈师傅，您想去哪儿？叫老马拉您去""姑，您好好的，有事您说啊""老陈，你有什么困难，咱老姐妹见面聊聊"这样的问候时，我妈的脸上便笑得灿烂如花。

原来你就是我妈

学校　大甜水井小学
班级　四年级3班
姓名　许佳香

有一段话，记忆深刻：能成为亲人，是一种缘分。下辈子，无论爱与不爱，都不会再相见。在每个人的生命中，有这么一个人，她有优点也有缺点。你和她之间，开心过，亲密过，也别扭过。她不是完美的，可是她对你来说，却是独一无二的，无法取代的，她就是，妈妈。

我和我妈的关系一直都不是那么融洽。这是有原因的。在我很小的时候，大概十八个月那么大的时候，我被送到了大姨家里。因为弟弟出生了，妈妈照顾两个小孩忙不过来。于是我童年的印象中，有我姨、姨夫、表哥表姐，甚至有大姨家隔壁的杨阿姨——那个成天说要我给她那个胖儿子当媳妇的阿姨。但是，我的童年记忆里，没有妈妈。

这是一段逸事，发生在我两三岁的时候。据说我寄居在大姨家的那段日子，偶尔回了趟自己家。不知道到犯了什么错误，我妈想要揍我。我当时就高声喊道：" 我是我姨生的，你凭什么打我？" 我不知道我妈当时的反应，我真的不记得了。他们现在已经拿这件事情当成笑话来讲。只知道那件事情以后，我就被接回了自己家。

我被接回自己家以后，大多数时间是在爸爸的陪伴下度过。爸爸教我读书写字，给我弄各种玩具，每天去爸爸厂里吃午饭，爸爸送我上学接我放学。而妈妈那时在干吗，我一点儿印象也没有。我一直觉得妈妈只爱弟弟，不爱我。不过，这事儿并没有对我的幼小心灵有多大伤害。因为本来妈妈对我来讲就挺陌生的。本来我也不习惯有什么事情都去和她说。

在接到这个约稿函后，我就努力地回想关于妈妈的一切，很努力地想。可惜，真的想不出很多。记得妈妈还在汽水厂工作时，给我和弟弟带回过两瓶橙色的汽水。妈妈还给我们俩带回一只小狗，我和弟弟的"小黑"。然后，就没有了。妈妈仿佛一直在忙碌，可是你总是又记不住她在忙什么。那么熟悉的人，好像有很多可以写，又好像一切都不值当写。太琐碎了，这几乎是大多数妈妈的写照。

妈妈上学时学习成绩十分优秀，但是和很多人一样，她也是"文革"的牺牲品。因为有海外关系，她是全县第一，却没有上高中的资格。发榜的时候，外婆把妈妈所有的奖状都抱到县长前面，一把火，烧了。等我上学时，遇到当年教妈妈的老师，还时常提起这件事。这件事情改变了妈妈的命运。家境富裕、学习出色的她，后来嫁给了家境贫穷的爸爸，为了拉扯两个孩子，绣过花、卖过菜，开过小卖部，生活十分艰辛。她没有像很多文学作品里描写的那样，把这事一笔带过。她还是会时常提起，带着一丝无奈的怨恨。我从不劝她，因为我知道这是她这辈子最大的遗憾。偶尔听烦了，就会和她开句玩笑："我看这样挺好，要不，你怎么有机会生出我这么优秀的女儿？"

我一直觉得母亲继承了外婆身上那种大家闺秀的气质，懂得取舍。大事上，有自己的想法。小事，从来上不了她的心。想问题思路清晰，作决定干脆利落，而且说到做到。我考高中时，妈妈给我准备了一笔钱，和我说，如果差一分两分的，这钱用来交赞助费；如果我自己能考上，就把那笔钱奖励给我。后来，她真的把那笔钱奖励给我了。那笔钱，对于十五年以后的今天来说，也不是一个小数目。奶奶临终前，一直有一个心愿，想买个双人墓地，和爷爷合葬。但是大伯姑姑他们对此有异议。妈妈对奶奶说，你放心，这个事我答应你，他们都不同意，我也会给你买。后来，她做到了。

我们家不是严父慈母式的家庭。通常情况下，爸爸是什么事都管，管得让人觉得他啰唆。而妈妈，则是仿佛什么事情都不放在心上。记得我上学时从来都是考第一的我，有一回考了第二。拿着成绩单去找妈妈哭诉，当时她正在打麻将，就对我说了句"第二也挺好的"，又转回头打她的麻将了。所以，我从小到大，奥数、物理、写作、绘画、书法、舞蹈、学校、区里、市里、全国，各种奖，拿到记不清，也没有飞上天。因为觉得得奖是应该的，不得奖也没有人说什么。

从小到大，我的学习成绩一直很好。作为80后，在那个分数至上的年代，对这样的孩子，家长就会很放心。也就意味着只要学习成绩没问题，就没有人会过问你。于是从小学到初中、高中、大学、现在，我一直处于放养的状态。从懵懂的青春期，到后来恋爱、失恋、考学的压力、工作的压力、漂在异乡的孤独感，通通没有和她说过。看着电视上，文学作品里，女儿和妈妈亲密依偎，促膝交谈，我都毫无感觉，因为我从来没和妈妈这样过。倒是和爸爸有时候会勾肩搭背，吊在他身上腻歪。刚开始我是不知道该怎么和妈妈说，后来是怕她担心，不敢和她说。这是好事还是坏事，我也不知道。反正，我的坚强源于此，我的脆弱也源于此。

我的青春期，现在想来有着一种无知的彪悍。第一次生理期，妈妈是在场的。她让弟弟去给我买了一包卫生棉，然后，就没有了。没有人给我解释，这个事情到底是怎么回事。关于女生的这些小秘密，关于男女，关于性，妈妈都没有和我说过。记得上大学那会儿，生理期不规律，好几个月没来。我妈突然问了句："你不会是怀孕了吧？"我很无语，心想，大姐，你是不是省略太多了？所以我的整个青春期都是在一种半无知的状态下散养，好在没有出事，好在还有书本和学校。不是我不好奇，只是我不知道该怎么问妈妈，我们俩之间仿佛没有建立起一种沟通的机制。由于从上大学之后就很少在父母身边，妈妈对我的印象至今停留在我的青春期，她觉得我脾气不好，我觉得她没心没肺。

我一直觉得自己身上严重缺少女人味。不懂时尚，不会穿衣打扮，不会撒娇发嗲。倒是成天关心些世界格局、国计民生，不时思考思考人生真谛、做人道理。大事小事通通自己拿主意，初中考高中、考大学、找工作、找老公、换工作、读研，通通自己选择，自己决定。虽然免不了莽撞和冲动，但是从不怕担当，被人戏称为"纯爷们儿"女人。这种性格的形成，和我有个"纯爷们儿"的妈是不无关系的。印象中，她不会给我梳漂亮小辫，穿花裙子，从来我都是短发或马尾；而她从外婆那里继承来的，骨子里那种大气，也决定了她并不关注这些。我没有觉得有什么不好，相反，很感谢她没有把我养成一个小女人。她把我带到了这个世界上，忽略了很多小细节，却教会了我一个最重要的事情，怎么样才能离开她独立生存。这话听起来令人伤感，却是一个母亲最成功的地方。

有一次大学放假回家，晚饭时，我不知道说了句什么话。妈妈接着就坐到阳台上去，哭开了。一边哭，还一边说什么，翅膀硬了，不要她了之类的话。我当时就惊呆了，默默地转向我爸：她是怎么了？难道我不是一直这样顶撞她的吗？比这更过分的话，我也说过吧？也没见她这样啊！爸爸没有回答。我后来研究了一下，哦，更年期。这个时期很多人的典型症状，怕被人抛弃。咦，我妈居然怕我抛弃她，这事，新鲜，我从来没想过。

第一次和妈妈促膝谈心，聊家常，发生在我的大学时期。某个暑假，那个时候我在家的时间已经很少了。一个夏夜，和妈妈睡一张床，有记忆以来第一次。

据说我从一出生,就自己睡小床,一把我放到父母的大床上,我就哭闹。那天晚上聊什么,我都已经忘了。家长里短?儿女情长?只记得我当时突然感觉到,我和她之间,有一种特别亲密的联系。和爸爸不一样,和闺蜜不一样,和男朋友也不一样。我和她之间,有一种流淌在血液之中的联系,温暖、亲密、浓厚。

因为学习成绩好,爸爸比较宠我。而弟弟则因为学习一般,调皮捣蛋,经常挨揍。那个时候外婆就和爸爸说:"你不要现在看着女儿好。她书读得越多,飞得越远。"果然,从高中到大学到研究生到嫁人,我真的是离父母越来越远。到如今,爸爸成天念叨我离他远,也就罢了,我习惯了。直到有一天,妈妈说,现在看来真有点后悔让我读那么多书,还不如隔壁阿姨家谁谁谁,念个职业学校,还能留在自己身边。那一番话后,漂在异乡,不能尽孝的歉疚之情一直折磨着我。每每想起,都会动情哭泣。当然,这些我都不敢和她说,更怕她担心。很多时候,我一边感谢母亲培养了我独立的人格,一边又觉得,如果她从小不让我这么独立能干,自己也许就留在她身边,也不至于今天满心歉疚。

在很多关于我的"重大"问题上,我往往只记得爸爸的反应。印象中,妈妈在我的事情上,总处于一种神游的状态。得知我要跟随老公到遥远的城市,爸爸每天暴跳如雷,扬言要和我断绝父女关系。有一次,深夜,他把熟睡的妈妈叫醒,说:"她都要跑到那么远的地方去了,你怎么还睡得着?"据说,妈妈就回了一句:"我不睡,她就不走了?"我以为她对此不在乎。只是真到出嫁那一刻,我和老公深鞠一躬,感谢父母养育之恩时,我一抬头,发现母亲已经泪流满面。

写此文时,自己刚刚做了两个月的妈妈。新妈妈的感觉,累,真是累,累得想哭。月子里边,孩子哭闹,自己身体虚弱,产后抑郁的心情,加上旁人质疑自己能不能喂好带好孩子的压力,让自己几近崩溃。说实话,最初那几天,我没有感觉到我有多爱这个小生命。她对我而言,真的很陌生。她听不懂我的话,我更听不懂她,而我还必须全心全意地去伺候她。怀孕期间的辛苦就不说了,那个累比起现在真是小菜一碟。两个多月了,没有哪次睡觉超过四个小时。种种压力袭来时,真是不愿意多看她一眼。然而,尽管在刀口疼、牙疼、头疼、腰疼、背疼、涨奶疼,累得没有一丝力气的情况下,听见她哭泣,还是会挣扎着爬起来。"你当时是怎么过来的啊?"我问妈。她笑笑说:"虽然累,但是值得。"

　　因为我怀孕,上了年纪的母亲来回奔波于老家和我所在的城市,对此,我一直感到十分愧疚。在供我读了这么多年书之后,我直接嫁到异乡。这么多年,不仅不能陪伴在父母身旁,也没有从经济上给予他们帮助。偶尔给妈妈买件衣服什么的,她都很高兴。得知我怀的是个女孩时,母亲高兴地打电话和我说:"还是养女儿好,我真为你高兴。"她总是说女儿虽然不在身旁,但是心里总还是牵挂着妈。而我自己则觉得,父母养我这个女儿,简直是白辛苦了。月子里,有好多次,看着熟睡的女儿,自己却止不住地流泪。想到她也会出嫁,离开我,就觉得无比难受。我甚至对老公说:"以后如果她敢像我一样,嫁这么远,我就打断她的腿。"当年,我的父亲对我也说过同样的话。

　　妈妈一直说我脾气不好,从我的青春期一直说到现在我为人母。从小就和她顶撞,青春期达到顶峰,那时也许真的脾气不好。嫁给老公后,每次我们回娘家,她都要和老公说,她脾气不好,你多让着点儿她。生完孩子她来照顾,又和我公婆说,我女儿脾气不好,你们要多海涵。

　　女儿的出生,完整了我的生命。她给我带来的不仅仅是当妈的感觉,她还架起了一道桥梁,在我和我妈之间。有了女儿之后,我开始第一次那么深刻地认识我妈。我的怀孕让我们俩的话题前所未有地多了起来。从她怀我时候有人给她算命,说她先开花后结果,先生闺女后生儿子;到生我的那天下大雪疼了两天两夜,冻了两天两夜;到我和弟弟很小的时候,有好几年,她最大的愿望就是睡个整夜觉……一瞬间,我的童年,有妈妈的童年仿佛又回来了。看着眼前已经有丝丝白发的她,我突然感觉到,虽然有过多年的误解与冷淡,虽然已经十多年没有陪伴在母亲身旁,但是我对她的感情一直埋藏在骨子里,流淌在血液中,而我的女儿,将这一切都激活了。

  得知怀孕的初期,母亲就请假过来照顾我半个月。快生时,她又急匆匆地赶了过来。中国人的传统,对于怀孕的女儿,母亲仿佛有这个义务。作为妈妈,你看着你的女儿,从牙牙学语的婴儿,到小女孩,到为人妻,为人母。从女儿到妈妈到姥姥,妈妈已经走过来了。而我,将沿着妈妈的步伐,从女儿到妈妈到姥姥。这种生命的传承,是多么奇妙的感觉。望着熟睡中的女儿,我常常情不自禁地喃喃自语:"原来你就是我的女儿啊!"不知道,将来我的女儿会怎么样看我?也不知道,三十年前,我妈,是不是也这样想过?

奶奶爱轩轩

学校 春雨小学
班级 三年级1班
姓名 高戈

  轩轩睡觉不老实，总是扭来扭去的，睡着睡着就把床单被子扭成了一堆，自己趴在枕头上缩成一团睡得香甜。早上起床的时候，我拎着他的小耳朵指给他看："怎么回事这是？为什么床单被子都这样啦？"他就嘿嘿笑一阵子，然后厚颜无耻地说："不是我。床单和被子不喜欢我，我睡着的时候，它们就偷偷溜走啦！"

  我觉得这个创意很好，可以用来写一个关于床单和被子的童话，脑子里转来转去是各种片段，于是就忘记惩罚他了。等轩轩哼哼唧唧地开始换衣服，我才恍然大悟，批评他说："你净胡说！床单和被子怎么会不喜欢你呢？床单是奶奶给你带来的，被子是我奶奶做的，她们多爱你……"轩轩说："奶奶，你奶奶……你奶奶是谁啊？"我这才发现描述混乱，赶紧修正口径："奶奶就是你奶奶，我奶奶就是你老奶奶。"轩轩刚才还在耍赖，这下彻底迷糊了。我只好继续修正:"你奶奶就是我妈,你老奶奶就是我的奶奶,你爷爷的妈妈。"话说出口,我才意识到,"我妈"这两个字说来如此陌生,竟然是很久很久都没有说过的了。

轩轩的床单是新疆产的亚麻床单,当年我爸去新疆讲课的时候别人送的;小被子有两床,都是我奶奶去世前亲手纺的最后一块粗布做的里子,絮的是那一年新打下来的棉花。五毒图案的那条已经太小了,现在换上了金猪图案的,也快跟不上孩子的个头儿了。这都是我妈一直没舍得用,也没舍得给我外甥用的,前些年帮忙带孩子的时候带了过来。

其实美国的日用品很便宜,多是中国产的,往往比中国还要便宜一大截。我们当年来美,锅碗瓢盆带了一大堆,吃够了搬运之苦,父母来前就千叮咛万嘱咐少带东西——因为不带毕竟是不可能的。然而机场接出来,最大尺寸的行李箱一定满满当当,看见就要头大,知道其中有不少是用不上的。

比如尿布。遥遥刚出生的时候,岳父母来帮着坐月子,他们不知道从哪里听说美国的毛巾贵,带了小半箱的毛巾过来,我妈则剪出另外小半箱的尿布托他们一并带来。其实纸尿布在国内的使用早就普遍了,但我妈总觉得那些东西不利宝宝幼嫩的肌肤。尽管我出生的时候还没有纸尿布,但在为人父母的经验上,当年的我显然是欠缺的,虚心听取意见,并执行之。执行了三天……还没用掉那些尿布的三成我就已经彻底洗疯了。破罐子破摔地换上了纸尿布,哇,整个世界清静了!那沓厚厚的尿布于是在储藏柜的角落里一直趴着,搬了两次家也没扔掉。我妈来的时候,会偶尔拿一块尿布当抹布用。但并不合用,因为尿布的材质过于柔软细腻,去污能力不强。COSTCO上好的棉抹布九块钱一大箱,这么便宜的东西可以用上十年,除了我妈也就没人去拿尿布当抹布用。我妈走的时候跟我说:"那些尿布也没人用,光占地方,你啥时候扔了吧!"

这话她只能说,自己是万万舍不得扔的。我出国的那年,家里买的新房还没开建，第一次回国的时候家人已经搬了进去。我妈带着我兴致勃勃地参观："你看都是嵌入式壁橱，东西都放进去了。"原来不算狭小的房子中顶天立地的壁橱从门口一直延伸到阳台，让房子都显得逼仄了。我说："做这么多壁橱，哪儿有那么多东西要放？"我妈说："不多，还有些东西放不下呢！"打开壁橱一看，旧被褥床上用品什么的就堆满了半面墙。我忍不住叹了口气："这些东西又不会再用了，留着干吗？扔了算了。"我妈略微尴尬地说："好好的东西扔掉多浪费！谁知道什么时候就能用上。"

我们父母这一辈从物质匮乏的年代过来，只要是没有用烂用破的，什么东西都舍不得扔，我妈尤其如此。外公是南下的三野干部，我妈用如今的标准看也算官二代。不过外公进城后休妻再娶，已经懂事了的我妈愤愤不平，14岁就出来当兵，几块钱的津贴还要拿出一半来寄给老家的我姥姥。虽然在军队中没有吃过三年灾害受饿的苦头，但也从未沾过外公的光，就没宽裕过。等到70年代末，我外公因为"文革"支"左"的关系下台，她倒被牵连提前脱下了军装。我爸是正宗贫农子弟出身，军队中正要风生水起，也因为我外公的关系被迫转业，开始了好几年的两地分居。我有印象的人生最初几年，没有我爸的什么事儿，只有我妈穿着绿军装的身影。

窘迫的日子其实持续了好些年，作为一个孩子，我只是在小学以后才拒绝穿姐姐剩下的花衣服，大冬天跑别人家看电视看到满脚冻疮，没有零花钱就吃爆米花吃到铅中毒，但还是没心没肺地快活。直到我上初中的时候，我妈让我跟学校申请每个月十五还是二十块的困难补助，我才醒悟到原来我们是穷人！这个补助让我在挺长一段时间觉得羞愧难当——从容面对少年贫不是那么容易做到的。少年不懂事，懂事以后这些事情就深深印在心里。所以父母的节俭在如今虽然显得有些过时，我也能体会，说了一句顶多就是劝他们要与时俱进，也知道这是无用功，说了便作罢。

但我自己，也狠不下心来把那些尿布扔掉。尿布得是棉布，而且得是用旧的，磨得布面柔软温和才好。我妈14岁参军，在军队里度过了她的少年和青年时光，吃食堂，穿军装。她并不会做饭，唯一擅长的只有饺子，每次过来探亲结束总要不顾我的抗议包满满一冰柜的饺子。不出意外地，她的女红功夫也很糟糕。但那些尿布，都是心思。是用旧的床单、衣物、被里剪出来的，一块块四四方方一般大小，连一处缝补也没有：怕蹭疼了宝宝。不知道我妈在这些尿布上花了多少工夫，但我们连三天都没用到。

曾经在翻检的时候，我看见过一块眼熟的尿布。想了好一阵子才想起来，原来这块尿布曾经陪了我好几年。我上的是一所外语学校。初一入学的时候，学校就要求每个人购买一台录音机，用于自习时听课文录音，这是强制要求，学校统一购买。我想不起那录音机的牌子了，用后来的标准看，是谈不上音质的。但那么一个砖头机的价格也在一百五十多元，80年代中期算是一笔大钱。我刚因为申请困难补助而深受打击，怎么还肯再向父母开口？拖了一阵子，老师终于在期中家长会后跟我妈说了，我妈隔周就给我交了录音机的钱。周末把录音机抱回家，全家都很兴奋，高高兴兴地一起听了一遍英文课文。妈说："能听懂吗，说的啥？"我只会傻乐，并不知道磁带里说了啥。那天晚上妈没睡，踩了一夜缝纫机。

周一去上学，我妈给我一个白色的缎子袋子，比着录音机的大小做的。我认得那块缎子，三年级因为下雪天去邻居家里看《铁臂阿童木》冻坏了脚，我妈拿出转业金来买了一台9寸的松下电视，那块结婚时留下的白缎子一直是用来盖电视的。就在那个周末，它变成了我的录音机袋子。录音机很皮实，用到我大学时代还没坏，只是音质糟糕，不符合听卡口带的需求，我想把它送人。把录音机收起来的过程中，我才突然注意到，原来录音机的白缎子袋子还有花棉布的里子，厚厚两层，我妈的针脚不均匀却细密，不知道她返工几次才踩成这周整的模样。那时我突然泪盈于眶,不再有把录音机送人的念头——不过录音机最后的下场我终于是不记得了。但我记得这白缎子的录音机袋子,花棉布的里子如今成了一块尿布,有针孔的地方都被裁去了,四四方方的一块,连一处缝补也没有。我不会用它,但就放着又何妨?

尿布或者亚麻床单,或者奶奶亲手纺的布,当年下来的新棉花,这些都是我妈心中的好东西。好东西不是给自己用的,是给孩子们用的。这个道理,等我自己有了孩子以后,才能深切地体会。一家人吃饭,最好的菜我妈总是不去碰,我曾经怪她太苛刻自己,她说:"是真的,看到你们吃得开心,我自然就没胃口了。"如今的我也是一样,真会觉得遥遥、轩轩吃到嘴里的好东西,比我自己吃到的更加美味。我妈于我是如此,我奶奶于我也是如此,天下的妈妈爸爸都一样。这是舐犊之情,真正不求回报的爱。

给轩轩的童话结尾应该是这样的:

……床单用力挣啊挣,终于悄悄从轩轩的小屁股底下逃了出来。它松了一口气,望着透过窗户洒在书桌上的皎洁的月光,想起了很久很久以前的故事。当它还是一截麻秆的时候,就曾经沐浴在这样的月光底下,又清凉又温和。它转过头对小金猪被子说:"轩轩睡着啦!你也过来吧,我们一起爬到窗台上去看月亮,今天的月亮一定很圆。"小金猪被子摇了摇头说:"我不去,你也不要去!"床单奇怪地说:"为什么呢?你不喜欢这月亮吗?当年你还是棉花的时候,红红白白的,也曾经见过这样的月光吧?"

小金猪被子眯起眼睛想,它想起了带着黄河水腥气的晚风,天空中鼓鼓囊囊的浮云,路边的杨树叶子哗啦啦地响,而月光就透过云和树叶的间隙撒在它的身上。这回忆让它觉得忧伤。但它还是摇摇头:"奶奶说,老奶奶说我要把它的曾孙子裹得暖暖的,不要冻着它。"床单说:"可是轩轩自己不要我们啊。"小金猪被子执拗地说:"奶奶说过了,老奶奶不在啦,我就要替老奶奶守着轩轩。"床单想了想说:"那好吧,那我也不走了,就在这里看月光吧!你看,书桌上都有呢!"

我们就这样长大了

学校　玉光国小
班级　二年级1班
姓名　卢韵如（台湾）

　　我家有三只80后活蹦乱跳的兔崽子，记忆时而斑驳时而鲜明的时光隧道那一头，我妈时时疲于奔命，这只抓了抓那只，那只抓了换一只，我们三个惹的祸，天天大事小事不间断！我们每天打呀打闹呀闹的，天天都非要把家里的屋顶掀起来才过瘾。印象中，我们这几只死猴团仔(闽南方言，意指顽皮的小毛头)实在太顽劣了，向来疼爱孩子的她宣布过一个仅维持一段时间就不了了之的"铁令"："只要你们没有摔破头、没有摔断腿就都不要来找我！"至今仍是我们家的笑话一则。

　　不晓得是不是这样，我妈她总是被我们弄得晕头转向，每次要喊一个人时，总是要把三个人的名字都带到。"伯任、骏良、韵如，快帮妈妈拿个盘子来！""韵如、伯任、骏良，快去倒垃圾！""骏良、伯任、韵如，快帮妈妈拿包卫生纸！"而每次要叫的那个人，总是最后一个喊出的。以前总笑她糊涂，现在才知道，这根本是高竿（方言，意指高明）！不管兔崽子们在做什么坏事，她高声一呼都会立刻善后。等到了她跟前，才会发现上当了。

　　一个屋檐下有三只兔崽子，结果就是让家里总如台风过境般满目疮痍，而面对收也收不完，扫也扫不尽的垃圾山，我妈就会使出独门绝技"愚公移山之乾坤大挪移"。整理客厅时把杂物搬到客房，整理客房时把杂货搬到客厅，客房干净了……但是客厅又乱了！整理哥哥房间时，把杂物搬到弟弟房间，整理弟弟房间时再把东西堆到我的房间……所有的地方都打理完了，只有最后一站是光鲜的！其他地方好像跟原本的状况相去不远。

　　而这个方法，除了当场可以被我们嘲笑以外，对我们来说完全是一大灾难。因为第二天上学时，这个找不着那个寻不见，一只袜子在哥哥房间，一只在弟弟房间。课本也要到处找，就不用说一大早睡眼惺忪好不容易爬出棉被赶着上学，会造成多少意外！最后，我们为了躲避妈妈的愚公大法：我们三个带着排山倒海的优良血统，努力养成个人打理个人房间的良好习惯，一切自己搞定。

　　我说我妈，她其实是个假糊涂，真高竿！

　　妈妈是湖南人，有着湖南人特有的习性。说得好听是直爽，说得坦白是火爆！只要是有事情让她觉得不平，她就会瞬间马力飙至1000瓦！她的脾气一来，全小区都可以听到她的河东狮吼，真不是盖的。

　　记得有一天晚上回到家，我妈她在厨房忙着烧菜做饭，淘米洗菜煎煮炒炸，还弄了锅料多味美的高汤，大热天的实在是又累又狼狈，而三只兔崽子都躲在房间里吹着空调，看漫画的看漫画，听音乐的听音乐，看电视的看电视，连老爸都躲在楼上写他的行草、画他的山水，无论我妈怎么喊破喉咙要我们吃饭，就是没人动一下！忽然间"铿"的一声，大家还以为出什么事情了，冲出去看，这才发现我妈她劲头一来把一整锅汤都砸了！随后一句话也没说"砰"的一声，她甩门头也不回地出去了。

当时，我们还真是吓傻了，也无法理解我妈怎么会如此的不可理喻？怎么会为这点小事就抓狂了呢？一锅鲜美的高汤，就这样被她洒了一地……连爸爸都只好摸摸鼻子默默地跟我们一起收拾残局，打理起来还真累呀！那顿饭，我们吃得特别香，却也特别不是滋味，因为饭桌空了一个位置……

　　当时，还不能理解她怎么会为了这点小事发脾气。而现在想起来呢，似乎有点意思了，她摔的是铁锅不是瓷盘，虽然损失一锅美味的鲜汤，却换来我们的珍惜与重视，体谅母亲做菜的辛劳。从那天起，我记得我家吃饭，大家都不敢姗姗来迟爱吃不吃了……

　　我妈是个谈判高手，无论我们这三只兔崽子在外头闯了什么祸，她总是能够替我们摆平。虽然，回到家时依旧免不了一阵苦头；而跟我妈一起出门逛街，只要有我妈在，就一定罩得住，绝对不吃亏。

　　记得有一次，她在一家店里，帮弟弟买了一个知名运动品牌的背包，但是用了没一个月，背包的金属扣环就断掉了，虽然我弟弟大手大脚的有些粗暴，但我们一致认为一个背包才背不到一个月就有状况，肯定是本身质量有些瑕疵。于是我妈她二话不说，当场带着我们去找店家换货。

　　照理说，商品若有瑕疵要在七天内换货，但都用了近一个月才去反映，成功的概率实在不大。店家也是铆足了力气不认账，并且直指是人为疏失，而我妈则在好话说完后，脸色一沉，面色严厉地跟老板把话再说一次，最后丢下一句："我以前就常在你们这里买东西，因为信赖你们的质量，所以这次才会再来光顾，但是要维持一个店的信誉真的不容易，算我自己认栽！我们走！"接着拿起包包掉头就走。没想到，店家听了后态度立变，马上出来赔不是，并且奉上一个全新的背包，说谢谢我们的信赖，他之后会去跟厂商反映，要厂商多注意。

　　离开店家，拐了个弯没几步路，我问妈妈，你刚才怎么突然间这么生气？妈妈笑着对我说："哈哈！我才不会为了这种小事情生气呢！你们要懂得控制自己的情绪，不要轻易发怒，生气要作为一种手段，达成你要的目的。"哎呀！看着我妈脸上的那抹笑意，真是不敢想象她刚才跟店家理论的样子，翻脸跟翻书一样快，怒气船过水无痕……

而很多的时候，我们都觉得她那与生俱来的火爆脾气究竟是真火山还是戴维魔术秀？我想不透！多少年以后，我才明白：原来，我妈是假火爆真精明！

我妈个性直爽幽默逗趣，不仅能跟小区邻里的婆妈大叔们打成一片，还常常能跟陌生人瞬间建立起友谊，只要有她在的地方，就会笑声不断。她时而天真烂漫、时而幽默逗趣，有时是巾帼不让须眉的女侠客，有时是八卦狗仔的傻大婶；对于"王老师"这个名字，整个街头巷尾与小区，几乎可以说无人不知无人不晓，从巷子头走到巷子尾往往得走上半小时一小时，因为总是有人会上前来跟她打招呼闲聊几句。

自从她退休后，这样的情况变本加厉，由于她的人脉实在广，她的精力也实在旺盛，每个认识她的人都不得不卖她几分面子，尤其是她的"侠女"性格，大家都鼓励她出来竞选"里长"，但我妈她自认人品高尚，不碰政治不问是非，但在她那蠢蠢欲动的"好事之心"驱策下，径自接起了"我爱红娘"的无本生意。

只要知道谁家闺女到了适婚年龄还没有好对象，哪家公子生活稳定需要成家立业还苦无佳人，她马上能够人肉搜索，使出万里姻缘一线牵的看家本领。管你躲到世界的哪个角落，全部无法逃脱她的红色人肉搜寻网。人找到了，她马上开始疲劳轰炸，李家闺女长得秀气标致温柔贤淑，赵家长子事业有成相貌堂堂……每个人都见识过她将死的说成活的再将活的变成死的，黑的漂成白的再把白的染成黑的，说得天花乱坠迷死人不偿命的本事。起初，我们都对此颇不以为然，觉得这实在太疯狂，衷心地为她手边的孤男寡女善男信女们默默哀悼，并希望他们不要被这红姥姥的魔咒所迷惑，但是婆婆妈妈们乐此不疲，生意越做越大，做出了好口碑……这还真让我们跌破眼镜了。

看着常常有甜蜜夫妻手牵着手，还抱着婴儿来我家登门拜访，献上他们的感谢之意，为人子女的我们，也不禁替她感到开心，没想到她退而不休的精神，让她开创了事业第二高峰，还帮助了许许多多的人，建立起美满的家庭，每天忙碌的生活也让她日子过得精彩绝伦，看在我们眼中，真是替她老人家备感开心呢，而现在，我在想……月老要是知道了我妈的这门生意，究竟会吃醋还是开心呢？

打有记忆以来，我们家三只兔崽子虽然很顽皮，却也非常独立，做事情都不太需要大人操心，每个人在外面都有自己的一片天。不知何时起，"家"已经变成一个住宿的地方。一眨眼，三只兔崽子就都长大成人了，忙碌的生活让我们都忘记要多留些时间、多留点精神陪伴妈妈，看着我妈每天忙进忙出的身影，都忽略了她其实也需要我们的关心。

假日回家，常常睡到快要中午才醒，每次醒来就会发现餐桌上放着我最爱吃的鱿鱼羹米粉、客家条、油饭等从小吃到大的美味，不论晴雨寒冬烈日，她都会特别为我买几个我最爱吃的东西，因为妈妈知道我对家乡味道的想念，特别是现在她能为我们做的已经不多，这就是她能为我们做的爱的表现。

每回回家，我总是将屋子里的好东西一扫而空，尽管妈妈总是笑着说我是"女儿贼"，还是会在我下一次回家时，把她觉得孩子们用得到的好东西都摆在显眼的地方，等我们回来搜刮。这就是我妈爱我们的方式，想必平常她有多担心我们生活是否过得有质量，是否拥有健康快乐的生活！

依稀记得，有一次我回家，太阳都快晒屁股了我还在床上昏睡，却感受到脸颊有股暖流轻轻地在我脸上滑过，朦胧中，看到母亲慈爱的眼神，跟我说："妈妈都没时间管你们，你们就这样自己长大了……"我应了一声转过头去继续睡，但是感觉眼睛涩涩的，了无睡意。我悄悄地打开妈妈卧室的门，听到鼾声如雷般响起，像是开水烧开的汽笛声"咻……咻……咻"地响起，不禁觉得实在好笑。看着眼前的妈妈，满头白发苍苍，岁月在她的脸颊上留下了不少痕迹，惊觉妈妈就在不知不觉中老了，以前那个火爆娘子不见了，躺在床上的是个老小孩儿，我不禁浮现出过去妈妈活泼逗趣的身影，以前是她照顾我们，而从现在开始，我们要去照顾爸妈了。

我和她

学校　牛步桥小学
班级　三年级1班
姓名　寇之树

她曾是我的地狱。

一度所做的全部努力，都是为了尽可能距离她远点、更远一点。形同逃亡般发誓要把她和她掌控之下的窒息彻底甩在身后。高考那年，班主任帮忙填志愿，问：你想考什么学校？我镇定地瞧着他手里的2B铅笔，声音很轻地答，哪儿远就考哪儿。

记忆中的成长一路塞满了她的暴躁、专制和冷漠。不允许大声讲话，不需要和其他同学往来，没必要参加任何学校活动。小孩子无可避免的磕碰摔烫伤，在她那里得到的，多是呵斥或一个创可贴。她不喜欢打孩子，因为手会疼。她用拧的，简单又轻省。全过程不准哭、不准顶嘴、不准告状、不准跑，乖乖站在原地配合。

我不知究竟该怎样做才能讨她欢心。每年考很多个第一，拿各种不同的奖回家，却从来得不到一句肯定或赞美。她不耐烦地扫一眼奖状，说：就张破纸，糊弄你们小孩子。我是远近闻名的模范生，走在大街上时常会被陌生人拦住，啧啧称赞我的乖巧、聪明和好看。而她嘴中的我则始终是个"除了会念书，一无是处的废物"。

尽管知道她一定抱过幼时的我，但它们没能在我的记忆中留下任何痕迹。除了挨打，我和她之间没有任何关于亲吻、拥抱、抚摩、牵手之类的肌肤接触，直到13岁。那个夏天出奇燥热，有天晚上她破天荒喊我去她房间的大床睡。我竭力安静地躺在旁边，假装睡着。月光从窗户里投射进来，可以清清楚楚看到她眉心微皱的脸。半梦半醒中，我小心翼翼靠近她，肩膀碰触到她的手臂，冰凉、细腻。和这个给予我生命的人贴得如此近，并拥有完全真实而柔软的触感，是我记忆中的第一次。

她身体极差，有严重的头疼和腰病，黄澄澄的针灸和炉灶上小火煎熬的中药是家中司空见惯的情形。读小学时，有段日子她忽然从我的生活里消失了。某个星期天下午，爸爸带我去医院，我才知道她"住在医院"。爸爸去病房探望，将我独自留在栽满梧桐树的院子里。紫色梧桐花从空中飘下，无声无息落到地面上，忽然一个念头从我脑子里钻出来——或者，她会死在这种地方吧。这样想着，我开始难过起来，一点也不开心，甚至不觉得是爱她，只是本能地意识到，我并不想失去她，却全然无能为力。

和来时一样，我坐在自行车后座离开了那个充满来苏水味道的地方。没有任何人向我解释过关于她的病情，唯有一天天沉默地等待结果，直到她重新回到这个家。

姐姐在读初中时，有天放学后毫无征兆地失踪了。半夜被找到时，她正独自在水库旁游荡。那晚我躺在自己床上，屏息偷听客厅内传出的动静。照例被拧，照例没有哭声，只有她情绪激动的大声斥责。至今我仍不知道究竟发生了什么，令姐姐厌倦得想要自杀。但我天然能懂那感受。后来的岁月中,姐姐曾数次上演突然消失——独自外出旅行、动手术、投奔外地亲戚找工作,以及私奔。

进入青春期后,我每天思索的,全是如何实现最简洁和不动声色的死亡,它几乎成了一种兴趣。这样长大的我,不会哭,个性忍耐而固执,惯性地把得到的喜悦全部默默溺毙,无须任何人表扬和分享。不依赖和任何人有商有量,自行决定并承担每一个转折点,即使撞得头破血流,也不允许外人得知真相。所有糟糕透顶的经历都不会告诉她,遭遇抢劫、色狼、手术、命悬一线的惊险,每样都不动声色地藏住。处分、考学、辞职、恋爱、结婚,一概自己处理,付诸实施后才告知她结果。

因为太明白若被她得知,非但无法获得任何安慰,引发的,甚至会是情绪败坏的训斥。那是她感到无能为力时的一种宣泄方式。自己的孩子绝望到如此程度,将是她永远不会得知的秘密。而我也很少关注她,习惯性地刻意排挤掉她在我记忆中的存在。有关她的那些事,几乎全部是在成年之后才逐渐得知的。

出嫁之前,她是家族最受宠爱的"九儿",从没干过繁重的农活儿,连做饭也不会。所有的苦和受罪,都是跟爸爸结婚后成为家庭妇女才开始的。家里有张80年代的全家福,那时的她圆脸,眉头微蹙,目光若有所思凝视着镜头的所在,向虚无的空间延展,俊秀而冷漠。黑白相纸记录30岁的她,神情间已开始显露沧桑疲惫了,却表情单纯。儿时一直觉得小舅舅相貌俊秀锋利,过目难忘。很多年后,在姥姥十周年祭的家族聚会上,才发现妈妈兄弟姐妹五人,唯她和小舅舅出奇地相似,皆有一副明确坚定的轮廓。而我面容平淡,除了如出一辙的褐色瞳仁,完全没能继承到她深沉的五官。我和她的眼睛,随着年龄增长愈发颜色浅淡,日光下近乎半透明。

在她年近五十的那几年,我终于慢慢学会了温暖,能够用平和的目光打量她。她的头发是自己对着镜子打理的,因脾气急躁,时常不慎搞成短短的男孩头，居然也就坦荡荡出了门。参差不齐的花白头发陪衬一脸沧桑的岁月纹路，眉目清晰，表情严肃得近乎凌厉，描绘不出的美。我夸奖她真有气质，是街上所有老太太中最好看的一个。她听了，表情照旧不屑和不耐烦。

姐姐的孩子出生后，她逐渐有了点慈祥的迹象，一边不耐烦地跟那个小东西作斗争，一边开始像个家常老太太了，慢慢添上絮叨，接电话不再三言两语便咔嚓挂断，闲扯两句也不动辄嫌我多话，偶尔能流露出脆弱的一面。她是左邻右舍和亲戚们中最受欢迎的人，任何场合，若她在，必定气氛欢腾。她把双子座的天赋发挥得淋漓尽致，讲话风趣生动，行事做派爽朗大气，极擅模仿表演，普普通通一件事落在她口，能迅速成为让人捧腹的小段子。

因为娘家当地风俗，她在十五六岁时就学会了抽烟和打麻将，这两样陪伴了她大半辈子的习惯，让她随爸爸来到油田后一直显得有点另类。从我读高中起，常有男同学不请自来，她镇定地和那些半大男孩坐在一起，接过对方递上来的烟，点燃，聊天。在他们离开后，从来不置一辞，记不得名字，也分不太清谁是谁。

她手下掌管的青春充满了野草般的孤寂和荒凉，以及匪夷所思的处理方式。有些面孔可以反复出现许多年，她始终不太认识，懒得过问，任由来去。很多年后，众人各有结果，偶尔问她，还记得那个人吗？就是那个样子的某人……形容一顿，她一脸茫然挥挥手，陈年往事怠于答理的姿势，谁记得？！没个长得好的！一言以蔽之。问：怎么算长得好？她无奈想半天，说……蔡国庆。

成年后，我会好奇地追问她怎么嫁给了爸爸，这个问题总被强力呵斥回避。纠缠不过，她也只是轻描淡写地讲：什么怎么嫁的，就是媒人定好日子，等赶集的时候两边一指，远远瞧两眼，觉得行就行了。那你为什么觉得行了？你看上爸哪儿了？我继续问。她答：一边儿去。我转到爸爸那里，追问同一个问题。他不看我，很有力量地笑一下，随后一言不发地站起身，出门。

从不觉得他们之间有爱情，只有彼此在一起生活的事实，生儿育女，共同经历现实七零八碎的切割与磨损，直至老成现在的模样。她的此生，按照常规方式一步步走到今天，没有大波澜，没有爱情，没有理想，没有外部世界的花花绿绿，不过是守着一个木讷寡言的男人和两个刚硬的女儿，整日忙忙碌碌却无比寂寞地逐日过着。她不幸福。从我记事起，她便时常念叨，这辈子就是在等死。等死来了，什么烦心事都没了。

她不擅长家务，所谓收拾，基本等于把所有东西尽可能堆放在一起。厨房是她最厌恶出没的场所，看韩剧，她会嘟囔：韩国人真有病，婆婆媳妇还抢厨房，谁要跟我抢，我立刻让出来，地皮儿都不沾一下。姐姐说：那当年你该再生个儿子。她一瞪眼，说：滚。姐姐不动声色地回嘴：滚也迟了。曾经在灰色中玩命挣扎的我们，不再畏惧她。相反，会故意说些触犯她威严的话语来逗她开心。不知什么时候开始，面对两个女儿，她的镇定自若和强横，开始显露出没底气的虚弱。

她以极简方式存在着。关于钱财，她说：什么是有钱？口袋有一分钢镚儿也叫有钱。纵有家财万贯，末了烧成灰也住不下俩匣子。她的处世原则是"不求人"，厌恶去攀附和谄媚，铭记困难时别人给过的每一点恩惠和帮助，对趋之若鹜的利益反而选择避开。她善良，不愿杀生，长年喂养猫狗鸡鸭，逐渐有流浪猫自行找来不再离去，把自己变成家猫，还三五不时带了猫朋友串门。每年返家，一楼那个宽阔的院子都有更拥挤的趋向。

她不看也不过问我的任何作品，关于"这个孩子怎么能在外面活下去"的困惑纠缠了她很多年。至今通电话，她依旧会问：你有饭吃吗？唯恐失去旁人的照顾，我随时可能会饿死在家中，或彻底迷失在庞大拥堵的帝都。我们之间始终延续着小时候的相处模式——全家吃饭，她把鸡腿夹到我碗中；我陷在晨昏颠倒的沉睡时，她会突然进屋察看，有莫名的担忧，觉得如此漫长的悄无声息，我也许就此睡死过去，再也醒不来。

长大后逐渐意识到，原来她的这些处世原则尽数影响了我。用超乎想象的极简方式打理自己的生活和感情；以死回望生的方式，使得贪念弱到不可思议的地步；因为不奢望幸福，反而一心一意追逐自在与快乐。只有感知到它们，我才能觉得血液真实地在流淌。

我和她之间的关系真正发生变化，是研究生毕业那年。她和家人来北京看我，在王府井步行街，其他人去逛新东安商场，我和我先生陪她坐在长椅上休息。她开始犯烟瘾，却又局促于身处大城市的繁华，不好意思在公众场所抽烟。自己嘟囔说，一个老太太抽烟不像样子。我说没关系，满街都是不相识的陌生人。她有点孩子气地扭捏和拧巴，随后开始按捺不住地发脾气，嫌不如在家自在方便，抱怨我让她来北京这种又累又拥挤的地方。旁边的H笑眯眯地取出烟，她犹豫不决地接过去。我说：也给我一根，陪你们抽。她惊诧地瞧了我一眼，却什么也没说。

三个人坐在长椅上安静地抽烟，一波波人群从我们身边经过，远去。和她一起从容不迫地抽烟，是我做梦也从未料想到的一幕。那是我人生第一次明确真实地感觉到，她老了，我长大了。她再不是我头顶上乌云密布的天空，我已经属于我一手建造的世界。

曾以为终生不会去写她。被她笼罩的青春岁月，像在一条荒凉坚硬的冰面上独自行走，小心翼翼设法不去摔倒。世界寒冷而辽阔，看不到未来，看不到尽头，看不到季节。在进入人群之前，我以为爱就是那个样子。她不懂爱，所以我也不懂爱；她否定我，把我视为只会读书的废物，我便不相信自己真的值得拥有好东西。她不允许我依赖，于是我讨厌需要其他人，凡进入我生命的，都被设定为迟早要离去或消失。人人期待的爱情，在我则形同灭顶之灾。我随时做好失去一切的准备。

从少女时代开始,她便一直预言不会有人要我,即使侥幸嫁出去也会因是个不通世事的白痴而被嫌弃,即使不被嫌弃也没法得到幸福。直到我找到生命中的那个他,她从没放弃过忧心忡忡,唯恐某天我被抛弃,成为流浪猫一样的角色,活生生被丢到大街上。"你别总没心没肺,别仗着他对你好就老欺负他。你要有私房钱,不能什么都交给男人。要不将来发生点事儿,你哭死都来不及。归根最亲最疼你的人,是爹娘。"我忍不住诧异道:"咦,你居然会这么说?以为你从来不关心我呢。"她没答理我,却莫名地脸红了。那刻,我和她,是偷摸说小话的母女二人,自私而紧紧贴近对方最隐秘的生活。

年少时我像等待死亡降临一般地爱她,现在,则如世间任何一个女儿面对自己的母亲,普通而温暖地爱她。谢谢你,用平凡琐碎的生命给予我此时此刻。

下辈子还可以吗

学校　东罗园小学
班级　六年级1班
姓名　陈婷

记得前几天在微博上看到一个博友抱怨，说她妈走后，父亲的听力愈发差了，每次和他说话都要大声重复好几遍，觉得很累也很无奈。我忍不住给她留言：你真幸福，还可以和老父亲面对面地交流，而我想和妈妈说说话，却只能在梦里了。

妈走了已经快三年了，时间过得真快，不再像刚走的时候经常因为思念而流泪，但是思念并没有随着时间而淡化，只是在每日的忙碌中被埋在心里，沉淀了下来，偶尔空闲时发发呆，想着妈走进房间，坐在床边问我今天想吃点什么。有时候觉得回忆是件既幸福又残忍的事，但不回忆又担心会随着时间的推移，逐渐模糊她的音容笑貌。

关于这个对我的一生有着重大影响的亲人，内心深处始终不愿承认她就这样永远离开了，也就始终没有勇气提起笔去写下那些让我潸然泪下的情节。但是，在第三个清明节来临的时候，我突然发现，其实书写也是一种纪念，纪念那个赐予我生命，也成为我生命一部分的人。

妈是上海人，有着上海人的精明能干，却没有上海人的斤斤计较，甚至性格中有些马大哈的成分，还是个急脾气，这点被我完全遗传了下来，并发扬光大。记得她晚年时，每当我急躁的情绪上来时，妈便会忧虑地看着我，经常给我讲那些她年轻时因为急性子惹出来的祸，比如切菜切着手指什么的，可是孩子对于妈的唠叨永远都当做耳旁风不加理睬，直到有一天她不在了，才发现这些其实是真正爱你的人才会说的话。

妈是一个事业和家庭都很成功的女人，按现在的标准，就是一个典型的女强人。作为中国第一代隐身飞机的设计工程师，妈为国家的航空航天军工产业做出过很多贡献，她的强项是飞行器设计，在调到父亲工作的北京航空航天大学前为导弹设计工程师，一个女人很少涉足的工科领域。妈获得过包括国家科研项目二等奖在内的诸多荣誉，也是北航的隐身飞机研究所的创始人之一。甚至在收入方面，妈也一直比父亲挣得多，家里的大件基本都是妈自己挣钱买的。妈喜欢工作，即使在73岁高龄时，也依然每天都去上半天班，一直到去世。去妈的办公室收拾她的物品时，我看着桌子上的电脑，各种文件，在生命的最后一刻，可以从事自己喜欢的工作，那是一种幸福。我希望有一天，也可以像妈这样生活。

生活中妈堪称贤妻良母，这是父亲在她走后的挽联悼词中首先写下的。家里的大事小事，全是妈说了算，一家人的生活在她的巧手安排下井井有条。妈的动手能力很强，有这样两件事让我从小就为有这么能干的妈妈骄傲。20世纪80年代初，那时的经济条件不算宽裕，拥有一套"36条腿"的家具，是很多人渴望的东西，一度成为那个年代很多家庭的生活追求。没有钱买现成的，打家具也就流行了起来。妈买来木头、弹簧和皮料，自己动手打了套皮沙发，用了将近十年依然很结实。还记得那时每次看电视,我都要和妈一起挤在单人沙发里,那种幸福,后来家里有了更大的沙发后反而体会不到了。另一件事,就是从幼儿园一直到大学,我的衣服基本都出自妈之手,她自己设计、裁剪、缝纫,家里每隔一段时间便会响起嗡嗡作响的缝纫机声。每次有新衣服的时候,都是我最快乐的日子,甚至半夜里会爬起来迫不及待地想穿上试试,每每有同学们羡慕地问起,我都会自豪地说:"我妈做的。"一直到进入大学,第一次参加校外实习,那是在90年代的一个国际展会上做临时翻译,妈为此特地加班加点为我赶做了三套漂亮的裙子,那是她最后一次为我做衣服了。后来她上了年纪,眼睛也不太好,渐渐缝纫机打开的次数越来越少,而我也习惯了买衣服,但每次看到我新买的衣服,妈都会不甘心地说,这样的款式我也会做的。

在周围人眼中,妈是个善良的女人。作为隐身飞机课题研究小组的财务负责人,妈每年都会划拨一笔钱,作为给家境贫寒的博士生们的劳务费,让这些寒暑假不回家的学生们承担一部分教研室的课题任务,增加些收入。每逢过年过节,她总想着要给学生们发点过节费什么的。而为她做飞机模型的木匠师傅,也经常得到妈的关照。记得一次,只有我和妈在家,一位已经退休的老师傅找上门来,但妈开门后,他就站在那里,既不说话也不进门,妈一再追问,老师傅才不好意思地说:牙疼,但没有钱去看病。妈听罢,转身进屋,拿了三百块钱塞进他的手里。作为曾经的工会负责人,妈为学校里的残疾人申请摊位执照、办理福利事业,更是不遗余力。在妈的葬礼上,一下子就来了二百多位过去的同事和学生,父亲非常感动,不停地说,这是因为妈生前人缘好。

妈是个懂得感恩的人,家里有兄弟姊妹八个,作为老二的妈,虽然成绩优秀,但家境困难,于是一直靠她的一个舅舅(我称舅公)的资助才念完中学和大学。大学毕业后留京工作,每到过年过节,一定要去看望舅公,直到舅公在90年代去世,之后妈把舅婆当做自己的妈妈,每年要去探望很多次,每次都要带她出来吃饭。还经常告诉我以前那些受到照顾的事情,知恩图报,妈不擅长言语上的说教,但以身作则就是最好的教育。

爸在妈走的时候,语重心长地说过一句话:一个时代结束了。我对此感受很深,妈的时代,物资匮乏,大家都勒紧裤腰带过日子,却也因此让家庭充满了温馨。妈做的菜永远比馆子里的可口,妈打的毛衣、做的裙子永远比外面买的要合身,这些都是现在孩子们体会不到的。那个时代人们的追求很简单,幸福却也来得更容易些。

现在回想起来,妈对我一生的影响是非常大的。虽然妈对我的教育算不上非常成功,因为过分疼爱女儿,多少有些纵容,让我听不得逆言,在成长过程中吃了不少苦头。但是,她作为一个女人的独立与自强,深深影响着我。从大学起我便开始勤工俭学,工作后独自在社会上打拼,有一份人人羡慕的外企工作,最终却选择了更具挑战性的生活方式:离开工作十年的白领圈,以旅行为职业,周游四十多个国家,成为一个环球旅行者,自由撰稿人和摄影师,追求更加充实和自由快乐的人生。这些都和妈从小对我的教育分不开,这些年来,妈一直是我最忠实的支持者。像每个妈一样,她眼中的女儿是非常优秀的,哪怕任性固执和不安分。妈支持我做自己喜欢的事,她经常挂在嘴边的话就是,女孩子不比男孩子差,没有什么干不了的。她走之前的几年中,我刚刚开始做撰稿人,每每有文章见诸杂志,她都是第一时间分享的人,妈将我的文章细心地保留下来,不仅仔细阅读,还会告诉亲戚朋友,我的每一点成绩都是她的骄傲。

下个月,我的第一本文化深度旅行的书就要出版了,名字叫做《婷,在荷兰》。出版人笑称,你的这个名字起得好,得谢谢你妈。我想她不仅给了我一个美丽的名字,更赋予了我一段精彩的人生,这本书也是献给我在天堂的妈妈,希望她可以分享我的快乐!

我想,是上辈子修来的福气做了您的女儿,妈,下辈子还可以吗?

最熟悉的陌生人

学校　实验二小
班级　三年级1班
姓名　高源

2009年的圣诞节，第一次见到母亲，第一次在脑海中对母亲有了实际的印象。在我一岁多的时候，在我对人生还没有任何印象的时候，妈妈作为当时既前卫又独立的女性，离开了我和父亲，去追求自己的梦想和生活。近三十年来，我无数次想象她会是怎样的一个人，当初离开的原因，是否想念过我，甚至在我生病或摔倒的时候，她是否也会碰巧打翻水杯或是眼皮发跳。

在那次见面以前，我们有两周的时间，几乎每晚像情侣一样煲电话粥直到凌晨3点。在电话里，我了解到她在离开我和父亲后，只身去了香港，之后又辗转移民英国，嫁人、生子、经营中餐厅直至今日。在电话里，也聊到了她对我的思念与愧疚。听着电话那头的哭泣与诉说，感觉自己的内心在被慢慢填满，母亲的形象也渐渐变得真实而具体。我们分享彼此现在的生活，互相表达着关心，仿佛只是分开多年而已。然而，在我们终于见面的时候，感觉却是那么陌生。那第一次的眼神交流，那陌生但又吸引的感觉，那尴尬的对话以及无法掩饰的思念，成了我对母亲的第一个印象。

晚餐时，没有人提起过去，也没有人说到将来，我们彼此询问对方的身体、工作以及生活，当然，也聊到了北京的天气。母亲几次泪水在眼眶中打转，呆呆地看着我；又或是拉住我的手，紧闭的双唇不住颤抖，却没有任何言语。我开始仔细观察这个我本应最熟悉的人：她很漂亮，虽然年近五十却像是四十出头，保养得很好，穿着时髦，不愧是电影学院表演系高才生出身。也许是二十多年的英国生活，带给了她高贵的气质，即便几次眼泪夺眶而出，却无法改变她的端庄与优雅。而在我眼中，她又是如此地陌生，电话中那说不完的话，表达不完的思念，在此时此刻，却是那么地空荡。

晚餐后，我们一起回到母亲所住的酒店；她拿出了各种礼物，瑞士手表、高级时装，一件件拿出来的时候，我仿佛置身于电视剧情节之中，感觉是那么虚幻，那么不真实。最后，真正打动我的，是那一包包的糖果和巧克力，以及可爱的毛绒小熊。我生命中第一次感觉，我是一个在享受母爱的孩子。礼物伴随着母亲的各种歉意呈现在我面前时，我感觉那早该出现的泪水，终于到了。也许是环境的缘故吧，在私密的酒店房间中，母亲开始诉说对我的愧疚与思念，再一次详细讲述了当年的事情。她用颤抖的声音对我说："孩子，你应该知道……"她还说："孩子，请你原谅我！"

时隔三年，很多记忆已经模糊，我只记得一些片段以及我与母亲紧握的双手，她那止不住的泪水，和暖风空调吹我双颊时那微凉的感觉。

母亲是兰州人，算是部队文工团的舞蹈演员。当时父亲刚好在兰州空二师当兵，一个文工团演员与优秀战士相恋的剧情就这样上演了。确定恋爱关系后，母亲希望前往北京报考电影学院，父亲毅然放弃部队提干的机会，转业回京。母亲顺利考上北电表演系，之后与父亲结婚，有了我。母亲很要强，学习表演的同时还进修了化妆专业，当时刚好内地与香港合拍一部反映老上海滩故事的影片，父亲托关系帮母亲争取到了该剧组的化妆工作。随后母亲只身前往上海，顺利完成工作的同时，也见识到了当时内地与香港的经济差异，更与一位香港副导演相识、相知、相恋。

母亲回京不久，此事被父亲知晓，两人大吵一架。最终，在父亲愤怒之下他们的婚姻以一个耳光作为结束。母亲高傲的性格迫使她摔门而出，抛下了我，抛下了一个本该幸福的家庭回了兰州。之后，母亲借助那位新认识的男朋友，去了香港，却发现这名副导演只是逢场作戏而已，两人决裂。但自尊心不允许母亲再回北京或是兰州，她独自在香港打拼，学习英语，继续从事表演及化妆事业。又过了一年，机缘巧合之下认识另一位香港人，虽比母亲大很多，却能给母亲安稳的生活。两人结婚后，母亲随新任丈夫移民英国，再次生子，之后从事中餐厅生意。

母亲走后，父亲觉得这是一种赤裸裸的背叛，断掉了与兰州老丈人家的一切联络，直至2009年深秋。当然这些都是他们的故事，年幼的我，在那些年的事件中，甚至连一个旁观者都不算。二十多年来母亲与我未曾有过任何联络，青春期时，父亲在我的逼问下给我看过一张母亲的黑白照片，画面早已模糊，但依然能看出母亲很漂亮。2009年父亲与一帮战友回兰州老部队参加聚会，席间聊起父亲与母亲之事，感慨万千。由于当时已经多年不曾联络，曾经那倒背如流的住址早已随着城市的发展不复存在。

老战友们觉得什么恩怨经过二十多年的洗刷也都淡化了，帮忙查到了我大姨的联系方式，随后父亲终于与失去联络多年的大姐见面，互诉衷肠，感叹当年。回京后，父亲给我看了大姨的照片，告诉我："无论如何血缘关系是无法斩断的，有时间可以去兰州看看你从未谋面的大姨。"

一周后，也许是好奇，也许是血缘关系的某种牵引，我订了机票前往兰州，与大姨相见。三天的兰州之行让我更多地了解了母亲的过去,以及与父亲的恋爱故事。唯一遗憾的是,母亲一直与兰州方面的亲戚单线联络,从未给她们留下任何联系方式。我不想多问,留下父亲和我的联系方式,希望母亲与大姨联络时,能够告诉母亲。若有可能,我想见她一面。

心中太多的疑问,太多的好奇,太多太多的复杂情绪,我渴望寻找到一个答案。对于用三天时间了解到自己身世的我,冲击是巨大的,几乎在兰州的每一夜都是失眠到天亮。回到北京后我倒头便睡,一直到晚上十一点,父亲打过电话来,说母亲来电话了。我怀着紧张和兴奋的心情来到父亲家,还没有坐下,手机便响起,0044开头的电话号码映入眼帘,随后便是母亲的哭声,以及对于我兰州寻亲之行的心疼,告诉我不需要这么辛苦地跑来跑去了,告诉我终于能够联系上了,告诉我会尽快来北京看我。之后,便有了那为期两个礼拜的长途电话粥,便有了2009年圣诞节的见面。

这三年以来,母亲与我也时常通电话,虽然从刚开始的一周三四次到后来的几乎一个月才一次,但至少,我们知道彼此最近怎么样、在忙什么。我的生命中,开始有母亲告诉我少抽点烟、早点睡觉、努力工作、提防坏女孩……就像每一个正常家庭,母亲都会做的一样。每一年生日、春节的前后,母亲都会打来电话,送上祝福。几乎每一年她都会选一个时间,来北京与我相聚几天,吃吃饭,逛逛街。母亲是虔诚的天主教徒,她说,"虽然分隔两地,但每一天她都会为我祈祷"。每次回来,都会有很多礼物。母亲在我心中,有时很近,有时却仍然陌生得仿佛从不曾存在。

如今,母亲依然离我的生活很遥远。我经常会想起她,想她身体是否安康,生活过得怎么样。

但毕竟母亲也重新组建了自己的家庭,我也不便经常打扰。慢慢地,印象开始模糊不清,但每一年都会在她回国与我短暂相聚后,再次清晰起来。但是有三个画面驻留我的脑海中，每每想起，都仿佛近在眼前。

母亲第一次回北京看我，我们第一次在酒店房间里独处时，她问我："孩子，你有什么要问妈妈的吗？"老实讲，当时心中还存有怨恨，问了一个也许很伤人的问题。我说："我只想知道，如果我和父亲不去兰州找到大姨，这么多年了，你可想起过还有我这么个儿子？"母亲含泪站了起来，掀起上衣，指着腹部的伤疤说："我当年生你的时候，是剖腹产，这道伤疤二十多年一直在我身上，每晚洗澡时都会看到，每一天，都会想起你……"

同样也是母亲第一次回京，像一幕老套的电视剧情节，她硬拉着我去了新光天地，像是不要钱一样给我买了很多高级时装。当我正在四处躲避服务员怪异的眼神，担心人家把我当成傍富婆的小白脸时，母亲又拉着我去了某个高级西装店。我赶忙阻拦，告诉她我平时很少穿西服，再说我本身也有两套，真的不需要再买了！母亲告诉我："孩子，不是给你买的，是要给你爸看看，我1985年的时候就答应你爸爸，要给他买套帅气的西服。二十多年了，这个承诺还没实现，今天咱们一起给你爸爸选一套吧！"

2009年圣诞节，母亲要回英国之前，交给我一枚铂金钻戒，上面有三颗小钻石。这是一个在英国很有名的手工珠宝品牌，是她专门找人定做的款式。妈妈说："这三颗钻石，就是你、我、他，也就是咱俩和你爸。无论怎样，希望我们还能是一家人。"这就是我的母亲，其实开篇的时候，我想告诉正在读这本书的你，母亲在我心中，只是个突然出现的陌生阿姨；但写到这里，我发现，她是我远方的至亲！现在，我要去给母亲打个电话，也许只是简单的问候，却能够换回来自母亲独有的关切回应。

几篇作文

学校　文登路小学
班级　三年级1班
姓名　张宸

我有生以来写的第一篇作文，就是《我的妈妈》。

应该是在一年级下半学期，我已经七岁了，可是识字不多，学的形容词更是少之又少。所幸因为从小学画画，倒是会写不少关于颜色的字，是画画时无聊的时候对照着水彩颜料上的色彩说明记下来的。于是，我就挑了两种对比比较强烈的颜色，用在这篇作文里。它大概是一篇四五十字的作文吧，开头我就写道："我的妈妈穿着红衣服，绿裤子……"

现在我也想不明白，当初是怎样选择了这两种颜色的，它们的搭配实在太过诡异，并且，我妈显然从没有在日常生活中穿过这样的衣服……作文发下来拿回家，全家人笑成一团，我妈都不知道该夸奖我还是该教育教育我。

大概又过了三年，学的形容词多了，我又写了一篇作文，依然是《我的妈妈》。那一次，我刚刚学会了一个耸人听闻的形容词，就公然把它写进作文里，写得郑重其事，似乎还有些得意，我大概是这样写的："可是谁又知道，妈妈心里有多少辛酸……"这个词把我爸我妈都给吓到了，你知道什么叫"辛酸"？

我确实不知道什么叫"辛酸"，我之所以能够将"辛酸"与"妈妈"联系在一起，大概来自小时候音乐课上教的那些几十年前的苦大仇深的革命歌曲，里面有一首叫做《听妈妈讲那过去的事情》：

"月亮在白莲花般的云朵里穿行/晚风吹来一阵阵快乐的歌声/我们坐在高高的谷堆旁边/听妈妈讲那过去的事情/我们坐在高高的谷堆旁边/听妈妈讲那过去的事情/那时候/妈妈没有土地/全部生活都在两只手上/汗水流在地主火热的田野里/妈妈却吃着野菜和谷糠/冬天的风雪狼一样嚎叫/妈妈却穿着破烂的单衣裳/她去给地主缝一件狐皮长袍/又冷又饿跌倒在雪地上……"

我不知道这算不算是一种移情？

我当然不理解所谓的"辛酸"，我生活在一个普通的家庭。我爸是工人，我妈是会计，他们都没有上山下乡，工作稳定，生活平淡，没有纠结。我也没受过什么苦，衣食无忧，该有的家用电器都有，但也不会有太多惊喜，更没有什么匪夷所思的经历。我周围的孩子们，所有的家庭都是如此，成分都是工人阶级，小孩都是独生子女，没有多少贫富差距，这不正是生活的常态吗？

但我时常会把小时候的梦境与真实发生过的事情混淆，以致许多往事回想起来，竟然无法判断它们是否真的发生过。

比如我记得我妈下班后带着我去海边，我在海水里跑得脚上湿漉漉的，沾满沙子，怎么也擦不干净。我妈就带我坐在栈桥边的长椅上，把脚晾干，沙子就会自己掉下来。这事让我觉得很神奇，但我不记得我妈是否借此教过我什么哲学道理。而我甚至不知道这场景是否真实，因为在我的记忆里，我好像是站在那张长椅后面，看着我妈和我的背影，面前的黄昏很不真实，实在像一幅油画而不像是记忆。

比如我爸带着我去体育场里找我妈，她似乎正要参加比赛，一边做着准备活动一边和我爸说话，好像还抱了抱我。我妈年轻时是长跑健将，经常是全市商业运动会的长跑冠军，这事情是确凿无疑的，而我无法确定的是那个体育场，为什么我记得那体育场里很空旷，跑道上好像除了我妈空无一人，就像一张专门为我妈拍下的肖像照片。

比如我还记得我妈带我去幼儿园，把我放下就去上班了。我就哭了一天，中间停下来和一群陌生的小孩玩儿了一会儿捉迷藏，但我很快就厌倦了，我不知道为什么要和这些陌生小孩在一起玩儿这个游戏，我不认识他们，完全没有找他们的热情。然后我又开始哭。后来中午哭累了睡了一会儿午觉，一醒来又开始哭。好像幼儿园的老师还安慰我来着，但我心里想的唯一一件事就是骂她，我觉得我被拐走了。下午我妈下班来把我背走了。从此我再也没去过幼儿园。但我同样不知道这个记忆是否可靠，因为我也分明看到我妈背着我走下一长段石板楼梯，面前同样是不真实的夕阳，仿佛《蜡笔小新》里偶尔会出现的场景。我像个审视者一样站在不远处，看着我妈背着一个小孩走下石阶。

后来很久也没有《我的妈妈》这样的作文了，直到高二那年。当时每周一照例要交一篇练笔。我的练笔常常会被老师拿来当范文念，为了满足自己的虚荣心，就写得比较用心，当然每周都会按时交，等着被表扬。但是有一次，我一直拖着没交，因为不知如何下笔，不知如何写。那个星期我突发奇想，想写一写自己和父母的关系。因为一年前我奶奶去世了。我们一家住在一起，但我从小都跟着奶奶长大。奶奶去世让我莫名其妙地感到，我爸我妈给我的爱似乎不够多。但我仔细想想，又觉得自己很卑鄙，这分明就是我主观臆断。我爸妈当然给了我他们所能给的一切，他们也从来没有不关心我。我大概是看小说看多了，以为生活中一定要峰回路转、波澜壮阔，才能体会到明确的深情，问题在于，我们的生活就是平淡无奇的，他们所有的关注、所有的表达，都是真真切切的，怎么可能有那么多戏剧性的时刻？又或者，是我太过浑浑噩噩，全然没有去在意那些时刻。于是，那篇练笔就一直写到周一早自习结束，仍然没有写完。

我和父母没什么争端，而我的想法也很简单，自己成绩好一些，少闯点祸，到了该做什么的时候就做什么，就算是让父母省心了，便足以让他们感到安慰，甚至感到自豪。大概是我想得太简单了吧。

读大学那一年，我妈送我到上海，她在上海待了不到一周。

这是她和我爸当年旅行结婚的地方，苏州、杭州、上海是中转站。后来她又出差来过好几次，但是她对南京路和城隍庙的记忆仍然固执地停留在二十多年前。

那时我忙着融入新的集体，和各地来的同学们没话找话讲，莫名其妙地向往着自由的生活，对这个城市同样满怀好奇。我妈只是默默地帮我垫好学校发的棉花胎，铺上床单，装好被子，然后默默地坐在床边望着我。

那几天很快就过去了。

在此之前，我很少体会离别的滋味，尤其是和父母。我最长的离家时间永远不会超过五天，那是因为军训或者学农。

最后一天晚上，我到我妈住的地方，第二天她就要回青岛了，而我要参加学校的活动，没办法送行。

我们说着些话，具体是什么我已经不记得了。后来终于要出去了。青岛话不说"再见"，青岛话会说："妈，我走了昂。"然后我就平静地出去了。

我不善于当面表达情感，这应该是遗传自我爸妈，我从小就不敢跟他们开玩笑，更不会有强烈的情感表达，以致后来我甚至会觉得过于强烈的感情表达竟有些矫情。

我下到三楼，又下到二楼，在楼道里，眼泪突然涌出来，完全忍不住。抹了几把眼泪，就开始抽泣，浑身颤抖。直到这时我才知道，我大概真的要离开家了。我妈在哪里，哪里就应该是我的家。

我一向都是一个后知后觉的人。

有点想上楼去再和我妈说几句话，但我不知道说什么，我知道的只是，那不过平添她的难过。又何必呢？我一个人站在楼道里哭完，把眼泪擦干净，就回宿舍去。

确实从那一天开始，我彻底地离开青岛。古人说："父母在，不远游。"这几年，我越来越感到这句话的沉重，但我们这一代人又别无选择。故乡已经越来越远，面目全非，无法回去，因为回去也已不是故乡。人越长大，就越会发现自己与故乡之间的隔阂，除了它容纳过我的童年，除了那里还有一些值得记挂的亲人和朋友，我对故乡的态度只剩下八个字："哀其不幸，怒其不争。"

二十年过去了，我学的词甚至造的词越来越多，时常去写旁人的悲欢，写到我爸我妈，却越来越不知该如何落笔。我记得最清楚的一个细节，是一碗很稠的腊八粥，它简直不是粥，而是各种杂粮和各种豆焖的米饭。这大概也是我妈关心我的方式。

每年都会回家。每次回家，第一餐一定是腊八粥。配料的挑选并非很严格，只是有尽可能多的各种米和豆。我妈说我腊八没喝到，一定要给我补上。

这么些年过去了，在她心里，我好像仍然是十几年前那个小孩。十几年前我喜欢吃什么，现在就一定还是喜欢吃什么。十几年前我有什么习惯，现在就一定还有什么习惯。她会反复地问我同一个问题，在得到否定的答案后，仍然会在一天后或者一年后再次问起同样的问题。有时我会觉得厌烦，但又那么分明地知道，她只是想表达她对我的关心，希望我能感受到她的关心；她只是想更多地了解儿子，或者表示，就算这十几年里儿子在身边的日子总共不超过四个月，她其实也一直都了解儿子，一直一直都了解。

一切都会顺利的

学校　三里乡何家小学
班级　三年级1班
姓名　程艳斐

每当我想起自己年龄的时候,总会不由自主想起母亲的年龄。

我曾经天真地以为自己永远是个孩子,年少、快乐、充满活力,而母亲也始终很年轻。直到某一天我意识到自己已过而立之年,那么母亲,就是五十多了呀,心里不禁产生了悲怆感,母亲还能年轻吗? 然而她的心仍是热烈如初,她对儿女的宽厚和爱依旧丝毫不变。穿过岁月留在脸上的倔犟的皱纹,在她的眼里,依然是愉快而充满憧憬的神采。母亲很平凡,但她有追求,在她质朴的意识中,儿女就是她在生活中艰难前行却无怨无悔的力量,所以,她日复一日年复一年地守望着,守望梦想成真。

儿时的生活渐渐远去,但有些东西镌刻在记忆中是不可能淡化的。

那时的我们在贫困中很快乐,坚强的母亲同父亲一起波澜不惊地让家庭改变面貌,尽管这个过程那么艰辛,但是母亲仿佛有宇宙般强大的精神力量,不舍昼夜地劳作。妈妈没上过一天学,她几乎不认识几个字。等我仨长大了的某一天,母亲曾动情地告诉我们,自从生下我们,她就认定,每一个孩子都将会让她骄傲。她以天生的母性和灵巧,为我们编织着物质贫乏而精神富实的童年。

我们体验过严厉,但从未体验过责骂;我们体验过简朴,但从未体验过卑微。不识字的母亲最大的人生梦想,就是她的三个孩子都学业有成,为了孩子,她再苦再累也总是微笑,再大的委屈也强压心头。她说,"别人有的我们一样可以创造"。每当和别人谈起孩子,母亲的荣耀感充满心中,喜悦写在眼里,她轻描淡写,但已是对我们极大的肯定。

家里的负担一直特别重,父亲是个小学教师,他于教书之余与母亲一起在土地上播种财富和希望。母亲是如此辛劳,她用肩膀挑出五谷丰登、六畜兴旺,挑出硕果累累、菜蔬青青。直到今天,她当了三十多年母亲的今天,依然在农村过着平淡的日子。我常常想,有几个女人能面对贫穷笑着憧憬美好明天并且矢志自己去改造生活呢?只因为她是母亲,孩子就是她人生的希望,这份希望里从来没有包含回报,她总是相信付出是她人生最大的意义。母亲在辛劳中坚定地守望着我们的成长,守望着她最大的幸福。

我是喜欢读书的,所以越长大也就必然走得越远。每隔三年的录取通知书是母亲的骄傲,也带给她不知多少的落寞。

她是那么喜欢和孩子在一起,做不完的家里家外活儿,聊不完的家里家外事儿。到了我们要离家外出上学的前一个夜晚,她总是忙了又忙,吃的穿的用的,把我们的包装得满满的,还总是担心落下什么。当我穿着母亲自己缝制的新衣裳要离开家的时候,泪水常常在眼里打转。我不敢回头望,母亲一定是站在家门口的,她一定是要等我的背影消失了才会转身的。我是那么愧疚,她要给我装吃的、用的我总是嫌多嫌麻烦,母亲却从来不会多唠叨一句,她是那么尊重我。这份沉甸甸的爱暖暖的却又潮潮的,我该如何带走呢?除了奋斗,别无选择。

每每午夜梦回，脑子里回响的都是那首《儿行千里》的旋律，我在想，母亲又开始辛勤的劳作了，那也一定是漫长的等待。放假，我总是渴望马上飞回家，即便在大都市，那繁华在我眼里也远远比不上田野的芬芳。到家的日子，母亲准备了多少我爱吃的东西啊，她坐在桌子的那端，笑着看我狼吞虎咽，眼里流露着无限的怜爱和满足。她述说着她的收获：她养的土鸡下了多少蛋，她的菜园生机勃勃，她的果树开花结果，她在农活之外，又给我们织了毛衣。母亲的世界里没有霓虹闪烁，没有车马喧嚣，但有鲜明的四季，宁静的夜晚，对万物生灵的感恩。

她说带我去看长得很好的枇杷果，去看新种的几盆绿萝。我没有理由不去看看，只是看看，那已经为我的青春注入了无穷的动力。我的青春，除了让文字和学识充实外，还需要与万物共同成长，才不会显得苍白和单薄。我的领悟是让母亲自豪的，她相信我不改本色，这是她在守望我们成长的岁月里，不知疲倦无怨无悔的理由。

我们不知不觉地长大成人，有了工作，也到了不得不谈婚论嫁的时候。女儿是妈妈贴心的小棉袄，出嫁是人生另一种永久的别离。

我们都选择了晚婚，但终究要成婚。第一次刻骨铭心地感受别离苦，正是姐姐的出嫁。起初，母亲是开心的，女儿终于长大成人了，要自己去体会人生的酸甜苦辣了。她忙了好多日子，始终是笑着的，直到姐姐将被迎娶的前一晚，她梳起了新娘的发型，化上了浓妆，回到家，对她来说，明天起她将有新的归宿，而这个生活了二十几年的家又是另一种意义了。母亲看到盛装的女儿，突然无法忍住内心的情感，她放声大哭，哭得昏天暗地哭得满室凄凉，谁也劝不住。

我默默地陪伴着她落泪，倾听她哭声中含糊的絮叨。她舍不得，即使女儿嫁得并不远，常常可以回家。是仿佛心爱的宝贝被人抢走的伤痛吗？母亲足足哭了一晚，声音嘶哑，眼睛红肿。我好心酸，这么多年，我的记忆中全是爱笑的美丽的母亲啊，此刻显得那么憔悴而无助。我想她的心里一定进行着激烈的斗争，她希望女儿能幸福，但又舍不得自己的孩子。古人所说的"生离"，也应该包含出嫁吧。那一刻，我告诉自己，一定不能让母亲再次这样伤感，所以后来，我选择了远嫁，嫁到只能自己一个人去参加婚礼的地方，父母遥遥地想着但不必触景生情，之后我又回到南方工作生活，仿佛我从不曾离去，只是进行了一次长途的旅行。

母亲的爱随着年龄渐长似乎变得更细腻，她欣喜地迎接着一个又一个外孙的到来。每个小宝宝从孕育到诞生再到抚育，让母亲的生命焕发出另一种神奇的光彩。

她细心地帮我们养胎，教我们哺育孩子的方法，等孩子生下后，她几乎废寝忘食，照顾大人又照顾孩子，每一个细节都不落下。我惊异于她永远充沛的精力，因为事实上母亲的身体并不好，长期的劳累已使她多种疾病缠身，但她从来不肯流露一丝一毫的痛苦。如果一夜未能眠，她第二天一定认真地沏上一壶茶提神，然后还是精力无限。她有着那么多好的生活经验，令我们心服口服；她照料小宝宝的时候真的很像传说中的度母，总是知道宝宝需要什么。她的脑袋里装着那么多古老动听的童谣，一首接一首，温柔地吟唱，让宝宝开怀，也带宝宝美美地进入梦乡。

因为母亲，我们的宝宝在会说话的时候就会念闽南语的童谣，奶声奶气地，常常念得我笑出泪花。有童谣的儿时，是姥姥为她们编织的美丽的梦，让她们的想象插上了翅膀，在快乐的天空里自由地翱翔。母亲把她无尽的爱就这样执著地传递着，当我在暮色中遥望一老一小走来的身影，我好开心，孩子让母亲的晚年有了新的守望，就像我们的儿时，那么她的生命深处依然是激情澎湃的。

三十多年了，母亲就这样守着这个家，她有着传统中国女性特有的质朴、善良，她含蓄却又豁达，她不知书却达理，她以自己的方式度过人生。属于她的宁静，是她朝拜神灵的时候，我不知道世上是否真有神灵，但我知道母亲很虔诚很笃定。因为信奉神灵，她的乐观中带着冷静，冷静中充满希望。但她从未为自己祈福，所有的祈愿和祝福，都是在求得家人和孩子的平安。她总是告诉我们，一切都会顺利的。这句话，包含无穷无尽的人生智慧，让我对生活抱着更多的感恩。

我和老爸的N场"战争"

学校　庆丰小学
班级　五年级3班
姓名　陈亦琳

可以说，我和我老爸从小就缘分浅薄。没办法，天命如此！男人毕竟爱面子，按照村里的观念，生个儿子光宗耀祖，生个女娃就是赔钱货！可惜天不遂人愿，最终我的染色体以XX的组合示人，且"计划生育"的政策又没能给俺爸妈再一次机会，于是俺爸失去了一次在全村几百号街坊邻居、亲戚朋友面前抬头挺胸的机会了！很不幸，他把这个非人为能解决的问题归咎于我。于是，在这个最根深蒂固、潜移默化的遗憾中，我和我老爸展开了一场长达二十几年的"对抗战"，然后再由老妈充当无间道，从中斡旋，故此在陈家的家族史中留下多场脍炙人口的"著名"战役。

PART 1　势单力薄惨遭挨打……

毫无疑问，战争初期，当我仍处于襁褓状态或是只能牙牙学语之时，我方势单力薄，完全处于挨打状态，若非我妈卧薪尝胆、舍命相救，后果将不堪设想。为了保存实力,我妈向来对我照顾得无微不至,可谓饭来张口衣来伸手,把我养成了一大胖妞。不过此母也非铁人,工作之余还要养大我这"混世魔王"也真不简单。话说回来,我从小就极难调教,睡觉时间昼夜颠倒,导致我妈也顺带睡眠不足,终于病倒。于是从小不甚理睬我的老爸也被迫临时当个不称职的"奶爸"。其实就喂一顿饭那么简单,不过我那老爸极为不屑,拿着勺子见到我久久不下咽,就用不耐烦的语气外加粗口威逼我就范:"快吞啊,不然戳穿你喉咙!"于是迫于他的"淫威",我忍!留得青山在不怕没柴烧,这个道理你们懂的!

虽然这些距今早已年代久远,但我妈还是不时对我提醒,把老爸在我小时候的一系列恶行公之于世。恶劣喂饭?小CASE!他为了回乡下,不惜丢下发高烧的我,导致发生了我妈半夜三更在滂沱大雨的情况下背着我求医的感人故事;也会为了赶回家看足球比赛,不管汽车仍未停稳,就拉着我妈冲下车,最终让我和我妈在马路上扑成了个"吃屎"的姿势;即使我半夜哭得惊天动地,他一样雷打不动地睡到天亮,任由邻居把我"处理"掉……各位,其实我写这些不是要抹黑我老爸,虽然老爸在我心中是有那么一点点自私、刻板、吝啬、贪小便宜等等(偷笑),但我依然很爱他。而且真实地再现我和他的渊源,才能为下面的两个阶段的"战争"埋下伏笔,因为大家将会看到我将如何扭转局势。

PART 2 背水一战险胜一局……

好了!忍无可忍就无须再忍!进入幼儿园的我也开始了跟老爸抗争的日子!咱俩"恩怨"特深,维持着一天一小战,三天一大战的高密度作战状态。灵活且奏效的游击作战少不了,还清晰地记得我是如何帮老爸短暂性"戒烟"的。虽说当年的"椰树牌"香烟不算天价,但他买一包,我就收一包,神不知鬼不觉地把"肉票"收藏到家中的每个角度,而且超级高调地大批量藏在老爸的衣柜里，这就是所谓的"最危险的地方就是最安全的地方"。久而久之，虽然老爸觉得极为玄乎，然后看到我一副无辜可怜的样子，最终赖老鼠赖蟑螂也不敢赖到我头上了。小胜一盘，极为兴奋！还有在决定谁洗碗时，我永远都支持以猜"剪刀石头布"的方式公平决斗，因为我知道，我老爸永远只会出"石头"……

当然，陈氏父女的正面交战多不胜数，最常见的就是争夺电视大战。陈家的约定俗成，谁掌握遥控器谁就可以主宰电视机。为了抢得优先权，我一放学就霸占着电视机让"圣斗士们"华丽丽地变身，还让遥控器凭空消失。不过老爸不守规矩，直接按电视机按键转台。在我一哭二闹三上吊均告失败后，最终俺决定一拍两散，拔掉电视机电源，这种暗爽最终换来一场毒打……这一盘，我方小有损伤！

真正把陈氏父女对抗战升级到顶峰的就是那著名的"双陈抢藤条"。在鼻梁处留下一尺来长的藤条印痕不算狠，最起码也换来一周免去幼儿园的自由日子。不过若升级到生命危机那就有点恐怖了，话说当时老爸怒打我，我也士可杀不可辱地跟他进行着抢藤条的拔河游戏。由于楼房正在维修楼梯，所以我身旁就是个深达三四米的大坑，且没有任何防护措施。老爸双臂一甩，我还真不自觉地直往坑里扑。幸好命不该绝，刚好掉在了大坑的边缘，若再过十多厘米，那就真的非死即伤了。坦白说，这场战争可真是背水一战啊，本人很镇定地站起来，反倒吓得邻居阿姨脸色刷一下就惨白惨白了。不过不用慌，我倒暗爽得可以，因为这事肯定有人替我伸张正义。果然，下班后的老妈差点儿就拿上菜刀追杀我老爸了……哈哈，这回合，背水一战，险胜一局！

像这种生活小事填满了我的童年回忆，和老爸的回忆，除了抗争就是抗争，好像一天不吵架，生活就过不下去一样。日子就这样过下去，直到上小学，我的记忆力出现了另一种景象，那就是爸爸的"背影"。想起坐着单车后座、紧贴着老爸后背的我，颇有陈奕迅的《单车》中的格调："如孩儿能伏于爸爸的肩膀，谁要下车……"后来，在感动之后，才恍然醒悟，原来这"背影"竟然是"敌方"打击士气的秘密武器，不过发现真相已经太迟了……

PART 3 老爸的必胜秘密武器……

不知从何时起，我和老爸的战争升华了。打个比喻，就是从旧社会的徒手肉搏上升到领导人之间的智慧外交。是的，上了初中之后，我们家再也没有"藤条焖猪肉"以暴制暴的教育方式了，所以我和老爸之间的"恩怨"上升到精神决斗，拌嘴是最常见的表现方式，而且我们乐此不疲，举个例子吧：

某个早晨，踩着脚踏机减肥的老爸突然宣战："阻鬼住个地球转，你好快点走啦！"（翻译：妨碍地球转动，你快点出嫁吧！）虽然敌方来势汹汹，但我依然气定神闲："你叫我去哪里找一个跟你一样英俊潇洒、温柔体贴和勤劳节俭的好男人？哎，世界上最后一个好男人都做我爸爸啦，怎么找？我嫁不出，都是你害的！"老爸无语。不料此时老妈中途参战："你老爸简直就是人间极品啦！"顿时一片笑趴……

又例如我跟老妈看韩剧看得津津有味，不料老爸突然以庞大的身躯挡住电视机："看韩剧是邪教行为。"但可惜我和老妈都不吃这一套，急于追剧情的老妈一手推开他："走开啦，又不是透明的！"哈哈，这就证明公道自在人心。还有当我"攻击"他皱纹可以夹苍蝇时，他回我一句："这叫老得可爱！"知道我发烧，他又急忙从乡下赶出来，责怪我妈没照顾好我，见我稍有好转，他又得意了："三分药物七分精神，见了老爸就啥事都没有了！"呃，我又是一头冷汗直飙……

这样的小"战争"每天持续不断，不知是否嫌不够刺激，于是老爸偶尔还是会丢出一些极具杀伤力的秘密武器——他的背影！哇，这"武器"厉害，简直把我摧毁得毫无招架之力，而且这东西杀伤力越发强劲。你说小时候吧，背着我上公园只觉得宽厚温暖，不知不觉间睡得老爸背部全是口水，湿了一大片；然后再到上小学，坐在自行车尾座的我抵不过寒风，不停地往老爸的背靠去，希望多摄取点温暖……

如今多年不见，这"武器"果真威力大爆发。前段时间我去出差，都二十好几的人了，而且远门也不少出，但俺老爸非得念叨多次，一会儿是检查行李，一会儿是催赶出门怕耽误车程，见我仍是一副拖拖拉拉的样子，最终他还是坚持要去车站送我。要知道火车站乃三教九流集散地，人多车多，一路上就一个劲儿地叮嘱我路上小心。哈哈，虽然敌方表现出妥协之意，但我岂是容易打发之人？一边走一边取笑他唠叨。不过事实上我要为此付出代价的，而此时我也很后悔当初的轻敌，皆因接下来，我就会发现自己把车票落在家里了，然后再由老爸跑回家取。这过程很磨人，只见老爸发飙似的往前冲，挤开拥挤的人群，直往地铁站奔去，他腰本来就不好，偶尔会被逆方向的人流携带的行李撞来撞去……事后因为老爸，我赶上了火车，不过此刻已经被他的背影"打得"落花流水，继而翻然醒悟，领略到当年朱自清先生《背影》一文中的深刻寓意……

此后关于"背影"的故事还有很多，例如老爸和老妈第一天送我去电视台上班，默默转身离开的刹那，还有我们一家到大夫山骑三人自行车的时候……可以说，只要老爸"背影"一出现，谁与争锋啊？

于是生活中又多了一个有趣的现象，老妈吃完饭，剩下一堆剩饭剩碗丢给我们父女。

"老爸，猜剪刀石头布，输了的洗碗。"

"哎，我的腰突然有点不舒服。"

"呃，还是我洗吧！"

……

"女儿，几天没拖地了！"

"你拖啦，我在忙。"

"医生说我腰还在治疗中，不适宜做粗活。"

"好！我等下拖！"

于是只要他说腰痛、背痛，我就悲催了，这场战争，我的胜利之日似乎遥遥无期了……

咱俩不是外人

学校　新化小学
班级　六年级1班
姓名　胡苽

没想到近年来与爸爸交集最多的一次，竟然会是这样开始的。

姑姑一直打电话，我都没接着，然后又让我妹找我，当我看到她留给我的短信上写着"姐，看到短信务必回我一个电话"的时候，我就知道，肯定又是家里出事了，可是我怎么也没想到，当我打回给姑姑的时候，正是爸爸躺在救护车里，戴着氧气罩，被连夜送往南昌路上的时候。

那天一路上就在想，经过那一夜的折腾，看到他的时候 他会是什么样子，而我又会是什么样子？我想哭来着，但是并没有。

起先一见到他，摆在他床前的各种仪器带出来的五颜六色的塑料线就一一安插在他的胸前，一伙儿医生围着他，他闭着眼睛，并不知道我已经站到他床前了。我看着他这副样子，先是愣了一会儿，一时间不知怎的，竟不敢叫他了。匆忙地叫了一声之后，他睁开眼睛，下意识地抬起手来，我连忙伸过去，我俩的手轻轻地握了一下，这是这么多年，这么久的第一次，我俩最亲密的接触。

他看上去并没有很糟糕，就像是醒了，躺在床上，却还有些迷糊的人而已。而且，当他一遍遍跟来探望他的人描述起头天他所亲历的场景的时候，站在一旁的我，却始终无法体会到那时是有多么地"惊心动魄"和"千钧一发"。照例，我什么也没问他，他也什么都没有主动跟我说起，只是姑姑跟我说了一句："你爸爸当时就跟那个医生说，要是再晚一步，我这一生就完了……"

我就坐在他床前，那样陪了他一整天，除了帮他出去买吃的，一刻也没有离开过。他说他想吃花生糖和饼干，还有苹果，那个人忘了买，我就主动说要去，这次，他并没有拒绝我。我买了好多吃的，可是他一个苹果只咬了几口就不想吃了，我当时竟有些失落起来。可是后来看他吃花生糖吃得那么起劲儿，我给他剥开糖纸，递给他，他连续吃了三四颗，说很好吃，让我也吃，我竟又立刻欣喜起来。

身上安着很多线，不好起身去厕所，我给他拿尿壶，他只用了一次，第二次还没等我发现，就自己拔了线，起身去厕所了。

那一天，其实有很多时候都是我俩单独相处，我总是试图想跟他说些什么，或是些软软的话。我也以为他会跟我说些什么，想让我说些软软的话。但是都没有，一切都还是一样，我硬硬地问他需不需要些什么，他动一动，我就问他，要怎样，他也硬硬地回答说，不用的，不要干吗。

我俩还是不说话，不交流，他看报纸，我有些无聊地左顾右看。只是两顿饭，他都嘱咐那个人，要给我带好吃的，他看见他饭里有鱼，特别问起那个人说："蓓蓓有吗？没有的话，给她吃！"

就那样躺在那里一天，他明显还是不耐烦了，朋友们来看他，竟说要起来跟他们一起出去吃饭。那人一遍遍地在他床边抱怨似的说："经过这回，再不注意，就没人管得了你了，烟是不能再抽了，酒也要少喝，牌更是得少打了。"她说起他现在还是经常打牌打到十二点多,回来一时半会儿也睡不着,第二天又得起早上班,还有好几次半夜起来,陪他去医院打止痛针,甚至好几次一起出差在外的时候,也是半夜突然又要去医院。这些,我都只是在一旁默默地听着。原来那还是他,只是半夜痛得不行,去医院打针的经历,我是浑然不知的,他也从不会和我提起,那样的时候,我是从来不曾在他身边的,自然也包括这次。

　　我实在是再做不出一点那样的举动来的。她帮他抚背,帮他按摩,怕他冻着,帮他穿袜子,总是时不时像哄小孩一样,去捋捋他有些凌乱的前额的头发,甚至跟他撒娇似的骂他 "不听话"。这些我都只是站在一旁,愣愣地看着,却始终无法像外人一样,可以很容易地递出手去,说:"来,我来帮你一把。"或者,干脆就用他女儿的口气说:"不用你,我会来!"

　　突然想到,兔年是我爸的本命年,我是该像他"小情人"一样,给他买条红内裤,估计他是打死也不会穿红袜子的。

破碎的理想

学校　新开河小学
班级　二年级1班
姓名　龙莹

父亲节的那天，父亲仍然在生我的气。气我离家越来越远，气我离他越来越远。

父亲是中学教师，性格严谨，不讲话的时候，孩子们都不敢靠近他——尤其是我。

关于我的童年，我能记起的是父亲的各种严肃的表情，当他板起脸时，我总是胆怯得恨不得转身就跑。他的手中总是有教人屁股开花的竹竿。因为我回家晚了，因为我写作业时一边看腿上的漫画，因为我弄丢了一把伞，因为我倔犟地一言不发。

我是个生性散漫的孩子，当大家都往前奔跑时，我总左顾右盼，仿佛我的目的地就在道路两旁。父亲向来习惯于鼓励学生们向前看齐，于是我这个女儿总是给他带来许多烦恼。

我曾"异想天开"地想要放弃高考而去专攻服饰美术，当父亲发现了我离家出走的计划时，向来暴躁的他突然什么都说不出来了。孩子们的梦从来没有错，可是父母早已忘记了他们当年对于梦想的沉迷，父亲并不能接受我的叛逆。我记得他那失望的眼神，那失望似乎包含了好几代人梦想的破灭，让他失去了延续梦想的理由。后来我渐渐理解了他的心情，却仍是找不到合适的方法来让父亲听一听我的心。

那次"失败的出走"，是我第一次坐下来，收起叛逆的心，去猜想父母的心情。我的爸爸，如同我们这一代大多数人的爸爸一样，出生在饥饿的年代，他们的童年奔跑在荒芜的田野上，他们的被遗弃的青春又遭遇了疯狂。他们有幸抓住了恢复高考的橄榄枝，丢下沉重的柴火担子，从深山里从四面八方跑到考场。从此他们的世界里有了一个向往："城镇户口"。而他们用自己最美好的时光，实现了这个愿望。

我相信我爸作为一个父亲，他是多么骄傲，从一个一无所有的农村孩子，亲手建立起一个完整的家。而我也清楚地明白了，我的一生，就如同父亲一个新的梦。他希望我像他一样幸福，可以走到更大的城市，找到更好的工作，成为一个更受人钦佩的人。

我并不能说服自己成为这梦想的一部分，但心中的愧疚让我安定了下来。那一次安定，反而让我真正爱上了学习，那变化无穷也乐趣无穷的数学，带我翱翔天上地下的地理，我成为班上成绩最好的学生，高考在望，父母的眼角眉梢都透露着喜悦。我的高考也很顺利，接下来的问题是，大学是什么，我要选择什么样的未来？我对于未来的想象，就像故乡山城的天空一样狭窄。父亲坐在这样的天空下，把我的未来梳理成四个方向：外语、法律、金融、师范。

我知道有许多我应当知道的事情，却不知如何知晓。我想，或许外语会好些吧。于是，18岁，我第一次离开家，也好似是永远地走出了门，头也未回。

大学中，我东飘西荡，加入合唱团，第一次接触古典音乐，我逃课去图书馆看书，才接触到人类学的概念，我爱上了遥远，我的心又飘回了父亲的故乡——那里曾是饥饿与落后的收容所，那里更是森林与河流的家园，我爱那一切与土地亲近的东西。

春节回农村老家，我总是指着这一处那一处的老屋，向父亲诉说自己对乡村的向往。父亲总是嗤之以鼻，认为我这只是孩童般的浪漫。

一直到现在，我已经到了组建自己家庭的年纪，父亲仍在期盼着我的成熟，等着我"长大"。

好像一切都在不知不觉中，父亲发现我跑到了拉萨，跑到了斯里兰卡，又跑到了印度。我自私地离开了北京，把目光所及的将来都搬迁到了云南的一个角落。我爱上了那些他并不爱的地方，给他看蓝天的照片，给他看朴实的人们送给我的礼物。或许，他在我眼里看到的幸福，却在他心中酝酿成深深的担忧。这样的流浪，能带给我恒久的幸福吗？

他生活在家乡的小镇，听着其他父母们有关孩子们的各种话题：城市、收入、婚姻、房子；房子、婚姻、收入、城市。父亲的骄傲被我的高考成绩高高地抬在半空中，始终不愿意落下来站稳在土地上。他这样沉默的男人，在这样的时候，心中充满了苦涩：因为他有一个太特立独行的女儿，因为他的女儿并没有爱上他为她设想的未来。女儿本该好好守住自己的工作，过几年升迁一次，遇上一个差不多的丈夫，在各自父母的支持下在北京分期付款买一套房子。自己的孩子在北京安家落户，那是多么让人欣慰的一件事情。

父亲这个简单的愿望，就在我愧疚又自私的选择前一丝丝破碎。我选择了做文化与环境保护，投入了远山与大河的怀抱，我到了这样一座小城，生活中只消耗很少很少的能源，想见一个朋友只用5分钟的时间就找到了对方，我们也可以不用钟表，也可以不用手机。我们也可以不用塑料，每天背着竹筐去市集。仿佛回到我梦中的家乡，如同沈从文的《边城》，只是这边城小镇驻扎在雪山圣湖的一畔。

当我移居到这里以后，失望的父亲被我邀请来这里小居。他本该爱上这里，却被作为父亲的骄傲蒙住了生动的表情。他板着脸，看着无数从大城市转移到这里的"逃兵"们在木楼梯上爬上爬下，疑惑地看着如此偏僻之处人人都一口流利的外语。他或许理解，又或许不愿意理解。他看着我快乐，却又不轻易为我感到快乐。他担心我上当了，被这个奇怪的新世界骗得团团转。

父亲失落地结束了旅程。回到家，不知道该用什么来宽慰同样担忧着的母亲。在他的世界，先进与落后有那么明晰的界线，而现在他不知道把自己的女儿放在哪一边。

渐渐地，我不敢轻易给父亲电话。每一次，我都鼓起勇气把自己快乐的事情收集起来，要给自己最亲的人一一诉说，可父亲总是直接打断我，问我愿不愿意去长沙，或是再回北京。问我房子、对象、工作的事情。我知道，自己的倔犟已经把父亲远远地推到了我的世界的另一边，但是我无论如何不愿意将自己推向他的愿望。我知道那里非常舒适美好，可是那里没有我的心跳。

不止一次，我深深地叹息，问我遇见的每一个人，如何找到那座桥，重新与父母的世界联系起来。我那严肃的父亲，开始在哀求我渡河回家，我独自一人站在自己这岸，看不清他的脸。

一天，父亲来电话，说在市里为我买了一套房子，用他毕生的积蓄。新房子在火车站旁边的一个小区，在二十一层。我知道，父亲在自己圆自己的愿望。那一切与都市有关的元素：新住宅区、物业、电梯、大型购物商场、火车、飞机。他每天每天往市里跑，把家装成他认为我会喜欢的样子，在电话里一点一点地给我描述。那所有的元素，在我的世界中我都避之不及。而让我在电话这头几欲落泪的并不是我对新房的毫无好感，而是我对父亲的爱与愧疚。

我的父亲啊。他的一生，是为了他爱的妻子与孩子，他为了幸福两个字，操劳一生，耗尽了自己的青春，他的骄傲，被那个同样骄傲的女儿，打击得伤痕累累。他坚信着自己所相信的。我也如此。

对我重要的，是纯净的空气，与敬畏自然的文明。那城市中的你追我赶，并不构成我意识中的成就与自豪。城市需要许多人，许多人需要城市，于是我可以让出自己的位子，也给我的生活多出许多空间。只是，这个道理如何才能让同样执著的父亲明白。

父亲小时候，祖父并不同意他读太多书。家里多一个读书的，就少一个赚工分的劳力。家里有许多农活儿还要干，还有那山上的牛需要人照看。父亲的姐妹们把父亲的劳动担了下来，于是他成了文化人，后来还成了城里人。

而我生在城镇，成熟于帝都。见识了浮华，也得知了真实。我走过许多城市，到了荒漠与草原，然后做出了自己的选择。其实这条路，与父亲的一样。

父亲，也许，我并没有改变他的理想，我也还在延续他的路。我对幸福的追求，正如他对山外那个世界的追求一样。

我知道，现在别无他法。我需要过得好，哪怕再苦，我都要告诉他我很好，让自己在土壤里生根，让自己的枝条繁茂，让自己开出许多鲜花，结出丰美的果实，一年四季，总有一季，他会感受到我生命的喜悦。也许那个时候，他会与我一起在乡间散步，一起去朋友家喝茶，听一个朋友念诗，看一个朋友画画。

我在深夜写下这些文字，是为了有一天，父亲，能够看到它！

老 父

学校　刚毅小学
班级　三年级3班
姓名　许菜堂

记不起有多久没好好照过镜子了，那天早起居然发现杂乱的头发又多了几根银丝，刚刚过完四十岁生日，生日那天，我正好当了三个月的父亲。做个称职的父亲真不容易啊，这些天总有一种无名的冲动牵着我的神经，想写一写我的父亲。

我的父母现在独住一个单元。结婚后为了让妻子有自己的生活空间，我们搬出去住了，虽然每个周末都会回去看看，但我还是不习惯不能天天见到父母。慢慢地，回去的次数少了，后来妻子怀孕了，偶尔过节才回去看看，心里也感觉很平淡、很自然。自从儿子出世，我发觉现在不行了，每当我看到已快八十岁，思维有时不太清晰，满头的白发，驼着背，脸上布满皱纹的父亲，我的心里有点酸楚楚的感觉，有事无事总爱抽空回去看看，哪怕不说话，只静静地坐在他对面，看他一会儿，心里也感觉踏实许多。

父亲退休前是个教书匠，执教鞭吃粉笔灰。尽管已经老眼昏花，两鬓染霜了，但仍无怨无悔。他常说"人有家财万贯，我有桃李三千"。父亲自小就有书画天分，尤以书法见长，幼时发蒙以柳公权、颜真卿为帖，书法已成为他生命的一部分，临池之爱是他这一生最难割舍的精神寄托。一辈子的辛苦和努力，终于让他的书作渐近完美。"先有风骨俊，始能翰墨香"，强调的正是人品对于书品的影响，对父亲的认识和理解便是从他的书法开始的。

父亲刚过而立之年，一场厄运席卷神州，"文革"骤起，老师们一个个被打倒，父亲也成了专政对象，人体素描居然成为父亲"资产阶级生活方式"的罪证，他也被打为"反动学术权威"，有时一天要挨学生好几场批斗，常常被撞得头破血流。关在牛棚里的他，蓬头垢面、胡子拉碴的，母亲去看他居然都认不出来了。在人生最艰难的岁月，唯有书法这片黑白天地才能让他自由地倾吐自己的喜怒哀乐，才能让他通过笔端来表达身处逆境、自强不息的心迹。也许这时，他领略了世态炎凉，亦领略了"书为心画"的含义。

在那样一个知识分子在政治上受迫害、地位低下的大环境下，教师这个"神圣"职业被贬得很低很低，低到尘埃里。社会上称之为"臭老九"。当时的"臭老九"们连一个供销社里普普通通的售货员都不如。教师绝对是穷的，如今说起真让人心酸。可是，那个年代的老师们并不因为穷酸而没了自尊，也不因为这个"卑微"的职业而失去对事业的热爱。"文革"中父亲尽管吃了学生不少苦头，但是每当有人问他恨不恨那些整他的学生时，他却说从来也没恨过，因为他们也是那个疯狂年代的受害者。父亲的同事有挨不住折磨，割喉自杀的，在我还很小时，就害怕听他们谈论这些骇人的往事。在关牛棚的日子，不会喝酒的父亲借酒消愁，从此有了酒瘾，之后几十年，一度每餐必饮，因为母亲的唠叨，后来才有所改变。这些年，不擅书法的我也常和父亲聊书道，我觉得父亲微醺时，酒后挥毫，字写得更放。任何一门艺术及其作品，如果离开作者感情的宣泄、渗入,都是平淡无奇的!作者的悲、欢、喜、忧,都应该在作品中得到表现。"书为心画"是最准确、最恰当的归纳。酒是一种催化剂,多了不行,少了也不行。

父亲十多年前因为白内障,视力渐渐变差,慢慢就变得很少说话,也不太爱与人交流,前年带他去检查,才知道一只眼睛已经基本看不见了,幸好另一只眼手术后视力有了很大恢复。现在,每当他看到自己的小孙子,脸上总会露出满足的笑容。每次我坐在父亲旁边,静静地望着他饱经风霜的脸庞时,就会勾起我童年时许多美好的记忆。

在我很小的时候,印象中父亲很少在家,其实那时他已经被下放到农村教书,有时一个月才能回家一次看看我们。父亲因为我喜欢吃面食,每次回来都会给我带几个馒头,要知道南方平时是不吃这些的,只有过年过节,家里才会做面食,所以面食对孩子来说特别有吸引力。一到周末我就坐在家门口等啊等,当父亲背着他那个旧得退色的工人袋,出现在我眼帘时,我就一阵风似的扑上去,那种高兴,多少年了,一直让我记忆深刻。父亲长年不在家,我和三个姐姐的生活起居,就靠母亲一人照顾,母亲还要上班,有时实在照顾不过来,就让我们姐弟轮流跟父亲去学校过。五岁那年,我跟父亲来到他任教的那个小镇,校门前的池塘给我印象最深,繁星满天的夏夜,我特别喜欢偎在父亲怀里,一边听他讲故事,一边聆听池塘里青蛙的鸣叫。白天父亲去上课,就给我留下作业,抄写两页生字,奖励就是两颗花生糖。有时,淘气的我会偷偷跟外面的野孩子出去疯,看他们上树掏鸟蛋,然后怂恿我偷父亲的粉笔交换,鸟蛋上色彩斑斓的花纹让我非常着迷。我比其他孩子更善于"打破砂锅问到底",父亲总是不厌其烦地回答我各种稀奇古怪的问题。

玩具对我们那个年代的孩子来说是奢侈品了,我们的玩物最多就是看姐姐们跳绳、踢毽子,如果自己有个玻璃弹珠,那个高兴劲儿就不用说了。有次父亲回来,居然给我买了厚厚一册手工纸板玩具,他很有耐心地教我一步步将纸板剪下、上色，拼装成军舰、飞机、房子和树，父亲寓教于乐，让我第一次体验到DIY玩具的成就感。后来我上学了，父亲每次回来总会带我去逛书店，有时给我买《动脑筋爷爷》，有时给我买小人书，当然还不能让母亲知道我们又乱花钱了。这时的我，不再盼父亲给我带馒头了，因为这些书，我不用再问父亲馒头蒸出来为什么会有那么多洞。在没有电视、没有互联网的年代，一本小人书对一个孩子来说，比零食更有吸引力。这些东西对于今天的孩子也许不算什么，但对于我和父亲来说，是秘密，是承诺，是理解，是亲情。一直到了即使拥有崭新电脑、单反相机和漂亮衣服也不能让我快乐多久的今天，我还是时不时想起那些纸板玩具，那些小人书，想起童年时我的父亲。

我们嘲笑孩子的简单，却感叹着成年社会欲壑难填，渴求着不复回来的纯粹。小时候，一颗糖果也可以成为快乐的源泉；长大后，金银成山却让人难以满足。这让我又想起小时候每逢中秋节父亲给我糊的花灯，其实就是用竹条扎好架子，然后用宣纸糊出兔子的形状，再用画笔彩绘，装上四个木轮子，虽然有点粗糙，可是和后工业时代散发着"全球化"气味的流水线商品比起来，那么温暖又那么真实，它饱含着淳淳的父爱。

又是一个星期天回去看父母，我抱着快四个月大的儿子陪父亲看电视，正看得入迷，儿子不知道什么时候睡着了，我让父亲看宝宝可爱的样子，才发觉父亲居然也耷拉着脑袋睡过去了，手里夹着的香烟早已燃尽，他也没有觉察，看着耄耋老矣的父亲，我哭了！

爸，我投降

学校　第一师范附属小学

班级　四年级1班

姓名　刘请

我记得在故乡的大院里练武的父亲，那时，他可以把腿踢到后面去，现在，他只能把腿抬到椅子上，因为，他老了。

我的父亲六十岁了，虽然我不怎么喜欢他，但还是想，我的父亲要是不老多好，哪怕他会打我骂我，他要能不老多好。可知道岁月就是让人老的，虽然他练了那么多年武，也不可能打得过时间。我回想着我上次见他的样子，他正躺在沙发上看电视，看着看着，竟睡着了——看着他睡着的样子，我想，这是那个曾经站如松坐如钟的父亲吗？那时觉得他很老。

我不希望一回去，便看到父亲在沙发上睡觉，我不知道他什么时候养成的这个习惯，也许所有老了的男人都这样，后来知道那是因为他颈椎疼。我说："你老躺那儿也不是办法啊，要去医院看。"他不理我，我说："你那样睡着了会感冒的。"他拍拍胸脯说："没事。"我又对妈妈说："你也不管管他。"老妈说："这一辈子谁管得了他啊。"

是啊,谁管得了他,我的父亲就是我们家的宪法,我多年的起义,也没有废除掉的宪法。如今,这个宪法累了,经常会睡去,可他一睡去,我便看不到宪法了,只看到了跟我的孩子一样的父亲。我不希望他那样,哪怕他突然会跳起来大骂,或者给我一掌,我也不希望他老是睡觉。我怕他睡着睡着就没了。

老妈说:"你们回来,他还能精神些。"

是啊,怎么让这个人精神些呢?我们各有各自的高招。妹妹是他的宝,什么不用说,只要见了她,父亲就会立即精神起来,甚至会到厨房,为我们做几道小菜。当然,吃了他的菜,一定要说些好话,说些似乎很中肯的,仿佛忍无可忍,才脱口而出似的好来,他便会更精神,便有可能从做菜说起,说到厂里,市里,说到国家和天下,说着说着,你便会发现,国务院有个部门,就设在我们的家里,而在那个沙发上,有个躺着的国务委员。

我很高兴能有这样的时候,所以很高兴妹妹能经常回来,可妹妹经常是回不来的,能常回去的,只有我这个曾经的起义者。这让老妈很担心,盼我回去,又怕我们突然吵起来。可她怎么能知道呢,这个起义者,会在临回时,找一些问题向父亲求教,虽然那是早已有了答案的问题,但也会让他在语重心长的解答里,找到曾经的骄傲;我也会故意地无中生找些小病让他看,再过两天说他把病治好了,他便自豪地认为,自己的医书没有白看。总之,我们总是想办法让他高兴。

我知道父亲的六十年里,高兴的时候不多。小时候学习不好,是爷爷家教的反面典型;当了兵呢,新兵生活刚过完就到了对越自卫反击战的前线,没有立什么功回来,差一点就死了;他讨厌他的工作,因为他讨厌他的领导,他最喜欢江湖式的大侠,却不得不待在人心难测的机关里,最终落荒而逃;而在那个家里,在一个望族和一个农民家庭的夹缝里,在良心和孝心的挣扎里,他无措而茫然,对爹,对妻,都没有做好;后来退休了,却又开始了与自己儿子的旷日持久的冷战,那个起义者增加了经济负担也增加了他的心理负担,最后,当那个起义者失去理智给了他一脚时,他喊:"我活着为什么,为什么我不死掉?"

是啊,我们活着为什么呢?老爸。你活了六十年了,为什么还要问,为什么呢?

人生,爱情,婚姻,真是大自然的骗局吗?大自然为了繁衍这种生命,才用爱情之花诱惑世间男女,又用亲情的果,使人流连在一个家里吗?它对你说,你是父亲,就用这拴住了你吗?你一不小心生了我,就要把我养大,哪怕是只狼,也要养大吗?有时会想,如果我的父亲不是他,而是别人,不知道会怎么样?也许不会打了吧,但有一点是肯定的,所有的父亲都不会扔了他的孩子。

我小时候受过一次很重的伤,血糊糊的人被背回来的时候,爷爷顿足大喊:怎么交代,怎么交代?夜里,麻药的劲儿过去了,疼醒了,就再也睡不着了,翻来覆去地想爷爷要交代什么,要向谁交代呢?想来想去,知道,这世上还有两个人,是生了我的父亲和母亲,虽然我不知道他们在哪里,但他们是我最亲的人,所有令我长大的人,都在心里,要对他们有个交代,因为,我是他们的,不是任何人的。想来想去,就不疼了。

平时很少想起父亲来,因为他很少在家里,对一个陌生的人,离开九年和离开九天是一样的。

记得那次他离家时,我还光着屁股,看他穿着蓝色的工作服走远,以为他要去街上买东西,一会儿就回来,而他回来的时候,我已经读到四年级了,我不怎么认识他了,爷爷让我叫他爸爸,我扭头走了,离家几年的他惊愕地说:"家伙,这么高了。"大家都笑了起来,父亲没有笑,而且,脸色苍白起来。夜里我听见爷爷屋里传来的尖利的叫骂声,那是爷爷在向他讨要几年的孝心,他低着头,什么都不说。后来,他蹲在那个黑衣的老人身边,对他说:"大,我错了。"爷爷就这样不说话了。我看到那个低头的人，脸色苍白。

可我终究是会有想起他的时候，九年的空白，是记忆的保鲜层，使我经常可以轻易地看到我的童年，也许我的前世是只蜥蜴，那样的善爬，永远的两栖，在两种不同门第的长辈间，在快乐和忧伤间，在冷漠的白眼和慈爱的目光间，爬来爬去。

妈妈说我会走了，还是喜欢爬，经常会在家人的一转眼间，就消失在某个角落里，看着他们着急的样子，我偷偷地笑，常常会故意笑出声来，然后，骄傲地暴露自己。

而有一次，我爬到了一个炉子下，不知怎么着，一个热水瓶就倒了下来，可是没有浇在我的头上，父亲粗壮的手臂伸了过来，接住了那暖瓶，这使他的手臂在很多天后，依然有一个圈状的伤疤，像年轮，里面藏了我不安分的童年。

每到下雨天，他的手臂会痒，我记得儿时我是那样喜欢攀着那只手臂打秋千，却从来没有问过，那个伤疤是怎么来的。我不知道，他的心里，是不是也有块疤，很多年后我声嘶力竭地大叫着他的名字喊我不姓刘的时候，不知道那个疤，会不会流血。我只记得他挥拳后那张苍白的脸，仿佛失血过多的病人。

我喜欢吃豆，在武汉的时候，每次盛饭，他都要多给我一些，说：四毛小时候苦，多给他些——我从前怎么想不起来呢？只想起豆豆的好吃，却忘了碗里的区别，甚至，从来没想过，他能吃饱吗？而我经常在他吃饭的时候，忽然来了便意，我无论大小便，都是那么坦荡和自由，随来随便。一日老爸吃得正酣，突然见床上的我表情有些鬼祟，掰开一看，见黄色的一团正露出来。啊，为了不弄脏床，老爸一只大手端碗，另一只手接住了那团消火的东东（童便消火）——我会在脑子里放映那个千钧一发的时刻，想他后来怎么吃得下去饭呢，老妈说那有什么，经常的，你是小孩子，大人能拿你怎么样？

是啊，我是小孩，大人能拿我怎么样？

我是父亲的孩子,他能拿我怎么样?

所有所有的赢,其实都是因为这个吗?而我所有所有的忍让,也都是因为这个吗?我是他的孩子,他是我的父亲,所有的伤害,也都是因为这个吗?我们觉得彼此争斗时的那些苦,其实都是来自我们本来相亲吗?

是啊是啊,能彼此伤害最深的,往往是最亲的人,我懂了我懂了,所以,我会夜里常常想起我的父亲来,想起他无可奈何地老了,就觉得,人活着,就是无可奈何。可我还是能在父亲很健康地活着的时候看看他,又觉得老天还是善意的,父亲六十岁了,在他向岁月投降的时候,我也要向他投降。我要像他当年一样,蹲在自己父亲的身边。告诉他:爸爸,我错了。

我在写完这篇文字的时候,看了看日历,明天我就要回去了。

我要带上长了三十二年的身体作为他的战利品,我要好好地做人,使他骄傲和安慰。

我们家的孙悟空

学校　滨河小学
班级　二年级4班
姓名　蒋珂宗

　　我出生在20世纪70年代末，我们这一代是中国计划生育制造的第一代独生子女，同学们个个都是家里的独苗苗，在我的记忆里小时候好像没有被怎么娇惯过，同学里也都是父母比较严厉的多一些。上小学的时候，班上有一个同学因为没有记清楚老师布置的家庭作业，竟然在晚上8：00还被妈妈带到学校用手电筒透过教室的窗户找黑板上的笔迹……

　　我的妈妈也是比较严厉的，所以小时候我跟爸爸最亲。爸爸堪称是一位幽默、智慧的顽童，虽然他发起火来能把房子都点着似的，我仍然不真的怕他，因为他是我最铁的玩伴。

　　80年代我们家的交通工具是爸爸那辆28的大自行车，我经常坐在自行车的儿童坐椅上跟爸爸到处去玩。夏天，爸爸带我去海水浴场，火辣的太阳把金色的沙滩晒得烫脚，我不敢在岸上停留，急着要跑到水里，爸爸叫我把凉鞋脱下和他的放在一起，然后跟我说鞋子可以埋到沙子里，只要我们能够准确地定住方位，我们回去的时候应该能够找到的。然后爸爸教给我怎么用眼睛来目测参照物，要用多条线来定位比较准确，在确定无误的情况下我们把鞋子埋进了沙子里……

　　太阳快下山的时候我们有些饿了，我没有学会游泳，看得出爸爸也做示范太多次有点疲惫，我们的鞋子找不到了……咦？怎么回事呢，我们一次一次地挖下去都不见鞋子的影子。那天我坐在自行车上，爸爸是光脚骑车回家的。那次之后爸爸没有再给我上目测的培训课，很多年过去了，有时候我经常想问问爸爸，那次我们究竟哪里出错了，每每我都忍不住要笑出来。

　　爸爸是"孙悟空"，是我的精神支柱，在我幼小的心灵里爸爸的形象无比光辉，他有"齐天大圣"那样神气，有盖世武功，有一副侠肝义胆路见不平拔刀相助，有智慧锦囊逢凶化吉，总之爸爸能够实现我所有的梦想。他是我童年的伙伴，在玩耍中教会我技能，在生活中为我找到快乐，快乐中也让我领悟许多生活的真谛。

　　在我的家乡青岛，路是起伏的，也有非常陡的上坡和下坡，所以青岛骑车的人很少，也不仅仅因为坡路骑着费力，还因为风大。但是我跟爸爸出行，只要是上了车我没太记得爸爸下来推过车，坡路他也都是骑上去的。现在想也是爸爸的别有用心。他一般会给出几条路线和大概的到达时间，当我们选最近的路线常常是要走那段比较陡的坡路了。爸爸说骑到一半就蹬不动了，有时候还是顶风，可那时候他没有说，他常说有我给他打气他什么路都能骑。我们在路上也经常是这样的画面：爸爸的屁股离开座位好像站着在骑车，后座上有一个小孩也扭着屁股，挥着两只手，嘴里不停地发出"哧哧"的模仿自行车胎充气时发出的声音，这是我当时那个年纪能够理解到的"打气"的全部含义，因此我们经常会引来路人的注目。我很自豪我的付出有一股神奇的改造的力量，懵懵懂懂中似乎是所向披靡，志在必得！那是我生命中最原始的动力和自信，今后的生活中，每每在我退缩的时候都会是脸红和惭愧的对照。爸爸的自行车不仅是留在我的记忆中，那段经历扎根在我心里，我学会了合作、付出、坚持、努力，还有爱。

上小学了，学校离家特别近，步行最多要15分钟。而我却一个小时也走不到。第一次到学校报到爸爸还是用自行车带我去的，进了学校的大门爸爸让我自己走进教室，我的后背冒出一阵冷汗，掉头就跑出了校园。没有理由，那种陌生让我不寒而栗。一年级爸爸妈妈都不送我，任我每天迟到，有时候下了第一节课才到校，老师召见妈妈几次都无果而终。而我也说不清为什么那段路那么长……

二年级了，初春的早晨阳光真明媚，我的眼睛却总是看到夕阳的光彩，那种红彤彤的光。爸爸又用自行车载我到了儿童医院，在眼科，我跟医生说我总是看到夕阳的光彩，问，为什么在春天会有红彤彤的光？那个慈祥的医生阿姨说我的表达能力很好，眼睛没有大问题，是沙眼，小小的手术一下就好了。爸爸在医院门口给我买了一大束红色的氢气球，拉着那一大串气球，我来到了手术室门口，爸爸说他会在门口等着我，还说医生会用麻药不会疼。爸爸说我是勇敢的人，我相信他说的话，坚持要爸爸也进去，因为爸爸比我更勇敢。医生用一块布盖住我只露出一只眼睛时，我看见我的红气球飘在天花板上，我喊了一声"爸爸"，医生阿姨慈祥的面庞，在红色的映衬下更加好看了，她对我讲红色是勇敢的颜色，爸爸趴在窗户上，我能看见他的影子在墙上……沟通，是人世间最神奇的力量，爸爸做到了，那一串红色的气球印在我的心里，融化在我的血液中，以后的生活中，每当我遇到挫折、误解、烦躁的时候那串红色的气球总是飘在我的眼前。

如今爸爸愿意守着那片海，不愿意到北京来，怕给我添麻烦。过年我回家，爸爸总是要给我讲小时候的笑话和故事。我很想说"爸爸，谢谢您"！可一张嘴却变成"您能把烟戒了就好了"。

父亲的光阴

学校　光启小学
班级　六年级2班
姓名　沈雁翎

　　我的名字是爸爸起的，他常调侃，"雁"字注定了我的漂泊而最终南归的命运。2004年高中毕业，我选择了前往北京开始我全新的大学生活，四年时光奔腾如流水，之后在北京只身闯荡的经历，则夹带着迷惘与苦涩。回想起来，每每低落的时候，永不枯竭的乡愁，就会像尘封已久的葡萄酒突然被开启，顿时弥散开来。

　　正如我所喜爱的熊培云的那句话，"没有故乡的人寻找天堂，有故乡的人回到故乡"，离开家乡上海很多年，虽然每年会回来，却从没有跟上这个城市的脚步。我猜想，哪怕置身其中，也难以跟上，土地开发局的跟不上，测绘局的跟不上，出租司机跟不上，房屋中介也跟不上。但最终，我还是决定回到这里，但却已恍若隔世。

　　刘翔的精神与上海的发展契合如天作之合，既有速度，又能跨越。2010年回来后，我记忆当中的诸多片段常常因为没了载体而湮没殆尽，那是另一种苦涩。唯有记忆里的爸爸的眼睛，虽然隔着镜片，却深邃而坚定，我的浓浓的乡愁仿佛可以全部倾注到他的眼睛里，也就不再忧愁，不再烦恼了。

这两年看报纸发现中国GDP增长速度拼不过一些新兴国家了，但是中国人却热衷于"拼爹"。小的时候，学校要求填写家庭信息，每当填到爸爸的职务时，我总是非常迅速有力地写下"党委书记"四个大字。那时的我弄不清企业与党组织的关系，更弄不清为什么党委书记比厂长大这样一个具有中国特色的命题——那是我对爸爸工作职务疑惑不解时，妈妈给我的一个解释。但在那个时候，我的确有着莫名的自豪感，因为大多数同学的爹都是工人、工程师抑或厂长。时至今日，我已很少去跟别人提及爸爸的工作或者职务了。

今年，爸爸的年龄已逼近六十，他偶有提及年满退休的设想，也常常憧憬自己的退休生涯：不外乎花花草草、琴棋书画，以及他那些视如珍宝的信鸽。只是，纵然临近退休，爸爸仍然一如既往，到处奔波。有时因为工作而无法照料他的信鸽，不得不让母亲代为操持。

曾经听说，一个人酒后的行为举止其实是其潜意识的写照，我大概是有几分信的。记忆里，几乎每年年终，爸爸在集团年会中都要喝醉，约莫是酒过七八巡。回到家后，他先是一个劲儿地笑，然后便是与妈妈和我打闹嬉戏成一团。这与爸爸平时在家中乃至其他场合的严肃而不苟言笑，确是大相径庭。大概，开怀大笑才是爸爸内心的潜意识吧。

去年的年会，爸爸仍然酒至归性，一通电话打到家中，故意放低声音同妈妈讲到，来年儿子要置办婚事，这次拿来的年终奖金就权当新房装修的补贴之用吧。过后，又喊我接起话筒，与我讲起了家庭与事业的话题。而妈妈便开始打断："有什么话不能回家说？浪费电话费！"

其实，就算是回到上海后，与父母共住同一屋檐，作为家庭支柱的爸爸，仍然很少与我谈及家庭所面对的经济情况。平日里，爸爸与我的对话并不多，常常是对社会事件或国际形势发表的一些看法。

上大学以前，我几乎对爸爸的工作一无所知。后来，我竟然不知从哪里（大约是思想政治学课本中）找来了一个叫做"生产资料"的词，再后来当被问及爸爸的工厂时，我会煞有介事地说那是生产"生产资料"的企业。

爸爸的工厂搬过一回，而今路过之前的厂址，已是一片废墟，那里成片成片的土地被规划成未来商务区，用一排排残破而又整齐的围墙隔开。新开辟的几条马路上并没有什么车辆，偶有的几辆大约不是走错路，便是施工单位的。透过高墙望去，是一股百废待兴的气息，又间或夹杂着遍寻不着的错乱感。有几面墙体的外立面被包裹着印刷精美的墙纸，上面是未来商务区的效果图，光怪陆离的造型，捉摸不定的线条，大约是设计师的又一得意之作。废墟的另一侧，是建设中的地铁。上海的地铁像是输血管道，通到哪里，充满金属气味的血液就输向哪里。血液输送的速度时快、时慢，时而还会被打断，但终究止不住地要生长更多血管，就好像这座城市拥有一颗永不疲倦、永久健硕的大心脏。而曾经爸爸的那个被拆除的厂区，仿佛就是一个不起眼的血栓。

还有一次，在一个酷热难耐的下午，我开着车送爸爸去厂区，他每年高温季节都要特别去探望值班工人。路过大门时，门口的保安人员盯着我那陌生的脸孔许久。厂区里，大约因为高温的关系，毫无生机，坑坑洼洼的地面在阳光的暴晒下露出许多皱裂纹，石路上到处是洼地，我猜测是因为运输重型设备而轧坏的，这么多年来，也没人去在意，没人去修补。

爸爸对中国的制造业充满信心，虽然他也赞许德国人的精益求精，但中国模式更令他着迷。

工作日的晚上，爸爸常常会守着电视机，看新闻、看节目。娱乐节目中他看得最多的大约是"非诚勿扰"。妈妈一开始不屑去观看那些略带做作的电视相亲会，她心里的优秀女孩子似乎一直有着清晰的轮廓。有时爸爸看到兴起时，也会对坐在旁边一言不发的我点评几句，都极其简单：

"这个男孩子非常优秀。"

"这个女孩要求有些高。"

"这个女孩看不上这个男孩。"

我只是在旁边默默地听着，偶尔也问一些无关紧要的问题。

爸爸说，看这样的节目，让他能多了解些年轻人的想法。我因此也常陪他看，陪他一起笑，并偶尔作为年轻人的代表，回答一些他的问题。

随着节目越办越好，妈妈最终也加入到观众行列。那时，我已经和女友订了婚，爸爸也会偶尔拿电视里女嘉宾的问题，对比着问问我的看法，问问我未婚妻的情况。

我曾经有过一段记忆深刻的感情经历，她与我都是初恋，从北京开始，也在北京画上句号。对待爱情，我那时表现出一种无畏，我似乎从不担心爱情会让我失去什么，对于美与好的追求，我像个刚毅的猎人，对猎物有着超越捕获的狂热。后来我才明白，这种近乎于原教旨主义的恋爱方式，常见于初恋。

我的妈妈自小对我宠爱，她会在意我找到怎样的女孩子，但是她说不出她的标准；而爸爸，则是在我离开上海前的一次晚饭中告诫我，要对自己喜爱的女孩负责，我理解为别把女孩的肚子搞大。总之，他们俩几乎什么也没有对我加以限制，我便像撒了链的鹰隼，飞走了。

现实生活中，初恋时常会以看似荒诞而可笑的方式结束，我的大抵也是如此。男孩的心高气傲，女孩的患得患失，还未健全的人格下，爱情不是断送在急功近利中，就是葬身在柏拉图的苦海里。关于那段经历，一切退去后的我的记忆，还是能够拾掇起一些零碎的片段，大概如此：

在初恋分手后的那段时间里，我几乎失掉灵魂，难以将心思放在工作上，乃至一个人进行吃喝拉撒这样的常规动作，都觉得孤独和悲伤。我还神经兮兮地熬夜写苦情诗，越写越苦，像咖啡馆里的抹布。之后的某一天，爸爸极其少见地在上班时间拨通我的电话，其实在北京的时光，爸爸甚至很少主动给我打电话。电话那头儿他用举重若轻的语调宽慰我，叫我多参加些朋友聚会，多去北京的亲戚家串门。那一刻，我有抱头痛哭的冲动，但最终咽了下去，因为不得不回去工作。我初中以后就很少在爸爸面前哭，之前哭则是因为爸爸对我进行棍棒教育。

养鸽子是爸爸最大的兴趣爱好，从我上小学开始，家里的阳台就没有停止出现过鸽屎。但那时候我不喜欢鸽子，主要是因为我一走近，它便扑扑飞走，完全不待见我的模样。但家里的鸽子，就这样，从最早的一只、两只，到后来的十只、二十只，现在则是四五十只。

爸爸自己说他的这项爱好传承于家族，但具有隔代显性的特征。他的爷爷也喜欢鸽子，而我的爷爷则不喜欢。我爸爸的结论是，我肯定也不喜欢，并且不会真正接过他养鸽子的衣钵。我大概以前的确是如此表现的吧。

现在，我不那么讨厌鸽子了，而且甚至可以说喜欢了。有一次跟一班朋友出去郊游，特地带着爸爸的鸽子出去操练。笼子打开，鸽子们一踱一踱地走出笼子，然后迅速扑棱翅膀，飞向天际。其中有个傻缺的朋友，等在原地，以为鸽子还会飞回我的便携式小笼子。

还有一次，大约一年前，我们全家人载着鸽子去上海的近郊吃早餐，车子在目的地附近开了许久，才找到爸爸理想中的一大片空地——大概是密集的建筑会影响鸽子的磁场辨别。他慢慢地打开鸽笼的顶盖，等了许久，他那班心爱的鸽子才悻悻地出来，走了几步，嗖的一声飞向天空，它们几个快速地集结起群，围绕释放点不住地盘旋，盘旋，好像迷失了方向一样。然后，突然之间一起朝着一处猛力飞去。

这过程中，爸爸的视线一直停留在天空，它们越飞越高，爸爸也就眯起双眼试图看得更仔细。那时，我却望着爸爸的眼睛，那双可以盛放下我的所有感情的眼睛……

他是我爸

学校　太平镇中心小学
班级　三年级1班
姓名　李洋

　　我爸1955年生人，济南土著。他爸是工人，他也是工人，用他的话说，我们这爷儿俩都曾是国家的主人。他上有一姐，下有一弟，父母都忘记了他是哪天生的。办身份证那天是3月15日，"3.15"也就成了他的生日。我始终觉得，没有生日的人生仿佛没有起点的航程，没着没落，但我爸是个例外，他日子过得实实在在，拽句文词儿，叫"有质感的生活"。

　　这个开头与我三年级作文写他时大不相同。至今我还清楚地记得当时是这么写的："我爱我的爸爸，因为他有伟岸的身躯和宽广的胸怀。""独句成段，直抒胸臆，开篇点题"是老师用红笔写在文后的评语。那篇文章作为范文在同学间传阅，我爸知道后笑得合不拢嘴。他拿起作文本用标准的济南口音自豪地读了起来，还摆了个健美的姿势。济南话音准调不准，大体上把每个字都读成四声味道也就出来了，你也就可以想象出他读这句话时的感觉。我觉得济南口音特别适合表情达意，让人听着很诚恳可信。

我爸影响我最深的是他对生活的态度，他在生活中自得其乐，为人正直、开朗、热心肠。就仿佛他下象棋从不拐弯抹角，不计一子得失，噼噼啪啪杀得性起，但也不乏致命一击，不论胜败，皆大欢喜。

我经常从他的成长经历中寻找其人生观和价值观的根源。

按中国近代史年表，他五岁到八岁赶上三年饥荒，一个以饥饿为记忆开端的人生留给他一生好胃口，不挑食，饭量惊人。80年代初旅行结婚，和我妈到上海，海派菜量小，吃不够，后来他终于发现，上海人卖茶鸡蛋不是切开卖的，价格公道。第二天早上，他一顿早饭吃到第24个鸡蛋时，摊主说什么也不卖了。当时他54公斤，身高一米七八。照片上，手扶黄浦江边栏杆的他，颧骨突出，两腮塌陷，裤管飘摆，但俩眼贼亮，炯炯有神。北岛说人饥饿时眼睛都是雪亮的。看来这话不假。

他是个擅长冷幽默的人，这在那个时代有点超前。我爸的很多笑料和幽默感来自忆苦思甜时对现实的调侃和戏谑。今年过年时，一大家人吃饭，酒足饭饱，剩下一碗肉丝面。我爸说："要是1960年，这一碗面条，塞到眼珠里也得把它吃了。"此时碰巧电视正在播放四川辣酱面，面条上挂满了诱人的辣椒油。我赶紧接着他的话："爸，这碗也能用眼吃吗？"他大笑："这个够呛啊。"

我爸十一岁小学四年级开始进入"文化大革命"。尽管后来顺利地上到高中毕业，但我爸承认他的文化水平永远停留在了小学三年级。久不动笔，我结婚时他给朋友发请柬，嘴里念着人名，手握笔，就是不写，我说："爸，你咋不写呢，较啥劲啊？"他说："别打扰我，想字儿呢。"只见他手一哆嗦，就在请柬上写下一个人名，我看与其说写，不如说是"一蹴而就"。"我写字，讲究一气呵成。"他说。

其实，他也很喜欢看书，自己在书架拿了本《人性的弱点》读完觉得"讲得很有理"，然后又读了李陀编的《七十年代》，立刻推荐给他的几个同学和朋友。别看他没接受过良好的教育，但他为我创造了一个工人家庭能够创造的最好的教育条件，而且从小鼓励我要有自己的兴趣爱好，后来我与毛笔书法结缘，练了十几年，与他和我妈的支持密不可分。

对于教育，我爸告诫我，不但要读万卷书，还要行万里路，要在实践中检验认识，理论永远不能脱离实际。"水平真正高的人，能把复杂的事情说得很简单，老百姓都能听懂。"他也是以此衡量百家讲坛的各位教授。

人获得人生智慧的途径各异，我想我爸的智慧来自实践。

"我在中学那会儿，用现在的话说，应该叫'体育生'，百公尺11秒24，没有教练，煤渣铺的跑道。"他这样概括自己的中学时代。（说起这话，我就会想起电影《疯狂的石头》中黄渤在澡堂里，满脸肥皂泡，用青岛口音自夸："咱百米十二秒五，砸完抢了就跑……"）"一到运动会，班主任就想起我来了，提前好几天我就能感觉到他对我的管教放松了很多。当然，运动会上我也卖力啊，那是集体荣誉。"

我爸当时的班主任张老师现在住得离我们不远，证实确实如此。他对我爸至今印象深刻："别看学习不好，你爸人热心，很有责任感，有一次他自告奋勇骑三轮车送一个髋关节脱臼的女同学去医院，我也在车斗里坐着。路上才发现他根本不会骑，好在医院不远，眼看快到了，他车把一歪，三个人连人带车翻到路边土沟里了，摔得灰头土脸。好不容易爬上来，推着车，把女同学送到医院。经过检查，医生说，一切正常啊。脱臼的地方应该是在路上翻车时摔回去了，复位很好，可以走了。"

家住省农科院试验田旁，我爸长身体时没算怎么饿着。他从小顽皮，门牙七岁就磕掉了，镶了假牙，"文革"中少不了打架，身体素质出众。用他的话说："实战经验丰富，在战争中学习战争。"由于奶奶土改前是地主，成分不好，"'文革'中要是不能打，肯定要受欺负"。这是他为暴力合法性做的直接辩护。他崇拜的人不多，泰森算一个。我上工厂托儿所被其他小朋友欺负时，他在家让我戴上皮手套，拿他的手掌当沙袋，练了好长时间"儿童拳击"，此后，我在托儿所的日子好过多了。

"文革"结束，"胳膊根儿粗的说了算"的时代也随之结束。他原本用在逞强好胜上的荷尔蒙也找到了新的出口——摩托车，绝对算是那个年代速度与激情的代名词。

现在家里的老照片中很多都是他和摩托车的合影，骑着、推着、站着，什么姿势都有，搭配时髦的的确良衬衫，就是放在今天，照片上那个面部轮廓棱角分明、英俊潇洒的青年也不过时。在我记忆中，他骑过不下六辆摩托车，80年代初仿造捷克摩托生产的"黑老鸹"、轻骑、日本铃木技术的K90、金城100、幸福125和铃木王125。

摩托车对我来说更多的是一种听觉存在，一个是发动机的轰鸣声，另一个是耳边的风声。

那时候住在厂里的宿舍区，其他小朋友的父亲大都骑自行车上下班，我爸是为数不多的几个骑摩托的。听到远处传来的摩托车发动机的"突突"声，还在屋里写作业的我就知道爸爸下班回来了，我能够在几百米外听出那是我爸的摩托车。此时一般屋里都弥漫着妈妈做饭的香味，爸爸回来意味着可以开饭了。以至于，一段时间内，在晚饭前后，我听到摩托车发动机轰鸣声就会分泌唾液，因为那是开饭的号角。

小时候坐在他摩托车后座上飞驰的感觉现在仍记忆犹新。他喜欢和其他骑摩托的人赛车。那个时代，人们仿佛都有这种较劲的爱好。"比赛"大体上在同档次摩托车之间展开，其实都是路上遇到的陌生人。一般只有一个回合，一个冲刺，因为人们驾车技术相差不大，更多的是炫耀一下自己摩托车的性能。那时候骑车人之间有一种天生的朋友关系，"赛车"的俩人最后大都慢下来，相视一笑,甚至聊上两句,远不像现在马路上开"斗气车"的司机。

这里还有个小插曲,我妈生我那天,临近春节,天特冷,我爸骑摩托车赶往医院,路上不巧车没油了,另一个骑摩托车的陌生人看他一副焦急的模样,停下车来,问他是否需要帮助,后来送给我爸一杯汽油,解了燃眉之急。他俩还问了对方的工作单位,并不远,后来成了朋友。30年过去了,这个叔叔依然是我爸现在最好的朋友。

让我印象最深的一次飙车是在一条崎岖不平的田间公路上,我坐在后座上,他那辆二手的幸福125最高时速开到了85公里。空气里能闻到旁边藕池里荷花的香气,耳边阵阵蛙鸣只一瞬便被抛到脑后了,被呼呼的风声淹没了。小学作文里我是这么写的:"再远的路途,只要靠在父亲的肩膀上,奔波便成为一种享受,闭上眼睛,提醒我自己在飞驰的,只有耳边风声和那有节奏的颠簸。"

我继承了我爸对速度的痴迷。10岁时我第一次获准骑自行车上下学。路上,我想象自己在驾驶摩托车,嘴里还有配音,模仿发动机轰鸣声,脚下蹬得飞快,有时还单手扶把(双手撒把有过一次,被摔蒙了,再也不敢了)。几天下来,我充分体会到了"有车一族"的便利,以前是靠腿,现在是轮子,差别太大了,而且我那辆"金狮牌"自行车非常漂亮,每次下课有时间我都会跑到停车的地方看看它。

有一天我放学回家后,发现我爸面有怒色,他问我路上怎么骑的车,因为我获准上路前曾向他保证速度"比走快一点",后来我才意识到我被跟踪了。他从不打我,但不怒自威,真把我吓着了。按照他的要求,我用信纸写了一份检查,贴在客厅最显眼的墙上。大意是承认错误,表达对交通安全的重视,许诺今后永不再犯。这是我到现在写的唯一一份检查。平房宿舍串门的街坊也多,没几天几乎所有邻居都知道了这事。

检查在墙上贴了半年之久,最后他觉得能来家的人都来过一遍了,才让我撕下来。从那时起,我第一次感受到了示众的威力。直到今天,我们有各自的汽车,我爸也从没有放松过对我进行交通安全教育。也是从那份检查起,他很少再开快车了。他的名言是:"开车这玩意儿,噌一下就比害眼厉害(济南方言指结膜炎之类的眼部感染)!"

想想这些年,我爸改变挺多的,开车只是一项。以前"非敌即友"的斗争哲学慢慢地被"中庸"思想替代。以前朋友多,现在朋友更多了。和我妈出门散步(他俩散步和竞走差不多),一路上只要年龄相仿的大都认识。但也有一次,他闹了个笑话。过年时,我们一家出门,远远看到一人站在马路边晒太阳,我爸说:"你看,这是农机所那个哑巴老杨。"等走到跟前,那人一见我爸,立刻挥手问候:"老李!过年好啊!"我爸大窘,赶忙回礼。

退休后他在网上找了个大学家属区传达室的工作,没出几天,立刻交了一批教授朋友,传达室变成俱乐部了,人满为患。他说,其中有一个退休老师,别人说啥他都懂,从萨达姆到全球变暖。那天我们几个聊起木乃伊,他说他和木乃伊是熟人,但好几年没见了,我们几个立刻附和说他太厉害了,连木乃伊他都认识,那老师一副不以为然的样子。说到这儿,我爸哈哈大笑。

他时常对我说,以后看完孙子,完成任务了,就回到下乡的白云湖边过过"农夫、山泉、有点田"的生活。他18岁时在那挖过河泥,种过田,养过鸡。那段田园生活,至今难忘。说还有好多朋友在那儿都能续起来。和他谈起这些时,我无法忽略他眼角的皱纹和因没来得及染而露出的白发。但千里之外,写到此处时,浮现在我眼前的依然是80年代的某个春天里,明媚的阳光下,扶着摩托车微笑的那个俊朗青年。

他是我爸!

普通父亲

学校　天文东里小学
班级　三年级1班
姓名　彭翀

我得承认，这是一篇一动笔我便开始后悔不该答应写的文章。

从小学语文课上写作文开始，我就对"我的父亲"、"我的母亲"这类的命题作文感到特别头疼，这倒不是因为我跟我的家里人存在什么水火不容的问题，只是那时候写作文习惯投机取巧的我发现，实在没法把我跟父母的关系放进一个好使的模板里去。比如最符合主流价值观的"含辛茹苦式"，家里的家境不好不坏，虽然父母对我绝对算得上关怀备至，但凭良心说我也没让他们过于操心；再比如欲扬先抑的"公而忘私式"，虽然父母年轻时工作也很忙，但他们还是能做到天天回家做饭，准时准点得我都有点不好意思；还有什么"父母亦好友式"、"道是无情却有情式"，都不适用于我和父母的关系。

总之，我发现，如果老老实实写的话，我跟父母的关系可以说平淡如水，极其普通。当然，我们也有争吵，有时候吵得还挺凶。不过据我对其他家庭的观察,我们之间的矛盾也不会比大多数两代人之间的矛盾要多。我想,我们应该算是十分正常的一家子——也许有点太过普通了,这让我时不时会羡慕一些更加偏离常规的父子关系。

高二那年,我在《读者》还是什么杂志上看到了一个关于台湾漫画家蔡志忠人生选择的故事。这个故事大概是说蔡志忠在读高中的时候,某天心血来潮跟他爸爸说,将来能不能不上大学啊,他的爸爸头也不抬地继续看着报纸说,那就不上了呗。

多酷的一个父亲啊,这个故事深深地激励了我。当时的我恰好也特别怀疑,为什么我们一定要上大学呢?回头来想,这肯定是个伪问题,人当然不是一定要上大学的,只是在当时我成长的小环境中,身边同龄人中几乎没有一个不打算上大学的,虽然他们中间也没有一个能够说清楚为什么要上大学。终于有一天,我也在我爸爸看报纸的时候,装作不经意地问他:"爸,你说我以后能不上大学吗?"

我当然没指望我爸爸像蔡志忠的爸爸那样头也不抬就让我过关,但我也没想到他的神情会变得那么惊讶和绝望,于是我果断地执行了事先计划好的B方案,我说我是开玩笑的,没想到这么不好笑。回到自己的房间我又重新看了那个蔡志忠的故事,黯然地想这辈子我估计只能按照别人安排好的轨迹生活了,虽然我也说不上那有什么错的。

心理学家说过,对于一个男孩来说,当他某天意识到自己父亲并非完美的时候,是他心理发育中极其重要的一刻,简单地说,就是成长中的一道坎。在意识到这个事实之前,男孩往往都会按照父亲的形象塑造自己,而意识到这个事实之后,有的孩子也许会在破碎的偶像前无所适从,甚至开始故意挑剔自己的父亲。

我想,我就是那种没过好这道坎的孩子。我相信,跟很多孩子一样,小时候,我们的父亲在我们的心目中都曾经是一个完美的男人,我们都认为自己拥有一个完美的父亲,他强悍有力、特立独行、从不屈服,但随着年龄的增长,我们却屡屡见到他的虚与委蛇,他的言不由衷,他的随大流和装糊涂,我们那时候并不能理解父亲为什么会这样,只是简单地感觉失望,原来他不是我心目中的那个酷家伙。

我的爸爸一直就是一个特别谨慎的人,小时候还不太知道怎么形容,后来在大学里学了经济学,觉得用"极度风险厌恶型"来形容他的性格是合适的。他是个中学教师,教语文,直到退休从来没有换过工作,也没换过学校,人生初恋对象就是我的母亲,他们相濡以沫几十年,在29岁时有了我。

爸爸一直试图把他谨慎的性格传承给我,为此他称得上深谋远虑。回想起来,在我还不太懂事的时候,爸爸也会像其他父亲一样讲一些历史传奇故事,其中他讲得最多的,就是"韩信受胯下之辱终成大业"这个故事,最后,爸爸还跟我说了一句跟《麦田里的守望者》里老师所说的几乎一模一样的话:一个不成熟男人的标志是他愿意为了某种事业英勇地死去,而一个成熟男人的标志是他愿意为了某种事业卑贱地活下去。不过我很清楚,我老爸这话的重点绝不是事业、英勇或者卑贱,而是活下去。安全,这是我父亲永远的核心议题。

等我过了听故事的年纪,他会经常给我看地方报纸上那种"青年一言不合拔刀相向两死一伤"之类的新闻报道,我出生的城市称得上民风彪悍,十几二十岁的小青年常常为争些闲气打架打得断手断脚,在一所普通中学任教的他也看过不少这样的例子。"忍",他经常告诫我:"你必须学会忍,太多人都是因为一点点小事造成无法挽回的后果。"

除了不要因为小不忍而乱大谋,父亲还期望我能走最主流、最正常的人生道路,在所有人生决策中都选择风险最小、潜在伤害可能性最小的那些。能读书就读书,专业里选最好找工作的,工作里选最不会失业的,不会失业的里面选最轻松的,无论是学习还是工作,不能表现得太落后,也不要表现得太优秀,中等偏上是最好。

就连我找女朋友,他首先关心的也是对方性格如何,会不会在分手之后反目成仇。"你看看,男女朋友分手,男的被泼了硫酸",成年后有次他给我看一篇地方报纸上他特意保留的社会新闻,那时候我正处于一段有些起伏的感情关系。"别怕,这种事一般都是男的泼女的。"我是想让他放宽心,但他显然被我蹩脚的幽默感给吓着了。

从我记事起,父亲每天必问三件事:饭吃饱了没、衣服穿够了没、作业做完了没。后来等长大了,不管我在哪里,我们每周至少通一次电话,对话也差不多是这几个问题的升级版。自从我爸爸退休在家钻研养生之道后,还会学着老中医多问一句:"最近大小便如何?"有时候当着众人接家里电话实在尴尬,只能笼统回复:"好,都挺好,小的好大的也好。"不明真相的听到了还以为我有两个孩子或两房妻室。

不知道是否不切实际或者不近人情,但我内心总希望我的爸爸是一个更酷的家伙,一个更特别的人。这种情绪源自我年轻时的自我审视,当时我觉得我是一个过于平庸的人,而我的内心一直希望我是一个更加特立独行的人,不用那么在意别人的评价和观感,我羡慕那些离经叛道甚至离群索居的人,于是我追根溯源,发现我父亲对我性格的塑造最终还是占了上风,为此我开始迁怒于他,甚至他们这一代人。

我明白,我的父亲这代人有着远远比我们要坎坷的人生经历,他们所经历的远远比我们复杂得多,我永远也不会了解生活曾经对他们造成什么样的伤害,他们年轻时可能是远远比我们更酷、更叛逆的孩子,却最终成为我们眼中的普通父母。是他们更了解生活的真谛,还是我们尚未被生活彻底格式化,我不知道,但我越来越多地开始表现出我小时候厌恶的父亲那些行为:虚与委蛇,言不由衷,随大流,装糊涂,做一个酷家伙可真不容易。

写到这里,这篇文章似乎开始显现出多年之后终于在某一刻理解了父母当年苦心这种模式的影子。不过,我还是不能假装我现在已经足够理解他们了,我曾对向我约稿的朋友说:"我不知道我是否已经成熟到足以评价我的父母。"这是实话,想示爱却总是欲言又止,想吐槽又觉得于心不忍。人们都说,等你做了父母之后才会真正理解父母,我尚未下决心成为一个父亲,但已经开始体会承担抚养一个孩子义务前的犹疑。

今年我已经年过三十,我想我很大程度上还是成了我父亲希望我成为的那个人。比如最终我还是上了大学,现在做着一份风险不大的工作,经历过几段感情,跟人分过手,没被泼硫酸,也没泼过别人;也跟人为了些琐碎小事打过架,但都是小打小闹,一道伤疤都没落下过;开车谨慎,很少上八十迈,碰到劳斯莱斯之类的豪车会躲得远远的,要是感觉到有什么危险,往往会选择绕道而行而不是迎头而上。总之,我成了一个"不知道为了什么而活下去的成熟男子"。当我偶尔幻想我未来可能会有的孩子时,我也同意,我只想要一个能够安全长大的普通孩子,到头来,我想我恐怕以后也只会是我孩子眼中的一个普通父亲。

我 妈

学校　小瓦窑小学
班级　三年级1班
姓名　李铜源

　　我经常记不起我妈曾经的样子，那时候，妈好像没有现在那么多的笑容，一切在妈的眼里都是淡淡的，没有忧伤也没有太大的喜悦。儿时的日子很平静，串联起来都是因为毛手毛脚被我妈数落的零星片段：摔了自己的同时失手磕坏了妈新买的搪瓷盘子；显摆自制的大壁虎标本把我妈吓得差点儿脑溢血换来好打等等。和其他的三口之家一样，我、我妈、我爸，无惊无险相安无事，我以为我们会这样过一辈子，淡淡的，没有大喜大悲地互相守护一生。

　　可是从什么时候开始妈妈变了呢？

　　应该是从2004年的那场变故开始的吧。我自幼身体就弱，时常闹点儿小毛病，虽然每次老妈都会着急上火，但总归是小问题，不用太担心。可就在2004年春节刚过，妈妈也刚刚从工作岗位上光荣退休，还在计划着自己的美好的退休生活时，谁也没有想到，我们会迎来一场生死考验。

节后上班不久,我就发现自己的视力好像出了问题,看东西模模糊糊的。和以前一样,落得我妈一顿数落:"你就老半夜三更的看书!看你以后还点灯熬油!"说是说,到了周末妈妈还是陪我去了眼科最好的同仁医院,周末医院只有上午半天门诊,我们早早到了那儿,挂号、候诊、检查一番折腾下来,时近中午了。拿到检查结果,大夫皱着眉又给了我一个条子让我去量量血压,我边和我妈抱怨这大夫真麻烦,边去量血压。小护士给我量了一次脸上一副不敢相信的表情问:"你是不是跑来的?""就走得快了点儿。""那你老实坐会儿,我再给你量一遍。""哦。"这时妈妈跟过来问我怎么了,我把护士的话复述了一遍,得到老妈一个白眼。

好容易等到第二次,小护士的表情依旧惊讶。再到第三遍,在场的护士们都开始怀疑血压表有问题了。再换一个,依旧不正常。这时大家才开始相信是我不正常,妈妈和我也都有些紧张了。眼科大夫把我们带到了内科一位老大夫那里,当我们拿着老大夫开的化验单的结果回到内科后,老大夫非常严肃地告诉我妈:今天不能走了,要留观。妈脸上的表情凝固了,我分明看到了她有些质疑的眼神,迟疑地接过大夫开出的留观证明和药单。两个人坐在空空的走廊里好久,才无言地向留院观察室走去。妈看着护士把我安置好后,默默地走了出去。当时并不知道她去了哪儿,做了什么。直到爸赶来,我才在我爸身后看到了眼睛有些红肿的妈妈。从那天开始,我妈就寸步不离地守在我身边,这一守就守了小半年。

在我打着吊瓶,迷迷糊糊的睡梦中,总能够听到爸妈的低声谈话,时而伴有妈妈的抽泣声。可是,当我醒来时,看到的却又总是我妈那张笑脸,当时还真有些不习惯妈的轻声细语。

我自己对病情并不知晓,起初也没有什么特殊的感觉,原本以为过不了几天就会好起来,妈妈也觉得虽然这次病症来得突然,但只要治疗几天,回家好好休养,过个十天半个月的我就又能活蹦乱跳了。但是随着诊疗的继续,我的身体越来越糟糕,眼睛也越来越看不清,日日都会莫名地大量流鼻血,身体一天软似一天。我妈原本红润光亮的脸色也随着我的虚弱而渐渐苍白,身体也一天一天消瘦了下来,但我还是能看到那不太清晰的微笑,听到那轻柔的话语。这笑容,这声音,让我无比安心。那时我妈常说,没事儿,妈在呢!

入院一周后,大夫把父母叫到了护士台,把确诊结果告诉他们的时候,我透过病房敞开的大门,看着妈妈模糊的身形毫无征兆地向一边歪去,瘫软在地上。爸爸好像扭回头,看了一下坐在床上的我,迅速搀扶起我妈,走出了我的视线,我隐约听到了一声撕心裂肺的哭喊……

"尿毒症"一个从来没在意过的名词,这次真真切切地用在了我的身上,在家中每个人的认知里,这个词几乎等同于——"死亡"。

大夫说只有移植才能救命。什么是移植?怎么移植?妈妈不懂,妈妈只知道要让我活着!她坚定地回答大夫:"嗯,移植!"

大夫说要"透析","透析"又是什么?妈妈不知道,但妈妈依旧只知道,要我活着!她毫不犹豫地回答大夫:"好,透析!"

大夫说要先"做瘘","做!"妈妈不再想那又是什么东西,只要能让我活着,什么都行!

等待肾源的日子是漫长的,透析给身体带来的不适是难熬的。吃饭会吐,喝水数滴,无休止的欲裂般的头痛,折磨着我,也煎熬着我妈的心。在那现在看来并不算长的两个多月里,妈妈最常做的事,就是将我牢牢地环抱在她温暖的怀里,一双手一遍遍地帮我按揉着头部,用尽量轻柔的声音,给我讲着轻松的话题,试图分散我的注意力,减轻我的痛苦。至今我依然留恋那被我妈搂抱在怀里的感觉——温暖而安全。

透析,头痛,透析,头痛……不知道这种难耐的痛苦什么时候才是终点,我渐渐变得烦躁起来，有时甚至提出些家人无法接受的要求，稍有不如意就胡搅蛮缠地发脾气，爸爸有时还会小小地训斥一下，而每当我闹脾气的时候，我妈都会心疼地安慰我："等好了，咱去啊……""不急，不急……换了就好了……""很快就有了，老张不跟你说了，第一个给你啊……"两个月的时间，我妈忽然就老了。终于等来了主治医生的电话，肾源来了，配比度少有的高的好肾源。

医生在电话里对妈妈说："配了七个点！"

妈妈问："什么是七个点？"

医生说："就像双胞胎，换上就跟她自己的似的。"

医生问妈妈："换吗？"

妈妈激动地回答："换，一定换。"

医生问："资金能跟上吗？"

妈妈略停顿了下，接着肯定地说："有，没问题。"

放下电话，妈妈愣愣地坐在那儿。我知道，家里根本支付不起那十几万的移植费用。而妈妈一向要强，极少求人，我看着妈妈，怎么办？妈妈看到我问询的目光，冲我笑了笑："没事儿，咱有钱，老张说后天就能住院了，他给你安排床位了，让你好好休息，别感冒，听话啊。"

"嗯。"我虽然怀疑，但我还是没来由地相信我妈，有妈在，啥都没问题！

妈妈给姑姑们打电话，告诉他们这个消息，并说钱不够，看能否借点钱。我明显感觉到姑姑们的犹豫。姑姑们想让妈妈再等等，等有了钱再做，妈妈没说什么，撂了电话。

妈妈给姨妈和舅舅们打电话，告诉他们有肾源了，可以换了，没有提钱的事。一阵沉默后，我看到妈妈眼睛红了。电话那边姨妈和舅舅们告诉妈妈："换！没钱回家拿，多少钱都有，只要孩子好了，以后咱再挣！"

带着姥姥家给的钱我住进医院，等待手术。因为是重症，家属可以陪护，表哥给妈妈拿来了折叠躺椅，就靠着这张躺椅，妈妈在医院陪了我一个月，因为长时间无法平躺休息，妈妈的腰疲劳过度，落下了病根，好像再也伸不直了。

手术很顺利，我的精神好了，眼睛也看得清了。当我看到模糊了三个多月的妈妈时，我惊讶于母亲的变化，原本乌黑的头发已被白发覆盖，平滑光亮的额头爬上了皱纹，清亮的双眸尽是血丝，疲惫的身体不再丰满了……

我妈是真的老了！

后来跟我妈聊起那段日子，妈老说："当时什么都不知道，以为只要换了就行了，根本不知道还得吃药，都没想后边就是个无底洞。"我问妈："后悔吗？要是当时不救我，也不用借那么多钱，你和爸会比现在过得轻松得多。"妈妈只是笑笑，说："那我这要是不舒服了，说'小孩儿给我倒杯水喝'，我到哪儿找你去？"

如今我又活过来了，上班、进修、做兼职、和朋友吃喝玩乐，忙得不亦乐乎，在家黏着妈妈的时间越来越少，爸爸都抱怨我自私，可我妈说："自己把握好，别累着。你高兴，心情好，我就高兴！"

肾脏移植者生存期超过10年的已经超过了手术的60%，如今移植已经八年了，我不知道还能陪伴我妈多少年，但我知道妈希望在我活着的时候能倾尽全力地活出光彩和自由。妈也曾是姥爷身边手不捏针、脚不沾泥的娇娇女，也曾是爸千宠万爱的小娇妻，但尽管妈老了，可那份妈希望从我身上看到的欢乐越来越多地在我身上聚集。我妈说了，"生命不在长短，而在于活出了什么"。